KATRIN RODEIT

Gefährlicher Rausch

TÖDLICHER RAUSCH Die Vergewaltigungsdroge GHB ist in Ulm aufgetaucht. Wer wollte ausgerechnet die Tochter des Bürgermeisteranwärters gefügig machen? Doch die Privatdetektivin Jule Flemming kämpft nicht nur mit einer verwöhnten Neureichentochter, sie stößt bei ihren Ermittlungen auch auf eine Mauer des Schweigens. Was hat der Besitzer des Jungle, Ralf Niederberger, zu verbergen? Welches Spiel treibt der Kellner Holger Brunker mit ihr? Auch Jules Bruder Sebastian scheint mehr zu wissen, als er zugibt. Und der Kriminalkommissar Mark Heilig möchte sie mit allen Finessen von ihren Ermittlungen abhalten. Dabei scheint ihm jedes Mittel recht.

Was zunächst nach Routine aussieht, entwickelt sich plötzlich zu einem Mordfall. Dann wird auf Jule ein Anschlag verübt, und der Speditionssohn Fabian Weiner, Freund des GHB-Opfers und Hauptverdächtiger, löst sich scheinbar in Luft auf. Als auch Sebastian von der Bildfläche verschwindet, spitzt sich die Situation dramatisch zu.

Katrin Rodeit wurde am Rande der Schwäbischen Alb in Ulm geboren und ist dort aufgewachsen. Nach dem Abitur studierte sie Betriebswirtschaft an der Berufsakademie in Heidenheim und arbeitete im Vertrieb von Leasinggesellschaften, zunächst für alles, später als Spezialistin für Lkws. Mittlerweile lebt sie mit ihrem Mann und den beiden Kindern in der Nähe von Ulm. Ihre freie Zeit widmet sie fast ausschließlich dem Schreiben.

Besuchen Sie die Autorin auch unter:
www.katrin-rodeit.de

Bisherige Veröffentlichungen im Gmeiner-Verlag:
Mein wirst du sein (2013)

KATRIN RODEIT

Gefährlicher Rausch

Roman

Ausgewählt von
Claudia Senghaas

Besuchen Sie uns im Internet:
www.gmeiner-verlag.de

Im Ehnried 5, 88605 Meßkirch
Telefon 07575/2095-0
info@gmeiner-verlag.de

1. Auflage 2014

Lektorat: Claudia Senghaas, Kirchardt
Herstellung: Mirjam Hecht
Umschlaggestaltung: U.O.R.G. Lutz Eberle, Stuttgart
unter Verwendung einer Vektorgrafik von: © lakalla – Fotolia.com
Druck: GGP Media GmbH, Pößneck
Printed in Germany
ISBN 978-3-8392-1571-5

VORBEMERKUNG

Die Geschichte sowie die handelnden Personen sind frei erfunden. Jegliche Übereinstimmung mit realen Personen ist zufällig und nicht gewollt. Die erwähnten Schauplätze in Ulm gibt es wirklich. Lediglich der *Jazz-Keller* sowie das *Jungle* sind meiner Fantasie entsprungen.

PROLOG

Er war dabei, ein Verbrechen zu begehen. Verdammt!

Auf Zehenspitzen huschte er über den in nächtlicher Dunkelheit liegenden Parkplatz. Was passierte, wenn sie ihn erwischten?

Ihm wurde kalt, als er an die Typen dachte, und er versuchte, den Gedanken beiseitezuschieben. Noch einmal wandte er den Kopf in alle Richtungen, ballte die Fäuste und kämpfte gegen die Gänsehaut und seinen flauen Magen an. Sosehr er sich bemühte, es gelang nicht.

Mit zitternden Fingern löste er die Seile. Ihm war klar, dass es falsch war. Er hätte anders handeln müssen. Und er wusste, wie. Es wäre so einfach gewesen, das Richtige zu tun.

Er kletterte auf den Lkw und zog die schwere Plane ein Stück zur Seite. Gerade so, dass er hindurchschlüpfen konnte. Erst jetzt wagte er es, die Taschenlampe aus der hinteren Hosentasche zu ziehen. Er deckte den Lichtschein mit der Hand ab und ließ nur einen winzigen Spalt.

Er sah den Zurrgurt nicht und stolperte, fing sich aber im letzten Moment. Das Adrenalin rauschte durch seine Blutbahn, jede Faser seines Körpers drängte zur Umkehr.

Noch einmal holte er Luft, dann richtete er sich auf und zwang den Strahl der Leuchte nach hinten auf den Boden. Dort musste das Versteck sein. Endlich am Ziel, hebelte er den Deckel mit einem Schraubenzieher auf.

Das Geräusch war nicht laut, trotzdem dröhnte es in seinen Ohren, und sein Herz setzte einen Schlag aus. Er wusste, dass er tot war, wenn sie ihn erwischten.

Jetzt oder nie. Junge, reiß dich zusammen, verdammt!

Seine Hände gehorchten ihm nicht, und er konnte den Deckel kaum zur Seite klappen. Einen Moment starrte er auf den Beutel, der in dem Hohlraum verborgen lag, und sein Atem beschleunigte sich. Das Plastik verhüllte den Inhalt nur unzureichend, die weißen Tabletten, wie viele mochten es sein?, waren deutlich zu erkennen. Langsam, fast ehrfürchtig nahm er die Tüte heraus und öffnete sie, um die gepresste Versuchung durch seine Finger gleiten zu lassen.

Dann zuckte er zusammen. Was war das? Es hatte sich angehört wie ein Knacken. War dort draußen jemand? War er entdeckt worden?

Hastig stopfte er zwei Handvoll von den Tabletten in seine Jackentaschen und löschte das Licht der Taschenlampe. Geschmeidig wie eine Katze versuchte er, zurückzugehen, und hatte doch das Gefühl, zu trampeln wie ein Elefant. Er zwang sich, die Plane zur Seite zu schieben. Die Angst fraß ihn beinahe auf.

Niemand war zu sehen. Hatte ihm seine Fantasie einen Streich gespielt?

Rasch schlüpfte er durch den entstandenen Spalt und ließ sich auf den Boden gleiten, zog die Kapuze seines Pullis tief ins Gesicht und verschwand im Gebüsch neben dem Parkplatz.

Erst jetzt wagte er durchzuatmen. Ein Lächeln stahl sich auf sein Gesicht, das sich in ein zufriedenes Grinsen wandelte, als er den Inhalt seiner Jackentasche befühlte. Er hatte es geschafft! Er war in Sicherheit. Auch wenn er wusste, dass es abgrundtief falsch war.

MONTAG

In dem unscheinbaren Mietshaus in Blaustein roch es nach Zwiebeln. Zweifellos kochte die türkische Mama in der ersten Etage für ihre vier Kinder und den Mann das Mittagessen. Ich schluckte und beschleunigte meinen Schritt in den dritten Stock. Der Geruch auf leeren Magen war kaum auszuhalten.

Erleichtert atmete ich auf, als ich das Büro betrat. Am Empfang saß Anna Jost und tippte auf der Tastatur ihres Computers. Ohne den Kopf zu bewegen, hob sie die Augen über den Rand ihrer Brille, die sie an einer altmodischen Kette um den Hals trug.

»Was machst du denn hier? Ich dachte, du hast Urlaub.« Sie hatte eine erotisch rauchige Stimme. Zigarren und alter Whiskey. Sie hätte perfekt in den *Jazz-Keller* gepasst. Gut gelaunt wie jeden Morgen thronte sie mit roter Löwenmähne hinter dem Schreibtisch und erinnerte an das mondäne Aussehen einer stilvoll alternden Sophia Loren.

»Wo ist Bernd?«, fragte ich, eine Spur mürrischer, als ich beabsichtigt hatte, weil ich nicht einsehen wollte, dass mein Urlaub ein so jähes Ende gefunden hatte.

»Schon seit Tagen nicht mehr gesehen. Steckt mitten in einem Fall von Industriespionage.« Sie warf mir einen seltsamen Blick zu. Eine Mischung aus Mitleid und Du-kannst-sowieso-nichts-ändern. Und etwas anderem, das ich nicht deuten konnte. Mir wurde flau im Magen. »Geh rein, Werner telefoniert. Der Kaffee ist auch gleich fertig.«

Ich seufzte, stiefelte in mein Büro und setzte mich an den leeren Schreibtisch. Die Situation hatte etwas Surreales. Der Bildschirm des Rechners hatte beleidigt die Augen geschlossen, und auch das Telefon gab keinen Ton der Begrüßung von sich. Vielleicht sollte ich nach Hause gehen.

Ich starrte eine Weile auf die Schreibtischunterlage, in deren Mitte der gewellte Rand einer Kaffeetasse mit braunen Spuren prangte. Gerade als ich aufstehen wollte, polterte mein Chef zur Tür herein, in der Hand zwei dampfende Tassen, von denen er mir eine reichte.

»Morgen, Jule. Hast ja doch hergefunden.«

Ich schnaubte. Dass ich schon wach gewesen war, als er mich angerufen hatte, brauchte ich ihm nicht auf die Nase binden.

»Geht es dir gut?« Für einen langen Moment sah er mich an, in den Augen väterliche Wärme. Ich schluckte und sah auf den Boden.

»Passt schon.« Meine Stimme hörte sich rau an.

»Ich hätte dich nicht angerufen, wenn es nicht wichtig gewesen wäre.«

Als ich nicht antwortete, sprach er weiter.

»Wir haben einen neuen Klienten: Harald Becker. Er wartet im Besprechungszimmer.«

Ich zuckte mit den Schultern. Wenn er der Grund war, dass ich um die Uhrzeit hier sein musste, mochte ich ihn jetzt schon nicht.

»Du kennst Harald Becker nicht?« In Werners Blick spiegelten sich Entsetzen und Fassungslosigkeit. »Komm mit, ich erkläre es dir später.«

Ich folgte ihm, die Kaffeetasse in der Hand, und gab mir gar nicht erst Mühe, ihn einzuholen. Eine beachtliche Leistung bei seiner Leibesfülle!

»Die Sache ist ein wenig delikat«, sagte er und blickte zu mir zurück. Bevor er erklären konnte, was er meinte, hatten wir das Besprechungszimmer erreicht, und er betrat vor mir den kleinen, hellen Raum mit den bunten Drucken an der Wand und der Topfpflanze in der Ecke.

Mit auf dem Rücken verschränkten Händen stand mitten im Zimmer ein Mann und sah nach draußen. Er musste uns längst gehört haben, drehte sich aber erst um, als Werner die Tür schloss. Die beiden schüttelten sich die Hand.

»Jule Flemming«, stellte Werner mich mit breitem Lächeln vor. »Meine beste Privatdetektivin.«

Er hatte nur eine.

Ich ging auf Becker zu und streckte ihm die Hand entgegen, obwohl sich alles in mir sträubte. Er sah mich nicht einmal an.

»Was soll sie hier?« Seine Stimme war leise und von unterdrückter Abneigung, die Stirn gerunzelt. Er sah an mir vorbei.

»Sie wird Ihnen in Ihrem Fall behilflich sein.«

Im Raum konnte man eine Stecknadel fallen hören. Und ich kam mir vor wie ein unsichtbares Gespenst.

»Sind Sie verrückt? Ich arbeite nicht mit Frauen.«

»Das passt mir ausgezeichnet«, schaltete ich mich ein und steckte die Hand in die Hosentasche, weil ich nicht wusste, wohin damit. »Ich arbeite auch nicht mit arroganten Schnöseln.«

Ich drehte mich um und ging zur Tür, würde mich nicht weiter beleidigen lassen. Nicht während meines Urlaubs. Werner stand mit offenem Mund und Augen so groß wie Untertassen im Raum, blickte von mir zu Becker und zurück.

Werner streifte ein anklagender Blick. »Sehen Sie, das meine ich. Sie sind unzuverlässig, zickig und eingebildet. Und man kann sich nicht auf sie verlassen.«

Sagte ein Typ, der sich die Brauen zupfte und dessen Kosmetikaverbrauch meinen weit überstieg.

Im Türrahmen blieb ich stehen und drehte mich langsam um.

»Was glauben Sie, wer Sie sind?« Ich erhielt keine Antwort. Weder von Werner noch von Becker. Dafür hatte ich jetzt die ungeteilte Aufmerksamkeit von beiden. Sie hätten unterschiedlicher nicht sein können. Mein Chef, groß an Statur und von beeindruckender Körperfülle, blickte mich an, als habe er ein UFO gesehen. Becker, ein durchtrainierter, etwas kleinerer Mann in teurem Zwirn, hatte sich leicht nach vorn gebeugt, die Fäuste in die Hüften gestemmt und betrachtete mich, mit zusammengekniffenen Augen.

Er begann zu lachen. Immer lauter und mit einem Anflug von Hysterie. »Sie hat keine Ahnung, wer ich bin«, sagte er an Werner gewandt und schüttelte den Kopf. »Nicht wahr? Sie weiß es nicht!«

»Ist mir ehrlich gesagt auch wurscht.«

»Sie fragt niemand.«

»Können wir uns bitte für einen Moment beruhigen?« Werner hatte seine Sprache wiedergefunden.

»Ich verlange Chefbehandlung. Das hat jetzt nichts mit Ihnen zu tun.« Er wedelte mit der Hand in meine Richtung, als wolle er ein lästiges Insekt verscheuchen.

Umso besser, dann war ich raus aus der Nummer, und Werner durfte sich mit diesem fleischgewordenen Macho allein herumschlagen. Ich beneidete ihn nicht. Da mich niemand mehr brauchte, verließ ich den Raum und schloss die Tür hinter mir.

Ich war schon fast im Büro, als Werner mich einholte und an der Schulter packte. »Komm sofort zurück!« Er sprach leise, und ich wusste, was das bedeutete.

»Er wünscht Betreuung durch den Chef persönlich. Bestimmt ist sein Fall ungewöhnlich.« Ich biss die Zähne zusammen, hielt seinem Blick stand. »Außerdem möchte er nicht mit Frauen zusammenarbeiten. Was soll ich also hier? Ich habe Urlaub.«

Er deutete mit dem ausgestreckten Daumen hinter sich, und ich maulte vor mich hin, als er sich umdrehte und zurückging. Das Gemecker war eher pro forma. Er wusste es, ich sowieso.

»Das ist Jule Flemming«, wiederholte Werner die Vorstellung, und diesmal sah Becker mich wenigstens an. Die Hand reichte er mir nicht, und ich war versucht, ihm die Zunge herauszustrecken. »Sie wird sich um Ihren Fall kümmern.«

Da war das letzte Wort noch nicht gesprochen.

»Setzen wir uns«, verlangte Werner und schob uns wie zwei bockige Kinder in die Sitzecke.

Noch immer hatte ich keinen Schimmer, wer Becker war. Mich interessierte, was Werner ihm gesagt hatte, dass er sich nun mit mir an einen Tisch setzte. Rauswerfen wie mich konnte er seinen Klienten nicht.

Mein Chef beugte sich vor. »Herrn Beckers Tochter ist in einer Diskothek eine Droge ins Getränk gekippt worden. Er möchte wissen, wer das war und warum das geschehen ist.«

Zum ersten Mal blickte ich ihn wirklich an und hoffte auf Erleuchtung. Sie blieb aus, mein Eindruck änderte sich nicht. Er war nicht unattraktiv. Das Problem war nur, dass er es wusste und beim Unterstreichen übertrieb. Zu viel Gel, zu viel Sonnenbank, zu viel Creme. Die Liste ließ sich beliebig fortsetzen.

Ich seufzte in mich hinein. »Was war es?«

Ein verständnisloser Blick traf mich. »Was war was?«

»Die Drogen, mit denen man Ihre Tochter außer Gefecht gesetzt hat. Ich nehme an, es waren Drogen?«

Schwer von Begriff war er auch.

»Woher soll ich das wissen?«

»Weil Sie bei der Polizei waren? Anzeige erstattet haben? Weil Ihre Tochter ärztlich untersucht wurde? Weil ihr Blut abgenommen worden ist?« Ich hob eine Augenbraue.

Am Tisch herrschte Schweigen. Werners Blick klebte an der Wand, wanderte zur Decke. Becker stierte geradeaus auf die Tischplatte.

Ich hob die andere Augenbraue. »Sie sind nicht bei der Polizei gewesen.«

Jetzt sah er auf, schwieg eine Weile. »Das kann ich nicht brauchen. Nicht in meiner Position.«

Er brannte darauf, mich bloßzustellen, das konnte ich deutlich sehen.

»Es mag sein, dass Sie mich nicht kennen. Aber als angehender Bürgermeister habe ich es nicht gern, wenn das Privatleben meiner Familie in der Öffentlichkeit breitgetreten wird. Außerdem kann ich mir negative Publicity nicht leisten. Nicht auszudenken, was passiert wäre, wenn die Presse Wind davon bekommen hätte.«

Er war Lokalpolitiker? War das alles? Ich war enttäuscht.

»Wie geht es Ihrer Tochter?«

Er wedelte mit der Hand. »Laura ist nichts weiter geschehen. Trotzdem will ich wissen, wer das war. Vielleicht hat es mit dem Wahlkampf zu tun.«

War es zu fassen? Seine übergroße Liebe zu Frauen machte vor der eigenen Familie nicht Halt.

Ich quetschte ihn noch ein bisschen aus, und er gab widerwillig Antwort. Werner musste stolz auf uns sein. Alles, was ich für wichtig hielt, notierte ich. Das Interview war schnell beendet, Becker taugte nicht als Informationsquelle.

Schließlich verabschiedete ich mich, überließ die beiden dem Smalltalk und machte, dass ich hinauskam. Was für ein beschissener Tag! Ich hätte es ahnen müssen, als ich heute Morgen aus dem Bett geklingelt worden war …

… Wie zähflüssige Melasse hatte sich mein Gehirn angefühlt. Es war spät gewesen gestern. Als ich sah, wer vor der Tür stand, seufzte ich, schob den Riegel zurück und öffnete.

»Guten Morgen, Leon!«

»Morgen, Jule«, posaunte er fröhlich. »Hast du noch geschlafen?«

Ja. Bis vor zwei Minuten. Süß und selig.

Strahlend marschierte er an mir vorbei in die Küche und ließ sich auf einen der beiden Stühle plumpsen. Ein erwartungsvoller Blick aus dunklen Augen traf mein Herz. Es wurde weich wie Butter, und ich räusperte mich.

Leon wohnte mit seiner Mutter Barbara einen Stock unter mir, und ich schuldete ihm Geld. Dreizehn Euro und zweiundneunzig Cent.

Im Schränkchen über dem Herd kramte ich nach den Mini-Schokoküssen und stellte den Karton auf den Tisch, dann setzte ich die Kaffeemaschine in Gang. Bevor ich keinen Kaffee hatte, konnte ich nicht denken.

»Ist der Polizist nicht da?«, fragte Leon undeutlich an einem weißen Schaumkuss vorbei und ließ die Augen mit der Kinder eigenen Neugier durch den Raum schweifen.

Autsch. Ich schluckte beim Gedanken an Mark und verdrängte das warme Gefühl, das sich ungefragt in meinem Bauch breitmachte.

Endlich war der Kaffee fertig, und ich trank wie eine Süchtige. Erleichtert stellte ich fest, dass mein Hirn die Arbeitsleistung mit normaler Geschwindigkeit aufnahm, während Leon sich einen Schokokuss nach dem anderen in den Mund stopfte. Ich war froh, dass er nicht weiter auf meiner Beziehung zu Mark herumhackte. Wobei Beziehung ein sehr dehnbarer Begriff ist, und die zwischen uns erst einmal definiert werden müsste.

Etwas, über das ich mir im Urlaub Klarheit hatte verschaffen wollen. Es war beim Versuch geblieben. Wie so vieles. Beispielsweise ob ich den Beruf wechseln oder mich zur Adoption freigeben sollte.

»Ich möchte auch Privatdetektiv werden«, riss Leon mich aus meinen Gedanken und strahlte mich mit glänzenden Kinderaugen an.

Ich schluckte den Kaffee zu schnell, und er hinterließ eine brennende Spur in meinem Hals, ehe er ein Loch in den Magen ätzte. Erneut hustete ich.

»Möchtest du nicht etwas anderes werden? Raumfahrer zum Beispiel? Oder Lokführer? Oder vielleicht Polizist?« Marks Gesicht drängte sich vor mein inneres Auge. »Nein, besser nicht.«

»Ich finde dich einfach cool!«

Gepaart mit dem glücklichen Funkeln in seinem Gesicht waren die Worte Balsam für meine Seele, und ich schluckte an dem Kloß in meinem Hals.

Das Klingeln des Telefons unterbrach uns, und ich war froh, dass eine weitere Diskussion über Leons Berufswünsche ausgebremst war.

»Flemming?«

»Ach Gottchen, Jule, wie schön, dass du wieder da bist!«

»Lou …«

»Ja, ich bin's«, antwortete er fröhlich kieksend. »Hast du dich gut erholt? Was macht die Stimme?«

»Ist meine Stimme alles, was dich interessiert?«

»Nein, natürlich nicht. Alles wieder okay?« Wärme tropfte an mein Ohr wie das Klingeln von Glöckchen auf Vinyl, und ich merkte, wie wohl mir das tat. Es ging nichts über gute Freunde.

»Alles in Ordnung.« Zumindest hoffte ich das.

»Oh, das ist prima. Fein, fein! Ich habe da nämlich einen kleinen Anschlag auf dich vor.«

Jemand zog die Nadel über die Scheibe, das Glöckchenklingeln verstummte mit einem unschönen Kratzen.

»Ich plane ein Sommerfest im *Jazz-Keller*. Nur für Stammgäste und engste Freunde. Und du darfst da natürlich nicht fehlen. Ich dachte mir, du könntest vielleicht das eine oder andere Lied singen? Ich meine, wenn deine Stimme wieder okay ist.«

Das wusste ich selbst nicht.

Ohne etwas zu versprechen, willigte ich ein, in den nächsten Tagen vorbeizukommen. Zugeben würde ich es nicht, aber es schmeichelte meinem Ego, dass er mich als Gesangs-Act einplante.

Als ich auflegte, begann es sofort wieder zu läuten. Mit einem Seufzen nahm ich den Hörer auf. Es war, als wäre ich nie weg gewesen.

»Ich brauche dich hier.«

»Dir auch einen schönen guten Morgen«, antwortete ich meinem Chef. »Und nur für's Protokoll: Ich bin erst seit gestern zurück und habe heute noch Urlaub.«

»Ist mir egal, du musst herkommen. Bernd steckt bis über beide Ohren in Arbeit, und ich habe einen dringenden Fall.«

»Dann gib ihn Anna.« Als ich den Mund zuklappte, wusste ich, dass ich den Bogen überspannt hatte. Ich seufzte. »Okay, ich bin auf dem Weg.«

»Das will ich dir auch geraten haben.« Werner Simons Stimme war kaum mehr als ein Flüstern. Weil ich die Anzeichen kannte, legte ich schnell auf.

Wenig später war ich geduscht und angezogen in der Küche zurück. Den Kampf mit den Haaren hatte ich aufgegeben, bevor er begonnen hatte. Sie taten ohnehin, was sie wollten. Ich hatte die halblangen Locken in einen Pferdeschwanz gezwängt, aus dem sich die ersten Kringel schon wieder selbstständig machten.

Mein Lederbeutel lag auf dem Schuhschränkchen am Eingang, und ich griff danach, während ich Leon zur Tür hinausschob.

Als *Aquarius* aus der Tasche dudelte, hielt ich den Atem an. Dem fühlte ich mich heute Morgen nicht gewachsen. Ich gab mir alle Mühe, es zu ignorieren, und lauschte kurze Zeit später der wohltuenden Stille.

»Und das mit deinem Berufswunsch überlegst du dir lieber noch einmal«, hatte ich vorgeschlagen, als wir uns verabschiedeten, und Leon hatte einen Flunsch gezogen.

Der Urlaub war vorbei. Endgültig.

Nun fügte ich mich in mein Schicksal und fuhr vom Büro direkt nach Böfingen, einem Ortsteil von Ulm, weil ich ahnte, was mir blühte, wenn ich Werners Befehl nicht nachkam. Im Grunde war er ein gutmütiger Mensch, aber er würde mich ohne zu zögern auf die Straße setzen, wenn ich die Arbeit verweigerte.

Als wäre ich heute Morgen nicht leidgeprüft genug, ertönte vom Beifahrersitz wieder *Aquarius* aus meiner Handtasche. Ein Seufzen stieg meine Kehle hinauf, es hatte keinen Zweck. Ich fuhr auf den Parkplatz eines Supermarktes und kramte mein Handy hervor. Förmlich meldete ich mich.

»Aber Kind, du weißt doch, wer hier ist«, klang die vorwurfsvolle Stimme meiner Mutter aus dem Hörer. »Wie geht es dir? Wie war der Urlaub?«

Ich holte nicht einmal Luft.

»Mir ist schon wieder etwas Seltsames passiert«, verkündete sie auch gleich, und ich schloss die Augen. Beim letzten Mal hatte sie Kontakt zu einer Toten gehabt. Zu meiner Leiche. Bitte. Nicht schon wieder.

Doch diesmal handelte es sich nur um eine Ausstellung für ihre Bilder, die ein Gönner organisieren wollte. Meine Mutter malte, und eine Vernissage war ein kleiner Erfolg, denn sie konnte sich damit kaum über Wasser halten. Ich hütete mich, das laut zu sagen, und gratulierte. Die Einladung, mir die Gemälde vorher anzusehen, lehnte ich ab und schob einen neuen Fall vor. Eine Teilnahme an der Ausstellung hielt ich mir offen.

»Du machst aber doch nicht wieder so etwas Gefährliches? Ich konnte nächtelang nicht mehr schlafen nach dem letzten Mal.«

Tatsächlich. Ich hatte heute noch Probleme.

Meine Mutter hasste meinen Beruf. Ihr wäre nicht in den Sinn gekommen auszusprechen, dass ich Privatdetektivin war.

»Mutter, das war eine Ausnahme.«

»Wenn du meinst.« Sie klang wenig überzeugt. Das tat mir gut. Hatte sie sich früher jemals Gedanken um mich gemacht?

Ich versprach mit gekreuzten Fingern, bald auf eine Tasse Tee bei ihr vorbeizukommen, und verschob die Überlegung, mich zur Adoption freizugeben, auf später.

Im Moment hatte ich andere Sorgen. Eine davon hieß Laura Becker, für die ich schon jetzt Mitleid empfand.

Wenig später erreichte ich in Böfingen den Lettenwald. Wenn die letzten Hinweise auf eine Großbaustelle verschwunden waren, wäre es hier schön zu wohnen. Im Moment war an allen Grundstücken noch etwas zu tun. Hier musste noch eine Einfahrt gepflastert, da der Vorgarten angelegt, anderswo der Garten bepflanzt oder eine Terrasse gemauert werden.

Trotzig zeugten Topfpflanzen hinter Fenstern davon, dass die Bewohner es sich im Inneren bereits gemütlich gemacht hatten.

Das Haus der Beckers war das einzig fertige. Nirgends lag ein Krümel Erde, der da nicht hingehörte, und die weiße Außenfassade strahlte hell wie die Sonne.

Ein Hauch von Spießigkeit umgab mich. Ich überlegte, ob ich tauschen wollte, kam aber zu keinem Ergebnis. Stattdessen läutete ich, und ein melodischer Ton hallte im Inneren wider. Wenige Sekunden später öffnete ein junges Mädchen in Jogginghosen.

Ich stellte mich vor, was sie mit schief gelegtem Kopf und spöttischem Blick quittierte. »So, Sie sind also die Privatdetektivin. Weiß mein Papa, dass Sie hier sind?«

Zweifellos Laura Becker. Sie hatte die gleichen Gesichtszüge wie ihr Vater, sie waren nur feiner geschnitten. Ich nickte, sie schüttelte den Kopf.

»Hat er wirklich mit Ihnen geredet?«

Was sollte ich sagen? »Können wir reingehen?«

Ich folgte ihr durch den Flur in ein lichtdurchflutetes, hell eingerichtetes Wohnzimmer. Hier hätte ich gern getauscht. Vor allem den Flachbildfernseher, den ich in einer solchen Größe noch in keinem Privathaushalt gesehen hatte, gegen meine alte Röhre.

Laura ließ sich auf dem einladend aussehenden Sofa nieder, und ich setzte mich ihr gegenüber in einen Sessel. Sie zog die Füße hoch, verschanzte sich hinter ihren Knien und musterte mich aus dunklen Augen.

»Also«, eröffnete sie das Gespräch und strich sich das lange, schwarze Haar zurück. »Ich rede mit Ihnen, weil mein Vater das will. Auch wenn es mich noch immer wundert, dass Sie hier sind. Er hält nicht viel von Frauen.«

Das war mir bekannt.

»Nur wegen ihm. Sonst aus keinem Grund. Mir ist nichts passiert, und ich möchte einfach nicht mehr über die Geschichte reden.« Sie klappte ihren Mund zu und sah nicht aus, als würde sie ihn bald wieder öffnen.

»Hey, was dir geschehen ist, ist nicht okay«, sagte ich, nachdem ich mich von der ersten Überraschung erholt hatte. »Das ist ein Verbrechen, und der oder die Täter müssen geschnappt werden. Sonst schlagen sie wieder zu, und dann passiert wirklich etwas. Komm schon, gib dir einen Ruck«, fügte ich hinzu und legte so viel Enthusiasmus in die Stimme wie ein Verkäufer, der seine Ladenhüter anpries.

Sie ließ mich schmoren. Ich sah nicht auf die Uhr, aber ich hätte gewettet, dass es länger als eine Minute dauerte, ehe sie ein Geräusch von sich gab. Sie seufzte. Laut und mit einem Augenrollen. Eine Reaktion, immerhin. Ich zog mein Ringbuch und den Kugelschreiber aus der Tasche und beugte mich nach vorn.

»Komm schon, vorher wirst du mich sowieso nicht los.« Ich versuchte zu lachen.

Laura sah mich nur an. Dann seufzte sie wieder vernehmlich und strich sich eine Strähne hinter das Ohr. »Sie brauchen gar nicht so verständnisvoll tun. Sie sind nicht meine Freundin.«

Jetzt hatte ich die Faxen dicke. »Name?«

»Laura Becker«, antwortete sie mürrisch hinter ihren Knien hervornuschelnd. Immerhin.

»Alter?«

»17.«

»Okay, dann erzähl mal von dem ominösen Abend.«

»Wir waren im *Jungle* …«

»Wer ist wir?«

Sie sah zur Decke. »Fabian und ich und ein paar aus der Klasse.«

»Wer ist Fabian?«

»Gott, Sie müssen aber auch wirklich alles wissen.«

»Klar, ich muss ein Verbrechen aufklären. Also?«

Die Antwort ließ auf sich warten. »Fabian Weiner, er ist mein Freund.«

Sie gab mir die Anschrift, ehe ich weiter nachhakte.

»Und was ist dann geschehen?«

»Keine Ahnung«, antwortete sie und blickte zur Seite. »Irgendjemand muss mir etwas in die Cola gekippt haben.« Sie zupfte Fusseln von ihrer Jogginghose und sah mich nicht an.

»Wie hast du das gemerkt?«

»Ich habe überhaupt nichts mehr gemerkt. Ich war weggetreten. Fabian hat mich nach Hause gebracht.

Dummerweise sind wir dort meinem Vater in die Arme gelaufen.«

»Er hat also gesehen, was los war?«

»Ich habe ihm im Flur vor die Füße gekotzt.«

Ich schluckte. »Und keiner von beiden ist auf die Idee gekommen, dich ins Krankenhaus zu bringen?«

»Offensichtlich nicht.«

Trotz ihrer pampigen Art wurde ich das Gefühl von Mitleid nicht los, auch wenn es allmählich in den Hintergrund gedrängt wurde.

»Und sonst?«

Sie zog einen Schmollmund. Erst jetzt sah sie mich wieder an. »Kann mich an nichts erinnern.«

»Du hast nicht zufällig ein bisschen zu tief ins Glas geguckt?«, fragte ich mit gerunzelter Stirn, erntete aber nur einen spöttischen Gesichtsausdruck.

»Und Sie glauben, weil ich zu viel gesoffen habe und meinem Vater in den Flur kotze, erfinde ich eine Geschichte von einer Droge?«

Das kam meiner Vorstellung recht nahe.

»Sicher nicht, das habe ich nicht nötig. Außerdem wird Fabian bezeugen, dass ich nur Cola getrunken habe, keinen Alkohol. Der Barkeeper vermutlich auch.«

Dem würde ich nachgehen. »Könnte es sein, dass Fabian dir etwas ins Glas gekippt hat?«

Einen Augenblick sah sie mich mit großen Augen an, dann bahnte sich ein Laut ihre Kehle hinauf, der zunächst grollend klang und dann in ein silberhelles Lachen überging. Sie schüttelte den Kopf, dass die Haare flogen, und schlug sich auf die Schenkel. »Wäre traurig, wenn mein

Freund mir Drogen geben müsste, um mit mir in die Kiste zu steigen, oder?«, japste sie.

»Sonst noch etwas?«

Sie stand ruckartig auf und lief zum Fenster. »Ich habe Ihnen doch schon gesagt, dass ich mich an nichts erinnern kann. Ich bin ins Bett gefallen und erst spät am nächsten Morgen wieder aufgewacht. Mehr weiß ich nicht, außer dass mir den ganzen Tag speiübel war. Tun Sie doch einfach Ihre Arbeit und lassen mich in Ruhe. Das ganze Thema geht mir auf die Nerven. Meine Eltern lassen mich seither nicht mehr weggehen. Können Sie sich vorstellen, wie ätzend das ist?«

Ungefähr. Konnte sie sich vorstellen, wie nervig es war, aus einem renitenten Teenager Informationen herauszubekommen?

»Was sagt eigentlich deine Mutter zu dem Thema?« Es musste doch eine geben. Sie hatte von Eltern gesprochen.

»Ach die …«, Laura machte eine wegwerfende Handbewegung und neigte den Kopf zur Seite.

Klasse Eltern waren das!

Entschlossen ging sie zur Tür. »Jetzt ist es wohl an der Zeit, dass Sie gehen und Ihre Arbeit tun.«

Ich schluckte, stand aber auf, klaubte meine Sachen zusammen und verstaute sie in meiner Tasche. Auf ihrer Höhe blieb ich stehen.

»Jetzt hör mir mal gut zu …«, sagte ich leise und sah sie an.

Ihre Augen verengten sich zu schmalen Schlitzen. »Was?«, fragte sie und zog das Wort in die Länge. »Verschwinden Sie. Und lassen Sie mich in Ruhe.«

Ich hielt ihrem Blick stand. »Sonst?«

»Lasse ich Sie über die Klinge springen. Ein Ton zu Papi, dass Sie Scheiße bauen, und Sie sind raus.«

Sie sagte das so liebenswürdig, als würde sie mich zu einer Party einladen.

Ich kochte vor Zorn, als sie die Tür mit einem Knall hinter mir ins Schloss schlug, kaum, dass ich über die Schwelle getreten war.

Zuhause fühlte ich mich noch immer wie ein HB-Männchen kurz vor dem Platzen. Ich warf die Tür hinter mir ins Schloss und ging in die Küche, um eine Pizza in den Ofen zu schieben. Dann startete ich den Computer, um mehr über K.-o.-Tropfen zu erfahren. Dank des köstlichen Fertig-Pizza-Dufts, der bald durch den Raum zog, beruhigte ich mich.

Diese kleine Hexe! Nur weil Papa den dicken Geldbeutel schwang und angehender Bürgermeister war. Durfte sie das? Die Antwort war ebenso einfach wie frustrierend: Wenn ich den Fall ablehnte, hatte ich ein Problem mit Werner. Er würde nicht lange fackeln. Verdammt, was sollte ich tun? Auch die Antwort auf diese Frage war logisch: Zähneknirschend meinen Job machen und den Rest hinunterschlucken. Aber wenn ich mit der Göre aneinandergeriet, rannte sie zu Papa, der wiederum zu Werner ging. Mit dem gleichen Ergebnis.

Ich konnte es drehen und wenden, wie ich wollte: Was ich tat, ich würde verlieren. Ausgebremst von einem Möchtegern-Lokalpolitiker und seiner Tochter. Ich seufzte.

Die Wartezeit auf mein Essen schlug ich tot, indem ich mich über Art und Auswirkung der verschiedenen Drogen informierte.

Die Tropfen wurden überwiegend in Diskotheken in Drinks gekippt. Entweder, um die Opfer auszurauben, oder um Frauen willenlos zu machen und sie zu vergewaltigen. Die bekannteste war dem Namen nach Gamma-Hydroxybuttersäure, kurz GHB genannt. Die Betäubungsmittel wirkten euphorisierend, enthemmend und konnten die Betroffenen in entsprechender Dosierung in eine Art komatösen Schlaf versetzen. Nicht selten wurde den Opfern übel, und sie erinnerten sich am nächsten Tag an nichts.

Widerlich! Hoffentlich bekam ich das Zeug nie verabreicht.

Ich musste davon ausgehen, dass es etwas Ähnliches wie GHB gewesen war, weil ich einen Ansatzpunkt brauchte. Eine Blutprobe war nach so langer Zeit nicht mehr möglich, Becker sei Dank. Wer kam auf die Idee, Laura das Zeug ins Glas zu kippen? Und warum? Um sie zu vergewaltigen? Sie war ein hübsches Mädchen. Liiert mit Fabian Weiner. Hatte das Begehrlichkeiten geweckt? Gab es einen Nebenbuhler? Oder sollte sie ausgeraubt werden? Unwahrscheinlich. Ihr Vater war zwar kein Bettler, aber ein Teenie auf Discobesuch hatte sicher nicht so viel Bares bei sich, dass es sich lohnte, ihn auszurauben.

Lag ich falsch? Mit gerunzelter Stirn saß ich über den Computer gebeugt und versuchte, die Gedanken zu sortieren, die wie lose Fäden in meinem Hirn waberten.

Das passte alles nicht zusammen. Oder war Laura ein Zufallsopfer gewesen? Zur falschen Zeit am falschen Ort?

Bisher hatte ich nicht gehört, dass in Ulm eine Vergewaltigungsdroge aufgetaucht war. Allerdings erfuhr die Bevölkerung auch nicht alles, um laufende Ermittlungen nicht zu gefährden.

Vielleicht sollte ich …

Lou platzte denkbar ungelegen telefonisch in meine Überlegungen.

»Bitte, Jule. Wir wollten doch miteinander über das Sommerfest reden.« Die Stimme kurz vor dem Überschnappen.

»Wenn ich Zeit habe, habe ich gesagt. Du hättest auch sagen können, dass du mich sehen möchtest. Weil du mich vermisst.«

»Aber Kindchen, ich vermisse dich doch.«

Klar, ich dich auch.

»Wann kommst du?«

»Lou!«

»Entschuldigung. Wir können ja einfach ein Gläschen zusammen trinken. Und reden gar nicht darüber. Besser?«

Ich machte eine Pause, während der er hoffentlich an den Fingernägeln kaute und von einem Fuß auf den anderen trat.

»Okay. Ich komme vorbei.« Er war mein Freund, ich wollte ihn nicht enttäuschen. Außerdem freute ich mich über sein Angebot. Aber das brauchte ich ihm nicht auf die Nase zu binden. »Wenn ich Zeit habe. Ich stecke bis über beide Ohren in einem neuen Fall.«

»Schlimm?«

»Ziemlich.«

Er räusperte sich. »Hast du mit dem Kommissar wieder zu tun?«

Ich schloss die Augen, weil ich wusste, wen er meinte. Lou hatte sich in Mark verguckt, auch wenn der ihm zugesetzt hatte. So abwegig das war, Mark hatte Lou für einen Frauenmörder gehalten.

»Nein«, antwortete ich fest und schlug die Augen wieder auf. Und ich hoffe, dass das so bleibt, fügte ich in Gedanken hinzu.

Wollte ich das?

»Wann kommst du?«

»Lou! Wenn ich Zeit habe, habe ich gesagt!« Ich legte auf.

Trotzig zerteilte ich die Pizza in acht Stücke und aß sie im Stehen, während ich mich an den Strand von Mallorca zurückwünschte. Dort war vieles einfacher gewesen. Zum Beispiel gab es keine Beckers.

Mark drängte sich vor mein inneres Auge, und ich verfluchte Lou, während die Überlegungen für ein seltsames Flackern in mir sorgten. Jahrelang hatte ich Mark nicht gesehen. Dann tauchte er über Nacht in meinem Leben auf und stellte es auf den Kopf. Ein hormongesteuerter Teufel, der Teil meines eigenen Ichs war, hatte mich in seine Arme und uns zusammen in mein Bett getrieben.

Beim Gedanken an die gemeinsame Nacht wurde mir warm im Bauch. Meine auf Mark bezogenen Gefühle machten sich seltsamerweise immer in meinem Bauch breit. Als bekäme er urplötzlich Fieber.

Dann war er durch die Tür und damit aus meinem Leben verschwunden. So plötzlich, wie er aufgetaucht war. Einfach so. Seither hatte er sich nicht mehr gemeldet, und ich hatte ihn nicht angerufen. Stattdessen war ich wie ein pubertierender Teenager nach Mallorca geflohen, um meine Wunden zu lecken.

Es ärgerte mich, dass er solch seltsame Gefühle in mir wachrief. Ich hatte mir einmal geschworen, dass das nie wieder passieren würde. Und jetzt?

Ich wusste keine Antwort auf diese Frage. Auch auf die nicht. War heute überhaupt etwas normal?

Ich sah mich in der Küche um. Das Chaos regierte in Form meiner nicht gespülten Kaffeetasse vom Frühstück und dem Pizzateller, nebst allerlei Kleinigkeiten, die keinen Platz zu haben schienen. Im Schlafzimmer wartete der Koffer, und nach zwei Wochen Abwesenheit wäre ein Spaziergang mit dem Staubsauger angebracht gewesen.

Ich schnappte meine Tasche und trat hinaus in die sommerliche Wärme. Zeit zum Arbeiten!

Das Gefühl eines Déjà-vus beschlich mich, als ich in Wiblingen im Neubaugebiet vor dem Haus der Familie Weiner hielt, und ich stöhnte innerlich auf. Zähneknirschend drückte ich den Klingelknopf. Die Frau, die öffnete, war schwer zu schätzen. Um die fünfzig vielleicht. Sie trug eine Kittelschürze. Die Haushälterin?

Sie stellte sich als Fabian Weiners Mutter vor und schickte mich nach Laichingen auf die Schwäbische Alb, wo der Sprössling derzeit anzutreffen sei.

Ich verbarg meine Überraschung und kurvte kurze Zeit später auf der Landstraße über die Alb, passierte kleine Dörfer und Bauernhöfe und erfreute mich am gelben Raps, der in voller Blüte stand. Mit gemischten Gefühlen fuhr ich eine halbe Stunde später auf den Hof der Spedition Weiner und wusste vor lauter Lastwagen und Sattelzugmaschinen nicht wohin. Unfassbar, wie groß die Dinger waren, wenn man direkt vor ihnen stand. Augenblicklich bekam ich Mitleid mit meinem rostigen Golf. Wie ein Marienkäfer neben einem Elefanten. Rot und leuchtend. Aber trotzig.

Das einzige Gebäude auf dem Gelände war ein mausgrauer Container. Das Verwaltungsgebäude? Zumindest standen dort Pkws vor der Tür. Wenn ich mich auch scheute, mein Fahrzeug danebenzustellen. Am Ende landete es in der Schrottpresse der Recyclingfirma auf dem Nachbargelände.

Ich stieg aus und schloss ab, ehe ich mich umsah und auf den Eingang des Containers zuging. Mein Auto würde überleben. Genau wie ich.

Ein Mann trat aus der Tür.

»Kann ich Ihnen helfen?« Den Kopf schief gelegt, die rechte Augenbraue nach oben gezogen, ein spöttisches Funkeln in den Augen.

»Ich bin auf der Suche nach Herrn Weiner.«

»Das sind hier alle.« Blaue Augen so klar wie Eiskristalle musterten mich. »Kommen Sie mit, ich bringe Sie zu ihm.« Er drehte sich um und gönnte mir einen Blick auf seine knackige Rückseite in engen Jeans. Ich musste mich zusammenreißen, um nicht mit der Zunge zu schnalzen.

»Weiner junior«, schob ich nach, ehe ich mich gemächlich in Bewegung setzte.

Er blieb stehen und wandte sich langsam um. Fältchen mühsam unterdrücken Lachens hatten sich um seine Augen gebildet, sein Blick sprach Bände.

»Junior?«, fragte er und zog das Wort in die Länge.

Ich nickte.

»Also, Fabian Weiner?«

»Ist das so ungewöhnlich?«, fragte ich rotzig zurück.

Trotz seines offensichtlichen Spotts wirkte sein Lächeln warm. »Keineswegs. Es kommen jeden Tag ein Haufen Leute, die alle nur nach ihm fragen. Der Weg ist der gleiche.« Er ging zur Tür und öffnete sie. »Was ist? Kommen Sie mit?«, fragte er und machte eine einladende Handbewegung ins Innere.

Wo sollte ich auch hin? Außerdem garantierte mir das einen weiteren unbemerkten Blick auf seine Kehrseite.

Ich folgte ihm in den Container, der innen geräumiger war, als es von außen den Anschein gehabt hatte. Die Einrichtung war spartanisch, und es wurde bereits ordentlich warm. Im Hochsommer wollte ich hier nicht arbeiten.

Das Gebäude war in mehrere Büros unterteilt, und am Ende des Flures hatten wir mein Ziel erreicht. Der Typ mit der knackigen Rückseite klopfte an die Tür und öffnete, um mich als »Besuch« anzukündigen. Nur seine Stimme verriet, wie grotesk er die Situation fand.

Hinter dem Schreibtisch erhob sich ein junger Mann, der, im Gegensatz zu meinem Helfer, die Hemdsärmel nicht nach oben gerollt hatte. Statt der Jeans trug er eine

Stoffhose. Mit einem strahlenden Lächeln kam er auf mich zu und streckte mir die Hand entgegen.

»Fabian Weiner, was kann ich für Sie tun?«

»Jule Flemming.« Ich schüttelte seine Hand und versuchte gleichzeitig, ihm meine Karte zu geben. Sie fiel zu Boden, und ehe ich mich entschuldigen, geschweige denn mich bücken konnte, hatte ich sie wieder in der Hand. Überreicht mit einem weiteren spöttischen Blick aus hochgezogenen Brauen. Gleich darauf verabschiedete sich Fabian Weiners Mitarbeiter und verließ das Büro. Schade.

»Nun, Frau Flemming, was kann ich für Sie tun?«, fragte Weiner junior noch einmal und verschwand hinter seinem Schreibtisch, ehe er auf den Besucherstuhl davor deutete. »Nehmen Sie bitte Platz. Darf ich Ihnen eine Tasse Kaffee anbieten?« Er wartete, bis ich mich gesetzt hatte, ehe er sich auf dem ledernen Bürostuhl niederließ. Auf mein Nicken hin nahm er den Telefonhörer in die Hand, um mit einer Stimme, die keinen Widerspruch duldete, zwei Tassen Kaffee zu ordern.

Wo war ich jetzt gelandet?

Der Kaffee kam zusammen mit einem Teller Gebäck, und ich bediente mich. Eine Offenbarung das Getränk, die Kekse ein süßer Leckerbissen. Ich lehnte mich zurück und musste mich zwingen, nicht gleich noch einmal zuzugreifen. Manchmal hatte der Job auch angenehme Seiten.

»Es geht um Ihre Freundin, Laura Becker«, begann ich und beobachtete ihn. Nicht einen Moment kam mir in den Sinn, ihn zu duzen, wie ich das zuvor bei Laura getan hatte. Er sah mich nur an. Mit gerunzelter Stirn und gefalteten Händen.

»Sie haben sie kürzlich nachts nach Hause gebracht. Laura und ihr Vater vermuten, dass man ihr Drogen ins Getränk gekippt hat.«

»Das ist richtig. Ihr ging es nicht gut, und da hielt ich es für besser, sie zu ihren Eltern zu bringen.«

»Wie schlimm war es?«

Er wiegte den Kopf und griff nach einem Kugelschreiber, den er in den Händen drehte. »Sehr schlimm, würde ich sagen. Sie war völlig weggetreten, und ihr war übel. Ich glaube nicht, dass sie sich an etwas erinnern kann aus dieser Nacht.«

»Und Sie vermuten auch, dass man ihr etwas in den Drink gekippt hat?«, hakte ich nach und nahm mir einen weiteren Keks. »Könnte es sein, dass sie zu viel getrunken hat?«

Er tippte mit dem Kugelschreiber auf die Unterlage, legte ihn weg und lehnte sich zurück. Den Mund zu einem Lächeln verzogen. Nicht unfreundlich, eher nachsichtig, und ich runzelte die Stirn.

»Nie im Leben, sie hat keinen Tropfen Alkohol getrunken. Zitronenlimonade vielleicht. Und Cola, sonst nichts.«

Er war sich seiner Sache verdammt sicher.

»Wie kommt es, dass ein Mädchen in ihrem Alter keinen Alkohol trinkt?«

Er zuckte mit den Schultern. »Es gibt Menschen, denen schmeckt er einfach nicht. Es gibt auch Menschen, die keinen Kaffee trinken.«

Das konnte ich mir nicht vorstellen. »Ist keiner von Ihnen auf die Idee gekommen, Laura ins Krankenhaus zu bringen?«

Wieder nur ein Schulterzucken. Mit erhobenen Händen diesmal. »Ich hätte es für angemessen gehalten. Aber die Entscheidung hat Herr Becker getroffen, und er hat sofort abgelehnt, als ich das vorgeschlagen habe. Und wenn Sie ihn kennengelernt haben, wissen Sie sicherlich, dass man ihm nicht widerspricht.«

Klar, der Patriarch. Verdammt, wer war er? Nichts weiter als ein Lokalpolitiker. Gab ihm das das Recht, über die Welt zu bestimmen?

»Dann vermuten Sie auch Drogen?«

Er nickte und holte Luft, blickte dann über meine Schulter hinweg zur Tür. Ich drehte mich um. Sein Mitarbeiter war unbemerkt eingetreten, in der Hand ein Klemmbrett und einen Stift. Von dem spöttischen Lächeln war nichts mehr zu sehen.

»Fabian, kommst du bitte? Wir sollten das hier dringend zusammen durchgehen.«

Weiner junior nickte. »Bin gleich fertig.«

Ich erhaschte einen weiteren Blick auf einen knackigen Po, als der lässige Typ nach draußen auf den Flur trat und die Tür hinter sich ins Schloss zog.

Mit erhobenen Armen stand Weiner junior auf und grinste mich an. Jetzt, endlich, sah er aus wie ein knapp 20-jähriger Schüler.

»Ich bin zwar der Sohn vom Chef, aber ich bin hier nur die Aushilfe. Ferienjob.«

Für einen Praktikanten spielte er seine Rolle als Sohn überzeugend. Ich trank meinen Kaffee aus, obwohl die Tasse noch zur Hälfte voll war. Ich hatte das Gefühl, dass das Gespräch zu Ende war. Und den Kaffee stehen zu lassen, wäre eine Schande gewesen. Auch ein Stück mit Schokolade überzogenes Gebäck mit Mandeln angelte ich noch vom Teller.

»Mein Vater meint, dass ich den Betrieb von unten kennenlernen muss. Die gebratenen Tauben fliegen einem nicht in den Mund, sagt er immer. Leider.« Jetzt zog er eine Grimasse. »Ich soll sogar auf den Lkw. Frank Kempf teilt die Fahrer ein. Deswegen muss ich Sie auch verlassen.«

So, so, er hieß Frank Kempf, der Knackpopo. Und warum interessierte mich das? Heilung von Mark Heilig?

»Moment, so schnell kommen Sie mir nicht davon.« Ich hielt Weiner junior am Ärmel zurück. »Haben Sie irgendetwas gesehen? Jemanden, der sich an ihrem Glas zu schaffen gemacht hat? Hat Laura einen heimlichen Verehrer, den sie abgewiesen hat? Haben Sie Feinde?«

Seine Augen verdunkelten sich, und ich sah seinen Kiefer hervortreten. Einen Moment blickte er mich an, die Augen kalt wie Eisstücke. Dann machte er sich langsam los. »Ich habe nichts gesehen«, antwortete er und starrte mich an. Für einen Augenblick nur, aber der war verdammt intensiv. »Ich weiß überhaupt nichts«, fügte er hinzu und wandte sich zur Tür. »Sehen Sie einfach zu, was Sie herausfinden. Und lassen Sie uns dabei in Ruhe.«

Er ließ mich stehen, und ich schüttelte den Kopf. Eben noch war er ein jovialer Geschäftsmann gewesen, im nächsten Moment drohte er mir. Waren heute alle durchgeknallt? Oder war ich neben der Spur, und der Rest der Welt normal? Was mich unweigerlich zu der

Frage führte, was normal war und was nicht. Und das ging jetzt zu weit. Für solche Überlegungen brauchte ich ein paar Drinks und einen guten Gesprächspartner. Meine Freundin Conny. Oder Fanny. Aber, verdammt, es war erst halb vier.

Frank Kempf winkte mir freundlich zu, als ich meinen Golf aufschloss und mit einem Kavalierstart davonfuhr. Mit knirschenden Zähnen.

Ich hatte noch einen Trumpf im Ärmel. Wäre doch gelacht, wenn ich mir von der upper class den Tag verderben ließe.

Mein kleiner Bruder Sebastian, wenn er mein Bruder war, wohnte in einer Ein-Zimmer-Wohnung im Kellergeschoss eines heruntergekommenen Mietshauses. Mitten in der Innenstadt unter einer Radarfalle. Mit dem Lärm hatte er zu leben gelernt. Wenn die Oberen jedoch auf die Idee kamen, nachts die Stadtkasse aufzufüllen, traf man ihn am nächsten Morgen mit rotgeränderten Augen. Und wenn er die Augen schloss, sah er vermutlich den ganzen Tag rote Blitze hinter den Lidern zucken.

Er umarmte mich herzlich zur Begrüßung. Bruder hin oder her, ich hatte ihn lieb. Ob meine Mutter wusste, wie es um unseren Verwandtschaftsgrad bestellt war?

Ich betrat die Wohnung, deren Möbel aussahen, als seien sie ein bunt zusammengewürfelter Haufen aus Sperrmüll, Flohmarkt und Ikea. Seine Einrichtung war noch spartanischer als meine.

»Magst du Schokoküsse?«, bot er an.

Oh, bitte, nicht schon wieder!

Mein Handy klingelte, und mit einer fast sadomasochistischen Neugier zog ich den Apparat aus der Tasche und warf einen Blick auf das Display, während ich den Kopf schüttelte, damit Sebastian die Schachtel gar nicht erst aus dem Schrank nahm. Was hatten nur alle mit dem pappigen Zeug?

»Welche Freude, von dir zu hören.« Der Sarkasmus tropfte klebrig wie Honig vor mir auf den Boden, als ich meinen Chef begrüßte.

»Hast du schon etwas?«

Lauter durchgeknallte Typen vielleicht? Oder war ihm eine durchgeknallte Privatdetektivin lieber?

Ich stellte die Frage nicht und verneinte artig, in der Hoffnung, ihn loszuwerden.

Er räusperte sich. »Ich hatte gerade einen Anruf.«

Ich wartete mit geschlossenen Augen.

»Herr Weiner von der Spedition Weiner ist ein angesehener Mann in unserem Landkreis.« Seine Stimme wurde lauter. »Er sieht es nicht gern, wenn sein Sohn zu Drogendelikten befragt wird, und hat mir indirekt mit Konsequenzen gedroht.«

Ich spürte, wie mir die Röte ins Gesicht schoss. Für einen Moment musste ich die Zähne zusammenbeißen, damit nicht die ersten Worte meinen Mund verließen, die mir auf der Zunge lagen. Ich atmete durch.

»Werner, was soll das? Ich muss einen Fall beackern und darf nicht ermitteln. Wie soll das gehen? Auf einer grünen Wiese sitzen und auf göttliche Eingebung warten, die mir den Täter mit einem roten Schleifchen um den Hals präsentiert?«

»Jule, bitte. Wirbel einfach nicht so viel Staub auf.«

Ich versuchte, mich zu beruhigen, weil ich keine Lust hatte, mich auf eine Diskussion einzulassen, die wir am Ende beide bereuen würden. Also schluckte ich den Ärger hinunter. Ich würgte daran, atmete erneut tief ein. »Ich habe einen Vorteil, und bei dem bin ich gerade. Ich habe also einen kleinen Vorsprung.«

»Gegenüber wem?«

Der Welt vielleicht? »Keine Ahnung. Werner, ich mach das schon. Aber ich kann nicht auf alles und jeden Rücksicht nehmen, okay? Ich werde vorsichtig sein, mehr kann ich dir nicht versprechen.«

Er hörte sich wenig überzeugt an, als er sich verabschiedete. Ich hasste Politik. Endlich wusste ich, warum.

Sebastian hatte in der Zwischenzeit gesalzene Erdnüsse hervorgekramt, ein Lichtblick. Es gab Dinge, denen ich nur schwer widerstehen konnte.

»Der Vorteil, von dem du gesprochen hast, bin ich der?«

Ich schlug die Augen nieder. Er mochte nicht immer ein Schnellmerker sein, aber der neugierige Blick, der mich unter wild abstehenden Haaren traf, ließ mich erröten. Ein bisschen erinnerte er an Pumuckl. Nicht nur der Haarfarbe wegen. Er trug Hochwasserhosen. Fehlte nur der gelbe Pulli.

»Jep, der bist du«, antwortete ich und sah weg.

Werners Rüffel nagte an mir, und ich fragte mich, wie ich heil aus der Sache herauskommen sollte. Im Moment schien das aussichtslos. Was ich tat, ich trat jemandem auf die Füße. Stattdessen nahm ich eine Handvoll Nüsse und versuchte, Zeit zu schinden.

»Und ich dachte schon, du würdest mich einfach so besuchen.«

Ich sah auf und strich ihm über die stoppelige Wange. »Das wollte ich, ganz bestimmt. Aber ich bin gestern erst aus dem Urlaub zurückgekommen. Und mein Chef hat mich gleich heute Morgen überfallen.«

Er nickte. »Geht's dir wieder gut?«

Ich atmete auf, war froh, das Thema wechseln zu können. »Ehrlich? Ich weiß es nicht. Körperlich schon. Aber die Nächte sind schrecklich. Alles läuft immer wieder wie ein Film vor meinen Augen ab, und ich kann nicht schlafen. Und wenn ich doch einmal einschlafe, verfolgt mich der Mist im Traum.« Wann hatte ich das letzte Mal durchgeschlafen?

»Das wird schon wieder«, sagte er in dem linkischen Versuch, mich aufzumuntern, und strich mir über den Oberarm.

Ich war mir nicht sicher und begann mich zu fragen, ob ich mir professionelle Hilfe holen sollte.

Sebastian räusperte sich. »Also, wofür brauchst du mich?«

»Du arbeitest doch seit Kurzem im *Jungle*?«

Sebastian nickte, seine Augen nahmen einen wachsamen Ausdruck an. »Ist das jetzt nicht gut?«

Ich schüttelte den Kopf, und er lächelte verhalten.

»Ich hatte Glück, dass es so schnell gegangen ist.« Den Job beim Pizzaservice hatte er verloren, weil sein Chef den Laden an die Wand gefahren hatte. Ausnahmsweise hatte er die Arbeitslosigkeit nicht selbst verschuldet. »Ich bin als Kellner angestellt. Aber nur aushilfsweise. Wenn ich mich gut mache, will mich der Chef übernehmen, dann kriege ich eine feste Anstellung. Könnte also schlechter laufen im Moment. Warum?«

»Ich habe einen neuen Auftrag. Jemand hat im *Jungle* einem Mädchen etwas ins Getränk gekippt. GHB oder etwas in der Art. Auf jeden Fall waren es Drogen. Sie war weggetreten, ihr war übel und sie kann sich an nichts mehr erinnern.«

»Klingt nach zu viel Wodka«, sagte Sebastian und verzog den Mund zu einem breiten Grinsen. »Damit habe ich auch schon meine Erfahrungen gemacht.«

»Sie selbst und der Freund schwören Stein und Bein, dass sie nichts getrunken hat außer Cola.«

»Auch das kommt mir bekannt vor«, bestätigte mein Bruder meine eigenen Überlegungen, und ich nahm mir noch ein paar Nüsse.

»Hast du jemals gesehen, dass bei euch im Klub Drogen vertickt wurden?«

Kopfschütteln, während sein Blick in der Wohnung herumwanderte.

»Euer Chef, was ist denn das für einer?«, fragte ich, und Sebastian runzelte die Stirn.

»Niederberger meinst du?«, fragte er zögernd und sah mich wieder an.

Keine Ahnung, wie er hieß. Ich nickte einfach.

»Benjamin Niederberger. Er ist okay.«

»Okay? Hat er was mit Drogen am Hut?«

Sebastian räusperte sich. »Nicht, dass ich wüsste.«

Die Nüsse in der Hand vor dem Mund, hielt ich inne. Etwas in seinem Blick hinderte mich daran, sie zu essen.

»Was?«, fragte ich, als er nicht weiterredete.

»Nichts.«

»So. Verschweigst du mir etwas?«

Er wich meinem Blick aus. »Nein. Nein!« Sebastian schüttelte den Kopf und sah mich mit großen Augen an.

»Wirklich nicht?«

»Bestimmt nicht!«

Wir schwiegen einen Moment. Mein Bruder verhielt sich merkwürdig. Aber er war auch stur, und ich wusste, dass ich behutsam vorgehen musste, wenn ich etwas aus ihm herausbekommen wollte.

»Mama hat mich zu einer Vernissage eingeladen«, wechselte ich das Thema, und Sebastians Gesicht legte sich in Falten.

»Mich auch. Schlimm, wenn ich da nicht hingehe?«

Er schien erleichtert, dass ich nicht weiterbohrte.

»Ich dachte, wenn wir zu zweit gingen, wäre es vielleicht nicht so schrecklich.«

Meine Mutter war ein anderer Mensch als ich. Früher hatte ich oft überlegt, ob man mich im Krankenhaus vertauscht hatte. Dazu aber sah ich meinem Vater zu ähnlich, den ich wie jedes kleine Mädchen abgöttisch geliebt habe. Mit ihm war ich unverwundbar gewesen, er war unbesiegbar.

Er war der Grund für meine Berufswahl. Besser gesagt sein Tod. Ich hatte geglaubt, dass ich seinen Mörder finden könnte, wenn ich Polizistin werden würde. Leider kannte ich nichts als die Stimme von dem Typen. Die Hoffnung hatte ich heute noch, auch wenn ich den Beruf gewechselt hatte und das niemals zugeben würde.

Ich seufzte und schob die Gedanken von mir.

»Wenn du hin möchtest, dann begleite ich dich«, bot er an, und ich fragte mich, ob er noch weniger Familienzusammengehörigkeit fühlte als ich.

»Wir können es uns ja noch überlegen.« Vielleicht war bis dahin auch die Welt untergegangen, und wir mussten nicht mehr darüber nachdenken.

Ich verabschiedete mich mit einem unguten Gefühl von Sebastian, das sich auch nicht abschütteln ließ, als ich vor der Tür stand.

Das *Jungle* war im Moment die angesagteste Disco in Ulm, doch um diese Zeit war nichts los. Statt lauter Musik und Scheinwerfern an der Decke dudelte der heimische Radiosender Hits der Achtziger vor sich hin, während hinter dem Tresen der Bar ein hochgewachsener Mann mit Piercing in der Unterlippe Gläser polierte.

Unwillkürlich fuhr ich mit der Zunge über die Stelle, an der noch kurz zuvor mein Ring gewesen war. Er hatte Mark nicht gefallen. Und mich beim Küssen mit ihm gestört. Man konnte nie wissen, ob und wann …

Hmpf. Ich schüttelte mich, um die erneuten Gedanken an ihn zu verdrängen.

»Wir haben geschlossen«, sagte der Typ statt einer Begrüßung, ohne mich eines Blickes zu würdigen.

»Ich bin auch nicht zum Saufen oder Tanzen gekommen, ich möchte mit Benjamin Niederberger sprechen«, antwortete ich patzig. Was war heute nur los?

Wenigstens sah er jetzt auf und musterte mich. Ich hielt seinem Blick stand, und er brummelte: »Sorry, war nicht so gemeint«, ehe er das Tuch weglegte. »Ich hole ihn.«

Ich nickte zufrieden, und er trabte davon. Kurz darauf verdunkelte sich die Sonne. Der Hüne überragte den keineswegs kleinen Kellner um einen guten Kopf und wirkte neben ihm wie Goliath neben David. Meine Hand verschwand in seiner Pranke, und ich konnte nur hoffen, dass sie den Weg aus den Fleischmassen wieder herausfinden würde, während ich mich immer winziger fühlte.

»Benjamin Niederberger, was kann ich für Sie tun?«

Einen Moment starrte ich ihn fassungslos an. Beim Klang seiner Stimme hatte ich etwas Dunkles, Tiefes, Lautes erwartet. Etwas, das mich weiter einschüchtern würde. Nicht aber das Gepiepse einer Elfe.

Unter Aufbietung meiner ganzen Körperbeherrschung riss ich mich zusammen, entwand ihm meine Hand und stellte mich vor. Der Typ mit dem Piercing war wieder hinter der Bar verschwunden und klirrte mit Gläsern.

Niederbergers Gesicht umwölkte sich, sein Kiefer mahlte, als er meine Karte in Augenschein nahm. Ohne ein weiteres Wort, zeigte er nach hinten, drehte sich um und setzte sich an einen der Tische. Er achtete nicht darauf, ob ich ihm folgte oder nicht. Als ich ihm gegenüber Platz genommen hatte, lehnte er sich zurück und verschränkte die Arme vor der Brust.

»So. Sie sind also Privatdetektivin.«

Ich nickte, und er begann zu lächeln.

»Und Sie haben einen Fall.«

Wieder nickte ich, genervt langsam, aber was sollte ich tun?

»So kleine, hübsche Mädchen wie Sie jagen gefährliche Verbrecher. Ist das nicht eher ein Job für harte Männer?«

Er legte den Kopf schief und sah mich nachsichtig an.

Ich seufzte. Noch so ein Schlauer, der nicht mit Frauen zusammenarbeiten wollte. War heute der offizielle Tag der Chauvinisten?

»Wer den Job macht, ist eigentlich egal und das Aussehen zweitrangig«, antwortete ich mit zusammengebissenen Zähnen. Mein Kopf musste rot sein wie eine Tomate. »Hauptsache, er wird gemacht, und er wird gut gemacht. Und ich pflege meine Arbeit gut zu erledigen.«

»So, so. Eine ganz Toughe sind Sie also.« Er beugte sich vor, das spöttische Lächeln verschwand von seinem Gesicht. Seine Augen wurden hart und kalt. »Was wollen Sie von mir?«

Vergessen war seine Stimme. Unter seinem Blick stellten sich mir die Nackenhaare auf. Wir kamen zum Kern der Geschichte.

»In Ihrem Klub wurde einem Gast etwas ins Getränk gekippt, das ihn vorübergehend außer Gefecht gesetzt hat. GHB vielleicht. Auch als Vergewaltigungsdroge bekannt. Mein Klient möchte wissen, wer das war und warum das geschehen ist.«

Das war dreist, es war nichts bewiesen. Aber, verdammt, ich hatte genug!

Seine fleischige Stirn legte sich in Falten, und er kniff die Augen zusammen, bevor er mit erstaunlicher Lautstärke weiterpiepste. »Wer sagt so etwas?«

»Sie verstehen sicher, dass ich die Identität meiner Klienten nicht preisgeben kann.« Ich lächelte ihn süß an.

Er schnaubte unfeenhaft wie eine Dampflok.

»Oh nein, das verstehe ich nicht. Solange niemand das Gegenteil beweisen kann, ist das üble Nachrede. Raus mit der Sprache, wer war das?«

»Herr Niederberger, niemand macht Ihnen Vorwürfe«, versuchte ich, ihn zu beschwichtigen. »Ich möchte die Geschichte aufklären. Nicht mehr und nicht weniger. Ihnen ist bestimmt auch daran gelegen, dass in Ihrem Klub keine illegalen Sachen passieren. Stellen Sie sich nur den Imageschaden vor.«

Er beugte sich nach vorn und eine Wolke süßlich penetranten Aftershaves traf mich. »Hören Sie mir mal zu, Sie Möchtegern-Privatdetektivin. Spielen Sie Miss Marple, wo Sie wollen, aber nicht bei mir. Verschwinden Sie aus meinem Laden, und zwar schnell. Hier gibt es keine Drogen, und ich werde jeden, der etwas anderes behauptet, anzeigen. Ich habe einen Ruf zu verlieren. Schnüffler wie Sie will ich nicht haben.«

Miss Marple! Er hatte mich Miss Marple genannt! Hatte er noch alle Tassen im Schrank? Ich merkte, wie mir das Blut in den Kopf stieg und Worte auf meiner Zunge lagen, die besser dort blieben.

»Ich werde mich bei Ihrem Chef über Sie beschweren.«

»Tun Sie das. Am besten, Sie stellen sich hinten an«, fügte ich murmelnd hinzu.

»Und jetzt raus hier!« Für das Gepiepse brüllte er erstaunlich.

Ich lehnte mich zurück, ließ die Pause zwischen uns wirken. »Sonst was?«, fragte ich leise und gedehnt.

Wir musterten uns. Er mich mit blitzenden Augen kurz vor dem Explodieren, ich ihn mit zusammengebissenen

Zähnen, abwartend, was er mir als Nächstes an den Kopf werfen würde.

»Das möchten Sie nicht wissen. Aber glauben Sie mir, angenehm wird es nicht«, sagte er erstaunlich ruhig.

Ich kochte jetzt ebenfalls. »Wollen Sie mir drohen?«

Er sah mich noch einen Moment an, dann hievte er seine Fleischmassen vom Stuhl und verschwand ohne ein Wort wie ein wütender Bulle in die Richtung, aus der er gekommen war. Mit einem Knall verschluckte ihn die Tür.

Der Typ hinterm Tresen warf mir einen Blick zu, der mich augenblicklich angriffslustig werden ließ. »Kein Glück gehabt?«

»Scheißtag«, murmelte ich vor mich hin.

Er nickte und öffnete eine Cola. »Kenne ich.« Mit einem auffordernden Nicken stellte er die Flasche auf die Bar.

Warum nicht? Vielleicht war er doch nicht übel. Ich stiefelte hinüber und setzte mich auf einen der Barhocker. Meine anfängliche Abneigung wurde vom Durst überredet.

»Er ist ein bisschen schwierig.«

Ach, wirklich?

»Hast du etwas gesehen?«, fragte ich, weil es sowieso egal war. Sein Chef war nicht gerade leise gewesen.

Ich erntete einen schiefen Blick. »Ich meine, dass hier Leuten Drogen ins Getränk gekippt werden«, fügte ich sicherheitshalber hinzu.

Er schüttelte den Kopf, während er Flaschen nach einem mir nicht nachvollziehbaren System sortierte.

Wir schwiegen, ich nippte an meiner Cola, und er klirrte mit Gläsern.

»Ich mache um zwölf Feierabend. Warte draußen auf mich.«

Ich hätte schwören können, dass er die Lippen nicht bewegt hatte. Sein Blick war stur auf das Glas in seiner Hand gerichtet.

»Sie sind ja immer noch da«, piepste Niederberger hinter mir, und ich drehte mich um. Wie er es geschafft hatte, sich bei seiner Fülle anzuschleichen, war mir ein Rätsel. »Raus jetzt, sonst lernen Sie mich von einer anderen Seite kennen!« Er hatte den Kopf zwischen den Schultern eingezogen, bereit, sich im nächsten Moment auf mich zu stürzen.

Ich ließ ihn nicht aus den Augen, trank langsam den Rest aus der Flasche und stellte sie vorsichtig auf dem Tresen ab. Dann erst kletterte ich vom Barhocker, ehe ich mich umwandte und meine Tasche schulterte.

Als die Tür hinter mir ins Schloss fiel, atmete ich tief durch und hoffte, dass sich mein Herzschlag wieder auf Normalniveau absenkte. Cool sein war manchmal verdammt anstrengend. Es gab Momente, da hasste ich meinen Job.

Gregor »Lou« Falke war der Besitzer des *Jazz-Kellers*, einem Klub in Neu-Ulm, und mit seinen meist weißen Anzügen und den Hüten mit verschiedenfarbigen Bändern wirkte er wie eine geschrumpfte und in die Breite gezogene Kopie von Lou Bega.

»Mensch, Jule! Bin ich froh, dass du wieder hier bist!« Er hüpfte vom Barhocker, was bei seinem Gewicht erstaunlich flink aussah. »Gottchen, wie geht es dir?«

Er umarmte mich und hielt mich dann auf Armeslänge entfernt, um mich mit abschätzendem Blick zu betrachten.

»Gut siehst du aus. Zumindest von außen. Schön braun bist du geworden. Aber deine Augen, Kind, deine Augen gefallen mir überhaupt nicht.«

Unwillkürlich schloss ich die Lider, während er mich losließ, um mir den Oberarm zu tätscheln.

»Komm, setz dich zu uns, das kriegen wir schon wieder hin.«

Er kletterte zurück auf den Barhocker. Auf dem Tresen stapelten sich Berge von Papier.

Fanny, die Kellnerin, kam hinter der Bar hervor und drückte mich kurz.

»Schön, dass du wieder da bist«, sagte sie, und mir wurde warm ums Herz. In den *Jazz-Keller* gehen, war wie nach Hause kommen. Das waren meine Freunde, meine Familie. Wir verstanden uns. Auch ohne Worte.

»Was willst du denn schon wieder hier?«

Ein stänkerndes Familienmitglied gehörte ebenfalls dazu. In diesem Fall in Form von Cosima, der fest angestellten Sängerin im Klub. Sie hasste mich. Ich sie auch.

Ich streckte ihr hinter Lous Rücken die Zunge heraus. Fanny quietschte, während Lou sich zu mir umdrehte. Mit großen Augen sah ich ihn an.

Cosima schnaubte, dass ihr voluminöser Busen das knallrote Top zu sprengen drohte. Sie strich ihr schwarzes Haar zurück, und ich beugte mich vor, um zu sehen, ob Dampfwölkchen aus ihren Nasenlöchern traten.

»Jule wird auf dem Sommerfest auftreten«, beendete Lou die Diskussion, bevor sie begonnen hatte.

Cosima warf ihm mit vorgeschobener Unterlippe einen Hundeblick zu, den Lou mit einem genervten Augenrollen kommentierte. Mit hängenden Schultern trollte sie sich.

Lou seufzte. »Warum könnt ihr euch nicht vertragen?«

Ich hob die Hände. »An mir liegt das nicht!« Na ja, fast nicht.

Lou sah zur Decke und begann, in seinen Zetteln auf dem Tresen herumzuwühlen.

»Ich bin am Planen«, murmelte er vor sich hin und sortierte weiter Papiere. »Für das Sommerfest.«

Ehe ich nach der mir zugedachten Rolle fragen konnte, trat ein älterer Mann mit einer riesigen, abgedeckten Platte ein, die er mit dürren Fingern kaum zu tragen vermochte.

»Ich bringe die Probeplatte«, verkündete er und stellte das silberne Tablett neben mir ab. »Mit den besten Grüßen vom Chef.«

Während ich ihm nachsah, hatte Lou an mir vorbeigelangt und die Plastikfolie von der Platte gerupft. Er kaute bereits, als ich mich ihm wieder zuwandte.

»Greift zu«, forderte er uns zwischen zwei Bissen auf. Er nickte und betrachtete den kleinen Rest des angebissenen Teilchens in seiner Hand. Mit einem leisen Schmatzen schob er sich den Happen in den Mund und schloss genießerisch die Augen.

Bevor er es sich anders überlegen konnte, angelte ich ein Lachsschnittchen mit Meerrettich vom Tablett.

Fanny hegte offenbar ähnliche Gedanken, sie griff nach einem Saté-Spießchen, auf das ich auch ein Auge geworfen hatte.

»Also, zum Fest«, begann Lou und fasste wieder an mir vorbei. Erstaunlich, wie lang seine Arme werden konnten. »Ich möchte mich bei meinen Stammgästen für ihre Treue bedanken und deshalb ein Sommerfest veranstalten. Es soll keine Werbemaßnahme sein, also nicht unbedingt darauf ausgerichtet, neue Gäste zu gewinnen.«

Als er erzählte, dass es in den Glacis-Anlagen stattfinden sollte, grinste ich in mich hinein. Wenn er dort ein Fest plante, hörte nicht nur halb Neu-Ulm zu. Der hübsch angelegte Park war im Sommer gut besucht, da konnte er sich weiterem Publikum nicht entziehen.

»Ein kleines Privatfest mit Getränken und Häppchen. Und natürlich mit Musik. Apropos Getränke, möchtest du Fannys Cocktail des Monats probieren?«

Ich seufzte. Fannys Cocktails waren lecker, aber ich hatte heute noch etwas vor.

»Jamaica Juicer«, sagte Fanny mit unschuldigem Augenaufschlag. »Fruchtig frisch, würde ich sagen.«

»Wie schlimm?«

Sie zuckte mit den Schultern. »Geht.«

Ich wog ab. Bis zu meinem Treffen mit dem Kellner hatte ich Zeit. Wenn ich nur ein kleines Glas nahm? Ich hatte noch Urlaub. Eigentlich.

Während Fanny zu mixen begann, sprach Lou weiter. »Wenn du ein paar Lieder beisteuern könntest, wäre das großartig.«

Ich seufzte. »Okay, weil du es bist.«

»Vielleicht auch ein Duett mit Andreas.«

»Vergiss es.«

»Aber Jule …« Er kiekste, und fast erwartete ich Tränen zu sehen.

»Nein.« Da würde ich nicht nachgeben. Keinen Millimeter. Ich hatte ein Duett mit Andreas gesungen, und das reichte mir. Eine weitere gesangliche Zusammenarbeit würde ich nervlich nicht überstehen.

»Aber singen wirst du?«, fragte er nach einer kleinen Pause.

»Klar.«

»Bist ein Schatz.«

»Wann soll das Spektakel stattfinden?«

»Samstag in einer Woche.«

»Bist du wahnsinnig? Wie soll ich das hinkriegen? Ich weiß noch nicht einmal, ob ich überhaupt noch singen kann!«

Er tätschelte mir die Wange. »Du schaffst das schon, Schätzchen. Du wirst froh sein, wenn du dich wieder auf etwas anderes konzentrieren kannst, dann geht es dir bald besser.«

Zu einer Antwort war ich nicht fähig. Nur eine Woche! Ich hatte keine Ahnung, wie ich das hinbekommen sollte.

Er stand auf und herzte mich erneut. Überschwänglich drückte er mir ein Bussi links und rechts auf die Wange.

»Prost«, rettete Fanny mich und stellte ein Fancyglas mit orangegelber Flüssigkeit und dekorativem Schaum vor mir ab. Drin steckte ein Strohhalm, an der Seite ein Stückchen Ananas. Ein Schälchen mit Nüssen gesellte sich dazu.

Lou wandte sich zum Gehen. »Ich lasse euch die Platte da. Es war eine Probe, und ich habe mich schon für einen Lieferanten entschieden.«

Fassungslos sahen wir uns an. Womöglich hatte er einen Scherz gemacht und drehte sich gleich um, um die Platte samt Inhalt an sich zu reißen?

Ich war schneller und schob mir ein Wrap-Stückchen in den Mund, Fanny griff ebenfalls zu.

Dann kostete ich vom Cocktail. Er sah aus wie der im Glas gefangene Sonnenuntergang und schmeckte auch so. Verheißungsvoll. Nach mehr.

»Was willst du singen?«, fragte Fanny und tippte mein Glas mit dem Finger an. Ein leises »Pling« drang an meine Ohren. »Schmeckt's?«

»Köstlich!« Ich nahm einen weiteren Schluck des erfrischenden Getränks. Den Alkohol schmeckte man kaum heraus. »Ich habe keine Ahnung. Ich weiß nicht, ob ich schon wieder singen kann. Eineinhalb Wochen finde ich reichlich knapp.«

»Dann finde es heraus.« Sie reichte mir das Mikrofon.

»Was? Jetzt?«

»Ist niemand da außer mir.«

»Und mir.«

Augenblicklich stellten sich mir die Nackenhaare auf, als ich die dunkle, volltönende Stimme vernahm. Langsam drehte ich mich um. Vor mir stand ein hagerer, schwarz gekleideter Mann mit Pferdeschwanz.

»Wau.«

»Und Flocki«, sagte er mit blitzenden Augen und deutete auf den Hund, der neben ihm saß und mich mit hängenden Augen ansah. Flocki war eine riesige, rotbraune Dänische Dogge, die ständig sabberte.

»Was ist jetzt?« Fanny hielt mir das Mikro unter die Nase.

Ich zögerte. Wollte ich? Konnte ich überhaupt? Oder würde ich mich blamieren? Andererseits, wann sollte ich es herausfinden? Aber ausgerechnet vor Andreas?

Niemand wusste, wer er war und woher er kam. Er war plötzlich dagewesen, Flocki zu seinen Füßen. Über seine Vergangenheit wurde allerlei getuschelt, und mich hätte nicht gewundert, wenn die Wahrheit das Gemunkelte bei Weitem übertraf. Sein Blick war das Unheimlichste und Faszinierendste, das mir je untergekommen war. Wenn er mich ansah, hatte ich das Gefühl, dass er mir nicht nur unter die Haut, sondern bis auf den Grund meiner Seele blickte. Ich fühlte mich nackt in seiner Nähe. Nicht nur körperlich. Gleichzeitig aber auf seltsame Art von ihm angezogen, die mir Gänsehaut verursachte, wann immer er mir einen Blick zuwarf.

»Nur zu, ich höre nicht hin«, sagte Andreas, drehte sich um und setzte sich an einen der Tische. Lässig schlug er die Beine übereinander und begann in einer Zeitschrift zu blättern. Flocki ließ sich neben ihm nieder, den Kopf auf die Vorderpfoten gelegt.

Das Duett mit ihm vor einigen Wochen hatte mich so mitgenommen, dass ich ihn zeitweise für meinen Serienmörder gehalten hatte. Und ich hatte mir geschworen, dass es das erste und letzte Mal gewesen war, dass wir zusammen gesungen hatten.

»Mach schon«, drängte Fanny. »Kann nichts passieren.«

Klar, dir nicht. Andererseits hatte ich schon oft hier gesungen, wenn Andreas im Publikum gesessen hatte.

Ich trank einen weiteren Schluck, wurde mutiger und griff nach dem Mikro. Einen Moment war es totenstill, ich holte Luft und schloss die Augen. Dann setzte das Klavier gleichzeitig mit meiner Stimme ein.

»A long, long time ago, I can still remember how that music used to make me smile.«

Das hatte Musik schon immer mit mir gemacht. Ein Leben ohne konnte ich mir nicht vorstellen.

»And I knew if I had my chance, that I could make those people dance, and, maybe, they'd be happy for a while.«

Ja, auch ich liebte es, mit Musik, mit meiner Stimme Freude zu transportieren.

»But february made me shiver …«, es war April gewesen, »with every paper I'd deliver.« Da hörten die Gemeinsamkeiten zum Glück auf.

Ich sang weiter, vorsichtig zuerst, doch ich merkte, dass es ging. Ich war ein wenig eingerostet, aber das Gefühl kehrte zurück, und mit ihm das Vertrauen in meine Stimme.

»But something touched me deep inside, the day the music died. So bye-bye miss american pie.«

Es ging! Zwar noch nicht wunderbar leicht wie einst, aber es würde wiederkommen, da war ich mir sicher.

Euphorisch sang ich mich von Strophe zu Strophe und merkte, dass ich immer besser wurde. Was hätte ich getan, wenn ich nicht mehr hätte singen können?

Als das Lied zu Ende war, hatte ich Gänsehaut. Eine Träne lief mir über das Gesicht, und ich erwachte erst aus meiner Erstarrung, als Applaus einsetzte.

Er hatte doch gesagt, er würde nicht hinhören.

Für einen Moment verwirrt sah ich auf, dann wischte ich mir die Feuchtigkeit von den Wangen und floh von der Bühne. Fanny reichte mir ein neues Glas, das ich dankbar annahm. Ihre glänzenden Augen waren ein Spiegelbild meines Inneren.

Gegen halb elf stand ich wie berauscht auf der Straße vor dem *Jazz-Keller*. Zeit, nach Hause zu gehen. Sonst wäre ich nicht nur von meinen Emotionen benebelt, sondern auch von Fannys Cocktail. Das Glas war auf wundersame Weise nie leer geworden. Doch für heute Nacht brauchte ich meine Sinne.

Jamaica Juicer. Eine Mischung aus engelsgleichem Geschmack und teuflischem Nachtreten. Das Zeug schmeckte verdammt süffig, dass ich ohne Weiteres ein paar mehr hätte trinken können. Allerdings mit bösem Erwachen, da war ich mir sicher. Ich war froh, an der frischen Luft zu sein, und atmete ein paarmal kräftig ein und aus.

Es ging. Ich konnte noch singen. Wie wichtig mir das war, merkte ich erst jetzt. Den Gedanken hatte ich in den letzten Tagen während meines Urlaubs von mir geschoben. Weil ich Angst gehabt hatte. Angst davor, dass meine Stimme nicht mehr funktionierte wie früher. Das war mir heute klar geworden. Ein Leben ohne Musik war für mich keines. Wann immer ich mich betrogen fühlte, die Musik bot mir einen Hafen.

Es war Glück, dass ich Lou und seinen *Jazz-Keller* kennengelernt hatte. Und er ließ mich gewähren, hätte mich sogar fest angestellt. Wenn ich es gewollt hätte. Und vor ein paar Wochen wäre beinahe alles vorbei gewesen.

Ich seufzte tief auf und fühlte mich so herrlich lebendig, dass es unverschämt war. Aber, hey, warum sollte ich das Gefühl nicht auch genießen dürfen? Und langsam kehrte die Zuversicht zurück, dass ich bis Samstag in einer Woche ein oder zwei Lieder singen konnte. Ich musste meine Stimme schonen, das war mir klar. Aber ein kleines Programm konnte ich schaffen.

Ich fuhr nach Hause, um zu duschen und mich umzuziehen. Zeit, mich dem angehenden Bürgermeister und seiner zickigen Tochter zu widmen.

Der Tag war lang gewesen, gestern hatte ich noch am Strand von Cala Ratjada gelegen. Das heiße Wasser rann mir über den Kopf und sorgte für ein Gefühl der Leere, während das Rauschen überlaut in meinen Ohren klang und ich die Augen geschlossen hielt. In meinem Kopf summte die Melodie von *American Pie*.

Bevor ich in Trance verfiel, zwang ich mich, das Wasser abzustellen, und griff nach meinem Handtuch. Ich wickelte mich darin ein, trat aus der Duschkabine und stellte mich vor den Spiegel, um meine Haare zu trocknen.

Das Läuten des Telefons riss mich aus meinen Überlegungen, was ich mit dem Kraut auf meinem Kopf anstellen sollte.

Es war kurz nach elf. War das Mark? Mein Herz setzte einen Schlag aus, als die Hitze in meinem Bauch die Oberhand gewann. Oder der Kellner, der kalte Füße bekommen hatte? Dann hatte ich ein Problem.

Ich ging ins Schlafzimmer und angelte mit gemischten

Gefühlen nach dem Apparat. Meine Mutter, die in einen weiteren Dialog mit einem Gespenst getreten war? Ich schüttelte mich und hob ab.

Zunächst herrschte Schweigen. Dann eine Stimme, leise, präzise, drohend: »Lassen Sie die Finger von der Sache.« Kein weiteres Wort. Ein Klicken zeugte davon, dass der kurze Anruf zu Ende war.

Die Zeit stand still. Ich hielt den Hörer in der Hand und lauschte meinem eigenen Atem, während mir unkontrollierbar Gedanken durch den Kopf schossen. Fetzen, Bruchstücke eines Films von Erlebtem aus jüngster Vergangenheit.

Als ich zu frieren begann, legte ich den Apparat vorsichtig zur Seite. Als wenn es einen Unterschied gemacht hätte, wenn ich ihn an die Wand geworfen hätte.

Und jetzt? Der Nebel in meinem Hirn lichtete sich. Das Chaos war noch immer da. Trotzdem wurde ich wieder Herrin meiner selbst und erwachte aus der Erstarrung, in der ich in den letzten Augenblicken verharrt hatte. Ich atmete durch, biss die Zähne zusammen und straffte die Schultern. Jetzt traf ich mich mit einem Barkeeper.

Ich ging zurück ins Bad, föhnte meine Haare und zog mich an. Die Bewegungen mechanisch, wie ferngesteuert. Mein Kopf war leer. Er weigerte sich, sich Gedanken über den Anruf zu machen. Sonst wäre ich verrückt geworden.

Zügig schulterte ich meinen Lederbeutel und verließ die Wohnung. Erst jetzt ließ ich die Gänsehaut zu. Ich war froh, der Stille in meinem Heim entfliehen zu können.

Verdammt, fing das schon wieder an.

Obwohl ich heiß geduscht hatte und die Nacht lau war, fröstelte ich innerlich, als ich kurz vor zwölf vor dem *Jungle* stand. Ich wich zurück in den Schatten der hohen Bäume und Büsche, etwa zehn Meter vom Eingang entfernt. Der lag von einer Straßenlaterne erleuchtet im ersten Stock, erreichbar über eine Treppe, die an der Hauswand entlang nach oben führte. Ich hingegen war geschützt in der Dunkelheit und zog die dünne Jacke enger um mich. Erinnerungen an kürzlich Erlebtes versuchte ich auszublenden.

Etwas Gutes hatte der Anruf, dachte ich mit einem Anflug von Galgenhumor: Der Alkohol war vom Adrenalin zugedeckt worden. Leider auch das euphorische Gefühl, das ich nach meiner Gesangseinlage mitgenommen hatte.

Die nächsten Minuten passierte nicht viel. Lichtblitze zuckten durch die Oberlichter nach draußen, dumpfe Bässe sorgten für ein unangenehmes Summen in meinem Inneren, und wenn die Tür aufging, drang laute Musik heraus.

Ich klappte den Kragen hoch, zog den Kopf ein und versuchte, nicht an den Telefonanruf zu denken. Es gelang mehr schlecht als recht.

Glücklicherweise musste ich nicht lange ausharren. Kurz nach zwölf öffnete sich die Tür im ersten Stock und spuckte mit einem Schwall aktueller Popmusik den Barkeeper aus. Er warf einen Blick auf den Parkplatz und rannte mehr, als er ging, über die Treppe nach unten. Dort blieb er stehen, sah sich unschlüssig um und hob den Kopf in meine Richtung, als ich leise hustete. Er kam auf mich zu und drängte mich zurück in den Schatten der Büsche.

»Wo steht dein Auto?« Die Stimme ein Wispern, klang gehetzt.

Ich deutete auf die Straße.

»Du gehst vor.«

Im Laufen kramte ich nach meinem Schlüssel und fragte mich, was ich da tat. Ich schloss den Wagen auf und stieg ein. Der Motor lief kaum, da öffnete sich die Beifahrertür und der Barkeeper rutschte mit einer fließenden Bewegung auf den Sitz, zog die Tür zu und duckte sich. Ich legte den Gang ein und fuhr los. Keine Ahnung, wohin, ich fuhr einfach.

»Holger Brunker«, sagte er in die Stille hinein und wandte mir den Kopf zu.

Im Dunkeln war er schlecht zu erkennen. Sein Piercing glitzerte, seine Augen glänzten. Sonst sah ich nichts. »Angenehm, Jule Flemming.« Ich reichte die Hand rüber, und als er nicht antwortete: »Wohin?«

Auch jetzt zuckte er nur mit den Schultern und starrte durch die Windschutzscheibe nach draußen. »Ins *Enchilada* vielleicht?«

Das *Enchilada* lag in der Nähe des Rathauses, nicht weit von meiner Wohnung entfernt. Ich nahm es als gutes Omen, dass ich gleich einen Parkplatz an der Hauptstraße fand. Schweigend gingen wir nebeneinander her, und ich fragte mich, wie lange das anhalten sollte.

In dem mexikanischen Restaurant gab es hervorragende Cocktails, und ich hatte schon den einen oder anderen dicken Kopf nach Hause gebracht, bevor ich auf Lous *Jazz-Keller* gestoßen war.

Der Kellner wies uns einen Platz im unteren Bereich zu, und das Summen der Stimmen umfing uns, als wir uns setzten. Hier konnten wir ungestört plaudern. Gerade weil es so voll war.

Ich bestellte ein Bier und bekam die Karte in die Hand gedrückt, die ich einen Moment unschlüssig hielt. Warum nicht? Ich konnte die Spesen abrechnen, und so orderte ich mit einem perfiden Gefühl der Befriedigung frittierte Zwiebelringe mit Sour Cream.

»Dann schieß mal los«, forderte ich Brunker mit einem Lächeln auf, zu dem ich mich zwingen musste. Ich schüttelte den Kopf. Ein lächerlicher Anruf hatte es geschafft, den Urlaub zunichtezumachen.

Brunker saß noch immer wie versteinert da und schwieg. Er sah auf seine Füße hinunter, während sein Kiefer mahlte. In den Händen drehte er die Bierflasche.

Ich fixierte ihn mit meinem Blick. »Was ist los? Du wolltest mich treffen, jetzt bin ich da.«

Er seufzte und sah endlich auf. Das war alles.

»Was möchtest du mir erzählen?«

Er öffnete den Mund und wurde vom Kellner unterbrochen, der meine Zwiebelringe zum schlechtesten Zeitpunkt brachte. Wenn sie auch verführerisch dufteten, ich ließ sie stehen, sah stattdessen unverwandt auf Brunker, der sich nicht bewegt hatte.

»Einem Gast, einem jungen Mädchen, ist bei euch im Schuppen etwas ins Getränk gekippt worden. GHB vielleicht, eine Vergewaltigungsdroge. Weißt du, was das ist?«

Er nickte, immerhin.

»Hast du etwas gesehen? Jemanden beobachtet? Irgendetwas, das dir komisch vorgekommen ist?«

Kopfschütteln.

»Gehört vielleicht?«

Wieder hüpfte sein Kopf hin und her. Ich hatte genug. War er es selbst gewesen? Natürlich stellte ich die Frage nicht. Aber darüber nachdenken durfte ich. Die Nacht hätte ich mir anders um die Ohren schlagen können. Telefon, Telefon, hämmerte es in meinem Kopf. Okay, zu Hause bleiben, wäre keine Alternative gewesen. Ich machte meinem Ärger und der angestauten Angst Luft.

»Hör mal, langsam reicht es mir. Du bestellst mich mitten in der Nacht zur Disco, willst mir etwas erzählen und jetzt hockst du hier und gibst keinen Piep von dir. Ich habe keine Lust, dir die Informationen wie Regenwürmer aus der Nase zu ziehen. Entweder du redest oder ich gehe.« Ich stand auf.

»Drogen sind Scheiße«, sagte er aus dem Nichts, ohne die Lippen zu bewegen. Der Mann sollte als Bauchredner auftreten.

Immerhin waren wir in diesem Punkt einer Meinung.

»Fabian Weiner hat Ecstasy vertickt.«

Ich setzte mich wieder, nahm einen Schluck Bier und lehnte mich zurück. Die Gedanken wirbelten in meinem Kopf durcheinander. Doch außer Fragezeichen bekam ich nichts zu fassen.

Fabian hatte Drogen verkauft. Warum? Und was hatte das mit Laura zu tun? Hatte am Ende doch er ihr etwas ins Getränk gekippt? Ich konnte es drehen und wenden wie ich wollte, das ergab keinen Sinn.

Ich stellte die Flasche ab, nahm einen Zwiebelring und ließ ihn in der Sour Cream verschwinden, ehe ich ihn weiß überzogen aus dem Schälchen fischte. In meinem Kopf ratterte es.

»Okay, zurück zum Anfang«, sagte ich und wischte mir den Mund mit der Serviette ab. Irgendwo musste ich beginnen. »Der Freundin von Fabian Weiner wurde etwas in ihre Cola gekippt. Ihr wurde schlecht und sie war weggetreten. Du hast wirklich niemanden beobachtet, der sich an ihrem Glas zu schaffen gemacht hat?«

Er schüttelte den Kopf. »Habe ich nicht. Bei uns ist so Zeug noch nie aufgetaucht, und ich hoffe, dass das so bleibt. Das wirft ein verdammt schlechtes Licht auf unseren Laden. Ich möchte nicht, dass er zugemacht wird. Wäre nicht der erste.«

Jetzt hatte er sich zurückgelehnt, die Beine ausgestreckt, in der Hand die Flasche, an der er immer wieder nippte. Eben hatte er noch dagesessen wie ein verschrecktes Häschen. Was war da los?

Ich überlegte weiter. »Kann es sein, dass Laura zu viel getrunken hat?«, nahm ich den Faden wieder auf, ohne mich um sein seltsames Verhalten zu kümmern.

»Nein«, kam die Antwort wie aus der Pistole geschossen. »Das Mädchen trinkt keinen Alkohol. Ich habe sie noch nie auch nur mit einer Flasche Bier oder einem Glas Prosecco gesehen. Sie trinkt immer nur Cola. Wenn, dann hat ihr jemand etwas da hineingeschüttet. Betrunken kann sie nicht gewesen sein. Ausgeschlossen!«

Zumindest wusste er, von wem ich sprach. Und was Laura gesagt hatte, stimmte offenbar. Das stellte ich mit einem Anflug des Bedauerns fest. Ich war davon überzeugt gewesen, dass sie mich angelogen hatte.

»Dann zu Fabian Weiner.«

»Lauras Freund.«

Ich nickte. »Er hat also Ecstasy verkauft?«

»Hat er.«

»Bist du sicher?«

Er trank einen Schluck Bier und nickte. »Glaub mir, das Zeug kenne ich. Ich arbeite schon lange genug in Diskotheken, dass ich es auf hundert Meter sehe, wenn jemand dealt. Es war Ecstasy, und Fabian Weiner hat die Tabletten in der Disco verschachert. Er hat sich zwar bemüht, es nicht auffällig zu tun, gemerkt habe ich es trotzdem.«

Er war sich sicher. Ich glaubte ihm. »Hat er das schon öfter gemacht?«

»In letzter Zeit schon.«

»Weiß dein Chef davon?«

Er sah mich einfach nur an, zog eine Braue nach oben und spielte mit dem Piercing in seiner Lippe. »Hast du sie nicht mehr alle? Wenn er das rauskriegt, flippt er aus. Drogen in seinem Schuppen, das geht gar nicht! Und ich sehe es ehrlich gesagt genauso. Wenn die Bullen uns die Hütte dichtmachen, was sollen wir dann tun?«

»Dein Chef weiß nicht, dass du hier bist.«

Er schluckte und schüttelte den Kopf, obwohl das nur eine Feststellung von mir gewesen war.

»Wenn ihr beide der gleichen Meinung seid, warum hast du ihm nicht gesagt, dass du dich mit mir triffst? Und warum hast du ihm nicht gesagt, dass Fabian Pillen verkauft? Und überhaupt, warum ist er heute auf mich losgegangen?«

Brunker zögerte mit der Antwort, ich aß noch ein paar zwischenzeitlich kalt gewordene Zwiebelringe.

»Er ist nicht ganz einfach«, antwortete er, und seine Stimme klang leise, während er auf die Tischplatte starrte.

Darauf wäre ich im Leben nicht gekommen.

Brunker seufzte. »Er ist ein Choleriker, du hast ihn heute Mittag selbst erlebt. Ihm rutscht schon mal die Hand aus, und wenn er wüsste, dass ich mit dir rede, würde er mich fertigmachen. Er hasst dich.«

Prima, gab es irgendwo einen Klub der Jule-Flemming-Hasser?

»Und was er mit Fabian anstellen würde, möchte ich mir gar nicht erst ausdenken. Vielleicht kriegst du das ja hin, dass er den Schwachsinn lässt. Ohne, dass wir offizielle Stellen einschalten müssen.« Er fixierte mich mit den Augen, doch in seinem Blick lag keine Bitte.

»Ach, dann ist das reine Nächstenliebe?« Ich konnte mir den Spott in der Stimme nicht verkneifen.

Wieder zog er die linke Braue nach oben und zuckte mit den Schultern. »Ich mag dich. Vielleicht kannst du Fabian sagen, dass er sein Zeug anderswo verkaufen soll und nicht im *Jungle*. Wäre zu schade, wenn ihm etwas passieren würde. Und um dein süßes Gesicht wäre es auch traurig, wenn du weiterhin in unserem Klub auftauchst.«

Mir wurde kalt. Ich musterte ihn eindringlich und versuchte, hinter seine Stirn zu gucken. Nichts an seinem Verhalten war logisch. Er erwiderte meinen Blick mit einem Lächeln. Ich konnte nicht sagen, ob es echt war.

»Ist das eine Drohung?«

Brunker stand auf und schob den Stuhl an den Tisch. Seine Hände verharrten auf der Lehne, während er mich noch immer anstarrte. »Ich möchte wirklich nicht, dass jemandem etwas passiert, nur weil er meinem Chef ungelegen in die Quere kommt.«

Damit wandte er sich um und ging. Ließ mich sitzen in meinen Überlegungen, die wie Glaswolle durch meinen Kopf waberten.

Irgendetwas stimmte nicht.

Ich war froh, nach Hause zu kommen. Mein Kopf schmerzte, und die Müdigkeit hatte sich in meinen Knochen ausgebreitet. Ich wollte ins Bett und schlafen. Der Telefonanruf war weit weg und mittlerweile so surreal, dass ich zu überlegen begann, ob ich ihn mir eingebildet hatte. Vielleicht trug Fannys Cocktail eine Mitschuld, ausschließen wollte ich es nicht.

Als ich das dunkle Treppenhaus in den zweiten Stock erklomm, erwartete ich fast, Mark auf dem oberen Absatz sitzen zu sehen. In letzter Zeit hatte er oft dort ausgeharrt und auf mich gewartet. Vor meinem Urlaub. In einem anderen Leben.

Doch niemand saß da mit einer Flasche Bier und einer Zeitschrift in der Hand, und ich wusste nicht, was ich fühlen sollte. Erleichterung? Leere? Wehmut?

Die Entscheidung wurde mir abgenommen. In Form eines Zettels mit roter Aufschrift, der mit Klebeband an meine Wohnungstür geheftet war.

Ich kniff die Augen zusammen und trat langsam näher. Blut, schoss mir als erster Gedanke beim Anblick des roten Geschmiers durch den Kopf, und mein Herz begann zu schlagen wie nach einem Hundertmeterlauf, während meine Knie sich wie Watte anfühlten.

Die Buchstaben waren rötlich-rostbraun, ineinander verlaufen wie in einem schlechten Horrorfilm. Nur das wellige Papier zeugte davon, dass es nicht frisch war. Langsam trat ich näher, erkannte, dass es Wasserfarbe sein musste und atmete vorsichtig aus. Mein Herzschlag ging auf das Niveau eines Dauerläufers zurück. Als ich wieder klar sehen konnte, realisierte ich die kurze Botschaft: »Letzte Warnung!!!«, stand da in großen Lettern.

Eine eiserne Hand griff nach meinem Magen, wollte die Zwiebelringe aus mir herauspressen. Ich bekam Gänsehaut und sah mich nach beiden Seiten um. Das Adrenalin rauschte durch meine Adern, eroberte jede Faser meines Körpers und versah sie einzeln mit kriechender Angst.

Einen Moment dauerte es, bis die Erstarrung wich und ich mich wieder bewegen konnte. Ich hatte Mühe, das Blatt von der Tür zu lösen, und hielt es von mir gestreckt, während ich mit der Linken in meinem Beutel nach dem Hausschlüssel kramte.

Ich knallte die Tür hinter mir zu, schob den Riegel vor und schloss doppelt ab. Dann zwang ich mich zu einem Rundgang durch die Wohnung, machte überall Licht und kontrollierte die Fenster. Als ich nichts Ungewöhnliches entdecken konnte, blieb ich einen Moment im Flur stehen und atmete ein paarmal ein und aus. Ich ging zurück in die Küche, direkt an den Kühlschrank. Mit einem Aufseufzen ließ ich mich auf den Stuhl fallen und beraubte die Flasche ihres Kronkorkens. Der Zettel lag vor mir auf dem Tisch, und ich starrte ihn an, als könne ich ihm sein Geheimnis entlocken. Er gab nichts preis. Von wem stammte er? Hasste Niederberger mich so sehr? Ich hatte ihn nur einmal gesehen. Hatte Brunker mir vorhin gedroht? Ich konnte ihn nicht einordnen, wusste nicht, warum er sich mit mir getroffen hatte.

Als die Flasche leer war, war ich der Lösung keinen Schritt näher. Die Gedanken wirbelten unkontrollierbar durch meinen Kopf. Mir war kalt, ich bibberte am ganzen Leib, sodass ich duschen ging und das heiße Wasser ein zweites Mal an diesem Tag über meinen Körper rinnen ließ.

Als ich im Bademantel und mit dicken Socken unter die Bettdecke kroch, hoffte ich, dass das nagende Gefühl verschwinden würde. Doch es hatte mich fest umklammert, und ich schlief noch schlechter in dieser Nacht als in denen zuvor. Finstere Träume jagten mich, die ich der jüngsten Vergangenheit zu verdanken hatte.

DIENSTAG

Am nächsten Morgen wachte ich mit Kopfschmerzen und schlechter Laune auf. Die nächtlichen Schatten verfolgten mich bis unter die Dusche. Ohne dass ich ihn wirklich wahrnahm, formte sich in meinem Inneren der Wunsch, etwas zu verändern. Die Bedrohung endlich loszuwerden. Ich musste mir eingestehen, dass es nur einen Weg gab. Ob ich den beschreiten wollte, wusste ich nicht. Noch nicht.

Es war an der Zeit, die Notbremse zu ziehen. Die letzten Reste des Albtraums versuchte ich trotzig wie Spinnweben wegzuwischen. Der Entschluss blieb: Ich hatte nicht die Absicht, mich von einer Person, die zu feige war, ihr Gesicht zu zeigen, ins Bockshorn jagen zu lassen.

Ich kam prustend aus der Duschkabine und warf die Kaffeemaschine an, ehe ich Sebastian mit der Order, frische Brötchen zu besorgen, herzitierte.

Als er klingelte, war der Kaffee fertig und der Tisch gedeckt. Mit Butter und Marmelade. Ich sollte dringend einkaufen gehen, wenn ich nicht den Tod der Mangelernährung sterben wollte.

»Morgen, Schwesterchen.« Er hatte dunkle Ringe unter den Augen, das Gesicht fahl, die Bewegungen langsam. Es gab Menschen, die noch schlechter geschlafen hatten als ich.

Der Inhalt seiner Tüte roch vielversprechend, ich

schnupperte. Augenblicklich fing mein Magen an zu knurren und ich schnappte mir den Beutel, als Sebastian mich aus seiner Umarmung entließ.

»Die Blitze?«, fragte ich.

Er nickte, die Augen traurig hängend.

Ich schenkte Kaffee ein und drückte ihm den Becher in die Hand, als es erneut klingelte. Gänsehaut krabbelte mir über den Rücken und Angst ergriff von mir Besitz. Ehe ich mich zur Ordnung rief und mich einen Idioten schalt, dass ich das zuließ. Um halb neun an einem Wochentag. Wer sollte da vor der Tür stehen?

Mit zusammengebissenen Zähnen stand ich auf und ging zur Tür. Einen Moment fragte ich mich, ob ich mir den Blick durch den Spion trotzig sparen sollte. Doch so bescheuert war ich nun auch nicht.

Als ich auf Zehenspitzen einen Blick auf eine Stachelfrisur erhaschte, seufzte ich. Und öffnete brav.

»Morgen, Jule!«

Der Junge war morgens widerlich gut gelaunt, und ich verdrehte die Augen, als er sich an mir vorbei in die Küche drückte.

Sebastian und Leon klatschten sich ab, und zumindest Leon sah dabei verdammt cool aus.

»Geht's dir gut?«, wollte Sebastian wissen und holte einen weiteren Stuhl. Ich fragte mich, wohin seine Müdigkeit verschwunden war. »Was machen die Jungs?«

»Lassen mich in Ruhe, ist doch klar!« Leon ließ sich auf die angebotene Sitzgelegenheit plumpsen und sah sich auf dem Tisch um, ehe er sich mit unschuldig kindlichem Augenaufschlag an mich wandte. »Cool, Frühstück! Hast du auch Nutella? Und Honig? Erdbeermarmelade? Ich liebe Erdbeer! Aber nur die ohne Stücke.«

Ich schüttelte den Kopf.

»Wurst vielleicht? Oder Käse?«

War ich ein Gemischtwarenladen?

Entweder konnte er Gedanken lesen oder er kannte mich schon zu gut. Er stand auf, murmelte »Bin gleich wieder da« und verschwand nach draußen. Kurz darauf hörte ich kleine Füße durch das Treppenhaus hinunterstürmen.

Ich setzte mich zu Sebastian an den Tisch und strich Butter auf eine Brezel. Sebastian verzierte seine mit einem Klecks Marmelade. Kirsche. Mit ganzen Früchten.

»So, mein Lieber«, fing ich an, als ich den ersten Bissen hinuntergeschluckt hatte.

Er hielt mitten in der Bewegung inne und sah mit geöffnetem Mund, die Brezel ein Stück davor, reichlich albern aus.

Ich grinste, ehe ich fortfuhr. »Lass uns noch mal über deinen Chef reden.«

Er biss ab. »Was möchtest du wissen?«

»Was weißt du über ihn?«

Sebastian schluckte hinunter, trank einen Schluck Kaffee. Ich sah ihn an und wartete.

»Na ja, …« Er malte mit dem Zeigefinger Kreise auf den Tisch und sah zum Fensterbrett, auf dem ein verdorrter Kaktus sein Dasein fristete. »Das ist jetzt nicht so einfach für mich.«

»Du möchtest ihn nicht in die Pfanne hauen.«

Endlich sah er wieder auf. »Er ist mein Chef. Das musst du verstehen.«

»Ich habe einen Fall, das musst du auch verstehen. Und ich habe das Gefühl, dass er etwas verheimlicht.«

Er nickte langsam. Und öffnete den Mund, als Leon freudestrahlend zurück in die Küche stürmte. In der Hand eine prall gefüllte Leinentasche.

Es war zum Mäusemelken! Immer im ungünstigsten Moment. Ich konnte nur hoffen, dass Sebastian nicht wieder zum Fisch wurde, während Leon seine Schätze aus dem Beutel holte und auf den Tisch stellte. In Windeseile hatte er ein Buffet aufgebaut, das jedem Hotelfrühstück zur Ehre gereicht hätte.

Wenn ich ehrlich war, freute ich mich über die Scheibe Salami auf meiner Brezel. Aber Sebastian war verstummt. »Also, Leon, erzähl mal!«

Also, Sebastian, du auch!

Leon sah auf, seine Augen glänzten. »Hat Jule dir schon erzählt, dass ich auch Privatdetektiv werde?«, fragte er mit vollem Mund und noch mehr Eifer.

Hatte sie nicht. Ich bedeutete meinem Bruder mit rollenden Augen, dass er ihm das bitte ausreden wolle. Sebastian hob nur eine Augenbraue und klappte den Mund auf.

»Und einen Fall habe ich auch schon.«

Er klappte den Mund wieder zu, und Leon hatte auch meine Aufmerksamkeit. Um genau zu sein, war ich in höchstem Grad alarmiert. Wie sollte ich seiner Mutter erklären, dass er die Dummheiten von mir hatte? Wir waren gerade dabei, uns anzufreunden.

»Was denn für einen Fall?«, fühlte ich vor.

»Also«, sagte er feierlich, sah uns der Reihe nach an und schwieg wieder. Verdammt, war das der Tag der Regenwürmer, die einzeln aus Nasen gezogen werden mussten? In Sebastians befand sich ein Nest. »Gestern Mittag hab ich aus dem Fenster geguckt, und da lag auf der Straße unten ein Haufen Stoff.«

Oh Gott!

»Ich bin also runter, weil ich wissen wollte, was es war.« Wieder eine spannungsgeladene Pause. »Obwohl es ganz schön dreckig war, habe ich gleich gesehen, dass es ein Schmusetier war. Ein Bärenkopf mit einem Tuch unten dran. So für Babys.«

Meinen Lungen entwich die angehaltene Luft. Thank God, das war harmlos!

»Und jetzt?«, fragte Sebastian und ließ den letzten Bissen seiner Brezel im Mund verschwinden.

»Ganz einfach, Mama hat es gewaschen, und ich suche das Kind, dem das Schmusetuch gehört, und gebe es zurück. Geld kann ich dafür wahrscheinlich nicht verlangen, aber vielleicht kriege ich eine Referenz.«

Ich seufzte erleichtert und wunderte mich gleichzeitig. Woher kannte der Zwerg solche Worte? Beim Thema Geld fiel mir ein, dass ich ihm immer noch etwas schuldig war.

»Es gehört einem Jungen.«

»Woher weißt du das?«

»Na, es ist blau. Wenn es für ein Mädchen wäre, wäre es rosa, das weiß doch jedes Kind.«

»Magst du mir das Ding mal zeigen?«, fragte ich und hoffte, die Befragung von Sebastian fortsetzen zu können. Leon stiefelte eifrig nickend davon.

»So, jetzt raus mit der Sprache«, zischte ich Sebastian an, kaum dass Leon durch die Tür verschwunden war.

Er hob die Hände und seufzte. »Du kriegst es ja doch raus. Niederberger kommt aus Stuttgart. Und es gibt Gerüchte, dass er Ärger mit der Polizei hatte wegen Drogen. Hey, ich weiß nicht, was da dran ist!« Trotzig nahm er sich eine Semmel und schnitt sie auf.

»Und das erzählst du mir erst jetzt? Wieso hast du mir das gestern nicht gesagt?«

»Er ist mein Chef, ich will ihn nicht in Schwierigkeiten bringen. Außerdem glaube ich, dass es besser ist, über manche Dinge nicht zu reden. Ich will meinen Job behalten.«

»Du hast Angst.«

»Gar nicht. Aber trotzdem ist es klüger, wenn man manchmal einfach den Mund hält.«

»Alle haben Angst vor ihm.«

Schweigend aßen wir weiter. Ich räusperte mich.

»Traust du ihm zu, dass er Menschen bedroht, wenn sie ihm in die Quere kommen?«

Sebastians Kopf schnellte hoch. »Sofort! Er ist zu allem fähig.«

Prima, so in etwa hatte ich mir das gedacht.

Leon kehrte zurück. In der einen Hand das zwischenzeitlich wieder hellblaue Schmusetuch, das wir ausgiebig bewunderten, in der anderen eine Tüte mit Legosteinen, die er ungefragt auf dem Küchenboden ausschüttete und damit zu spielen begann.

»Hast du etwas gesehen?«, fragte ich meinen Bruder leise und nahm mir eine Scheibe Käse. »Ich meine, dass bei euch Drogen vertickt werden.«

Sebastian schüttelte den Kopf. »Nichts, nie. Aber wie auch? Bin ja nur der Aushilfskellner.«

Ich überlegte kurz, ob ich ihm von Brunker und Fabian Weiner erzählen sollte, verwarf den Gedanken aber. Dafür war ich mir fast sicher, dass Niederberger hinter den Drohungen gegen mich steckte. Wie er sich gestern aufgeführt hatte, würde ich mich in Acht nehmen müssen.

In Ruhe frühstückten wir zu Ende, im Hintergrund das Geräusch von Legosteinen auf Linoleum.

»Was spielst du denn da?«, fragte Sebastian und setzte sich zu Leon auf den Boden, während ich den Tisch abräumte.

»Star Wars.« Leon sah kaum auf, so beschäftigt war er.

»Gibt's da nicht auch ein Flugzeug dazu?«

»Das heißt X-Wing Starfighter. Das gibt es schon, aber ich habe es nicht. Zu teuer, sagt meine Mutter. Aber ich habe eines nachgebaut, bis ich genug Taschengeld habe. Dann kann ich mir ein richtiges kaufen.« Stolz präsentierte er eine mit Steinen bebaute Platte, die entfernt an ein Flugzeug erinnerte.

Ich machte mir eine Notiz auf meinem geistigen Zettel und begann, das Geschirr abzuwaschen. Sebastian gesellte sich mit dem Trockentuch zu mir.

»Lass dich ja nicht dabei erwischen«, brummte ich, sah ihn aber nicht an.

»Wobei?«

»Wenn da bei euch mit Drogen rumgemacht wird.« Plötzlich kam ich mir vor wie meine Mutter und hasste mich.

»Spinnst du? Was glaubst du denn? Dass ich Drogen verkaufe? So bescheuert bin ich nicht!«

Weil Sebastian sich von einem Mist in den nächsten

manövrierte, war ich mir nicht so sicher. Am Ende musste ich ihn wieder herausholen, wäre nicht das erste Mal.

»Ich wollte es nur gesagt haben.«

Beleidigt warf er das Tuch über seine Schulter.

»Hey, jetzt sei nicht sauer. Du weißt, wie ich zu Drogen stehe.« Ich sah ihn an und hoffte, dass er mir glaubte.

Schließlich nickte er. »Aber nur, weil Papa was mit Drogen zu tun hatte, heißt das nicht, dass ich das auch mache.«

Bei der Erwähnung meines Vaters zuckte ich zusammen und biss mir auf die Unterlippe. Er hatte recht. Für mich war das auch nach so langer Zeit ein heikles Thema.

»In Ordnung«, sagte ich versöhnlich und atmete durch. »Belassen wir es dabei. Niederberger werde ich trotzdem auf den Zahn fühlen.«

Als beide sich verabschiedet hatten, herrschte Stille in der Wohnung. Leere. Und mit ihr kam das Gefühl zurück, das mich die Nacht über nicht losgelassen hatte und mit dem ich aufgewacht war. Es war verschwunden, als Sebastian und Leon aufgetaucht waren. Nun war es zurück, als habe es die Klinke dankend in die Hand genommen und sich in meine Wohnung geschlichen, als die beiden sie verlassen hatten. Es hielt mich umklammert und raubte mir die Luft zum Atmen.

Ich setzte mich an den Tisch und blickte auf das Chaos an Legosteinen, das am Boden lag. Auch das Stofftierchen hatte Leon vergessen. Gedankenverloren nahm ich es hoch und sah es an. Es war flauschig weich und hatte ein süßes Gesicht. Bestimmt war ein Kind traurig über den Verlust. Ich erinnerte mich daran, wie ich selbst einmal einen Teddybären verloren hatte. Für mich hatte es keinen Leon gegeben, der ihn mir wiedergebracht hatte. Plötzlich hoffte ich inständig, dass er den Besitzer finden würde. Und dann seinen Berufswunsch beerdigte.

Seufzend stand ich auf und spülte die Kaffeetasse ab. Eigentlich sollte ich telefonieren. Dazu musste ich mich sammeln. Und ein paar Bier trinken.

Ich ließ die Küche Küche sein, schubste die Legosteine mit dem Fuß zur Seite und schulterte meinen Lederbeutel. Zweimal drehte ich den Schlüssel im Schloss und fragte mich, ob ich paranoid war.

Dann trat ich hinaus und blinzelte in die Sonne, die mir das ungute Gefühl nahm und mich mit wärmenden Armen umfing, ehe ich mich zu Fuß auf den Weg in die Stadt machte.

Wenig später war ich zurück. An der Tüte trug ich nicht schwer, obwohl der Inhalt sperrig war. Und alles andere als billig.

Ich nahm den Pappkarton heraus und betrachtete das Flugzeug, das außen abgebildet war. Nun wusste ich, wie ein X-Wing Starfighter aussah. Musste sich nur noch eine Gelegenheit ergeben, Leon das Ding zu überreichen. Dann wäre ich meine Schulden los.

Ich schlenderte eine Weile ziellos durch die Wohnung, räumte hier und da etwas in einen Schrank, ging lustlos doppelte Wege. Schließlich war der Koffer leer, die Waschmaschine lief, und gesaugt hatte ich auch. Und jetzt?

Ich setzte mich mit dem Computer an den Küchentisch und recherchierte. Toll hörte sich das an. Arbeit.

Und doch wusste ich, dass ich das Unausweichliche nur hinausschob.

Ich grub gründlich in den Tiefen des Internets und förderte tatsächlich etwas über Benjamin Niederberger zutage: Vor Jahren hatte er in Stuttgart eine Diskothek betrieben. Das *Apple* war zeitweise der angesagteste Klub der Stadt gewesen. Feste wurden gefeiert, mehr oder weniger berühmte DJs waren zu Gast gewesen, und auch die Stuttgarter Lokalprominenz beehrte das *Apple*.

Dann fand das Treiben ein jähes Ende, die Spuren verloren sich ohne erkennbaren Grund. Warum? Sebastian hatte angedeutet, dass es um Drogen gegangen war. Klar, dass Niederberger mich dann nicht in seinem Klub sehen wollte. Mein Besuch musste ihn nervös gemacht haben. Was auch erklären würde, warum er mir drohte. Wenn er es war.

Was versprach er sich davon? Dass ich mit den Ermittlungen aufhörte? Dann kannte er mich schlecht. Längst hatte ich mich wie ein Terrier in den Fall verbissen und würde ihn so lange nicht loslassen, bis ich ihn geklärt hatte. Und dass die Spur heiß war, darauf hätte ich meine Pizza vom Mittagessen verwettet.

Und jetzt? Ich brauchte eine Bestätigung für meine Theorie. Mit dem Kugelschreiber tippte ich mir an die Unterlippe und dachte angestrengt nach. Ehe ich einsehen musste, dass es nur eine Möglichkeit gab.

Ich seufzte und stand auf. Straffte mich und holte das Telefon, mit dem ich mich an den Tisch zurücksetzte. Ich atmete noch einmal tief durch und wählte. Die Nummer kannte ich auswendig. Nicht weil ich sie oft gewählt hatte, sie hatte sich eingebrannt. Fast hoffte ich, dass Mark nicht abnehmen würde. Noch während sich der Gedanke in meinem Kopf zu einem Wunsch formte, nahm jemand ab und meldete sich. Vor Schreck fiel mir der Hörer aus der Hand und landete scheppernd auf dem Küchentisch. Das Geräusch hallte überlaut in meinen Ohren.

Ich räusperte mich und griff danach.

»Jule Flemming hier.« Meine Stimme hörte sich rau und unecht an. Ich versuchte, den Kloß, der sich gebildet hatte, hinunterzuwürgen. Vergeblich.

Aus der Leitung schlug mir Schweigen entgegen. Was dachte er? Und warum war mir das wichtig?

»Mensch, Jule, wie geht's dir? Zurück aus dem Urlaub?«

Er dachte nichts. Wir tauschten oberflächliche Höflichkeiten aus, was zumindest dazu führte, dass sich mein Herzschlag beruhigte und meine Stimme sich wieder normal anhörte. Ich konnte aber nicht verhindern, dass sich Enttäuschung in mir breitmachte. Trotzdem fühlte es sich schön an, ihn zu hören. Und in meinem Bauch wurde es verdächtig warm.

»Was kann ich für dich tun?«

Mir noch eine Nacht schenken wie die vor Kurzem?

Ich schüttelte den Kopf. Hatte ich das wirklich gedacht? War ich bescheuert? Hormongesteuert? Was war los mit mir? Verdammt, Jule Flemming, ein bisschen mehr Professionalität bitte!

»Es geht um Benjamin Niederberger«, antwortete ich forsch. Was hatte er geglaubt? Dass ich ihn anrufen und anwinseln würde? Da kannte er mich schlecht. Ich brauchte eine Information. So cool wie er war ich schon lang! »Du solltest ihn eigentlich aus deiner Zeit in Stuttgart kennen.«

Schweigen schlug mir entgegen, und ich wurde schon ungeduldig, ehe Mark sich zu einer Erwiderung herabließ.

»Was hast du mit ihm zu schaffen?«

Das war keine Antwort, wie ich sie mir erwartet hatte. Das war eine Frechheit. Aber bitte, ich wollte nicht so sein. »Sagen wir einfach, ein neuer Fall.«

Mark seufzte laut auf. »Nicht schon wieder!«

»Hey, das ist mein Beruf. Schon vergessen?«

»Nein. Aber dass der nicht ungefährlich ist, sollte dir mittlerweile klar sein.«

War es, da konnte er sicher sein! »Weißt du etwas oder nicht?«

»Jetzt sei nicht gleich eingeschnappt.«

War ich aber.

Was er mir erzählte, war interessant und bestätigte meine Theorie. Eine Razzia hatte dem leichten Leben im *Apple* ein Ende gesetzt. Drogen wurden sichergestellt, Kellner und Barkeeper verhaftet, und schließlich geriet Niederberger selbst ins Visier der Ermittlungen. Es galt als sicher, dass er die Pillen in seinem Klub vertrieben oder zumindest davon gewusst hatte. Zwar schworen die Dealer Stein und Bein, dass er nichts damit zu tun hatte, aber Mark erzählte mir, dass man ihm nur nichts hatte nachweisen können.

Pikantes Detail an der Sache war, dass man ihm im Zuge der Durchsuchung Verkehr mit Minderjährigen vorgeworfen hatte. Zwar kam es nicht zum Prozess, weil das vermeintliche Opfer beziehungsweise dessen Eltern die

Anzeige zurückzogen, aber ein Makel blieb haften und das *Apple* für immer geschlossen.

»Und jetzt? Möchtest du mir sagen, wozu du das alles brauchst?«

»Ein neuer Fall eben.« Ich klang schnippisch, konnte es nicht verhindern. Ich hatte ihn gefragt, er hatte mir geantwortet. Das hätte er nicht tun müssen, das wusste er so gut wie ich.

»So, so, ein neuer Fall. Hast du ihn am Wickel?«

Mark hörte sich lauernd an. Das passte mir nicht. Ich schwieg.

Er seufzte. »Wie du meinst. Aber pass auf. Mit Niederberger ist nicht gut Kirschen essen. Der Typ ist gefährlich, ein hübsches Gesicht interessiert ihn nicht.«

Meinte er mich mit dem hübschen Gesicht? Mein Herz tat einen Hüpfer. Auch wenn ich genug davon hatte, ständig vor Niederberger gewarnt zu werden. »Ich kann schon gut auf mich allein aufpassen«, fauchte ich und hieb mit der zur Faust geballten Hand auf den Tisch.

»Ja, klar.«

Er hörte sich so verdammt spöttisch an, dass ich am liebsten aufgelegt hätte. Nur meine gute Erziehung hinderte mich daran. Und die Hoffnung auf ein paar nette Worte.

Doch wir tauschten nur noch Floskeln, dann war das Gespräch beendet. Kein »Möchtest du vorbei kommen, ich würde dich gern sehen?«, kein »Schön war es neulich, sollen wir das bei Gelegenheit wiederholen?«, »Lust auf ein Abendessen?«, »Auf einen Kaffee?« Nichts.

Ich zog die Stirn kraus und schniefte. Weit davon entfernt, in Tränen auszubrechen, aber sein Verhalten verletzte mich. Empfand er nichts? Dachte er nicht an die Nacht zurück? Oder war ich nur eine weitere Kerbe in der Liste seiner Eroberungen? Lange darum gebuhlt, 14 Jahre immerhin, gehabt und weggeworfen. Gott, wie peinlich! Und ich hatte mir einmal geschworen, dass ich nie wieder auf einen Mann hereinfallen würde. Wie man sich täuschen konnte!

Ich straffte die Schultern und ließ den Hörer über den Tisch schlittern, dass er auf dem Boden landete. Dann eben nicht, blöder Kerl! Mit der flachen Hand schlug ich auf den Tisch und fühlte den Schmerz bis in die Fingerspitzen. Ich biss die Zähne zusammen und stand auf, gepaart mit einem Gefühl der Leere, das ich mir aber nur kurz gestattete.

Reiß dich zusammen, Jule Flemming, das ist erledigt. Du willst nicht schon wieder dem falschen Kerl nachlaufen. Nein! Das würde nicht passieren. Nicht zweimal hintereinander.

Ich gebe zu, ich flüchtete, wollte nicht in meiner Wohnung warten, bis ich Besuch vom Unbekannten bekam. Auch mein Trotz kannte Grenzen. Also ging ich zu Lou in den *Jazz-Keller* und löcherte ihn wegen des Sommerfests.

Er hatte fünf Gesangseinlagen für mich geplant, und ich handelte ihn auf zwei herunter. Wenn ich eine Zugabe mitrechnete, und so arrogant war ich, waren wir bei drei. Mehr konnte und wollte ich nicht. Weder war ich angestellte Sängerin bei ihm noch wusste ich, wie lange ich durchhalten würde. Etwas eingerostet fühlte ich mich trotz geglückter Probe an.

Ich setzte mich zu Fanny an die Bar, weil ich Zeit totschlagen musste. Später wollte ich ins *Jungle* und ein bisschen beobachten. Ungefragt bekam ich einen Kaffee.

»Nistest du dich jetzt hier ein?«

Cosima trug ein weinrotes Oberteil, das ihren voluminösen Busen gut zur Geltung brachte, das musste ich neidvoll anerkennen. Da konnte ich nicht mithalten. Doch ein prüfender Blick in ihr Gesicht zeigte mir, dass wir alle nicht jünger wurden. Um ihre Augen hatte sich ein feines Netz von Falten gesponnen. Augenblicklich fühlte ich mich besser.

»Was lungerst du schon wieder hier herum?«

Ich lächelte sie entwaffnend an. Mark hatte mich meine ganze Kraft gekostet. »Ich trinke ein Tässchen Kaffee«, antwortete ich und übte mich in einem würdevoll nachsichtigen Blick.

Cosima schnaubte und stampfte auf, dass ich mich vorbeugte und um sie herumzusehen versuchte. Täuschte ich mich, oder gab ihr Hintern langsam der Schwerkraft nach?

»Was machst du da?« Sie versuchte, ebenfalls einen Blick auf ihre Kehrseite zu erhaschen.

»Gucken, ob du Schwanz oder Pferdefuß hast.« Ich blickte mit großen Augen zu ihr hoch. Hinter mir hörte ich Fanny kieksen.

Cosima stieg der Dampf in den Kopf wie bei einem Druckluftopf. Ob sie zu pfeifen begann?

»Halt dich aus dem Sommerfest raus«, zischte sie. »Du bist mir sowieso noch einen Auftritt schuldig.«

»Ich? Dir?«

»Für die Information von neulich.«

»Hey, das war nicht meine Schuld.« Ich hob die Hände.

»Du hast mich hintergangen! Und dann auch noch mit Andreas.«

»Oh, ich fange gleich an zu weinen! Hast du Ansprüche?«

Cosima atmete prustend aus. Ob sie doch zu pfeifen anfing?

»Jetzt sei nicht so, ich werde singen, weil Lou das möchte. Basta. Und jetzt schnapp dir deinen Besen und hau ab. Du langweilst mich.«

Sie warf ihr schwarzes Haar nach hinten und stöckelte davon.

»Geht doch nichts über eine gut gepflegte Feindschaft unter Frauen.«

Ich bekam Gänsehaut und brauchte mich nicht erst umzudrehen, um zu wissen, wer herangetreten war. Fast meinte ich, seinen Atem im Nacken zu spüren.

Meine Hand wurde feucht und kalt. Erschrocken zog ich sie zurück und drehte mich um. Hundesabber war das Letzte, das ich an mir haben wollte. Verstohlen griff ich nach einer Serviette auf dem Tresen und hoffte, dass Andreas ging. In mir stieg ein Prickeln hoch, als er mich aus dunklen Augen ansah. Ich konnte seinen Blick nicht erwidern, fühlte mich nackt und schutzlos, als wäre mein Innerstes nach außen gekehrt. Auch Fanny hatte Gänsehaut, wie mir die aufgestellten Härchen auf ihren Unterarmen zeigten. Das Gefühl war nicht unangenehm, hatte etwas Erotisches. Aber es war auch das Wissen, dass man sich mit einer dunklen Unbekannten einließ.

Dann wandte er sich ab, so lautlos, wie er gekommen war. Flocki trabte brav neben ihm her und ließ sich zu seinen Füßen nieder.

Ich schüttelte mich, um das Empfinden loszuwerden. Fanny sah mich an, ihr Blick sprach Bände. Wir atmeten tief durch, dann genehmigten wir uns einen Mini-Cocktail.

Den Rest der Zeit verbrachte ich mit konzentriertem Nachdenken über das Sommerfest. Zusammen mit Fanny überlegte ich, was ich singen wollte. *Miss American Pie* auf jeden Fall. Außerdem etwas Leichtes. Caro Emerald fiel mir spontan ein.

»Und was als Zugabe?«, wollte Fanny wissen, die Ellbogen auf den Tresen gestützt, den Kopf auf die Hände gelegt.

»Vielleicht gibt es keine.«

»Natürlich gibt es eine. Es gibt immer eine! Ich habe da schon eine Idee.« Sie grinste breit. »Das wird großartig!«

Als sie mir sagte, woran sie dachte, sah ich sie nur an und tippte mir an die Stirn. »Du hast sie nicht mehr alle.«

»Warum? Das wird der Renner des Abends. Das ist der Rausschmeißer, etwas Besseres wird nicht mehr kommen.«

»Pah, schafft die nie und nimmer«, vernahm ich Cosimas verächtliche Stimme in meinem Rücken. Sie hörte sich schadenfroh und siegesgewiss an. Und ausnahmsweise waren wir gleicher Meinung, auch wenn ich das nie zugegeben hätte. Das Ding war eine Nummer zu groß für mich.

»Verschwinde!«, verlangte Fanny, mit in die Hüften gestemmten Fäusten. »Bis zur Walpurgisnacht ist noch eine Weile.«

Sie trollte sich und ließ uns brütend zurück.

»Das kann ich nicht.«

»Kannst du wohl. Nur weil die Schlampe das gesagt hat, brauchst du es nicht glauben.«

»Hey, die Schlampe habe ich gehört, das nimmst du zurück!« Die Stimme aus dem Off, von irgendwo hinter der Bühne.

Fanny zeigte undamenhaft den Stinkefinger in die Richtung, in der sie Cosima vermutete, und wir kicherten wie zwei Schulmädchen. Dann beugte sie sich vor, dass ihre Stupsnase meine fast berührte.

»Das schaffst du locker«, sagte sie mit einer Stimme, die ihre Überzeugung widerspiegelte. Mich konnte sie nicht mitreißen. Noch nicht. Wenn ich Cosima damit ausstechen würde? Eine verlockende Vorstellung, sie verlieren zu sehen. Vielleicht sollte ich doch …?

Fanny legte alles an Kraft in den Tonfall, was sie hatte. »Schau mich an!«

Brav blickte ich ihr in die Augen.

»Du kannst das. Der Schnepfe zum Trotz! Du hast noch lange genug Zeit zum Üben. Fang einfach gleich an, Cosima kommt vor heute Abend nicht zurück.«

Sprach's und drückte mir das Mikrofon in die Hand. Schon nestelte sie an der Stereoanlage. Ich zögerte, wollte mich erst vergewissern, dass Cosima wirklich weg war.

Als die Tür hinter ihr zuklappte, gab es keine Ausreden mehr. Unsicher stiefelte ich zur Bühne und wartete, dass die Musik einsetzte. Worauf hatte ich mich eingelassen?

Als ich fertig war, bereute ich meine Entscheidung. Der Song war nicht nur eine Nummer zu groß. Unglücklich sah ich auf Fanny hinunter, die mit gerunzelter Stirn vor der Bühne stand.

»Du findest es auch scheußlich«, stellte ich mit müder Stimme fest und fühlte mich im Jammertal. Warum hatte ich es nicht gelassen?

»Nicht schlecht ...« Sie rang die Hände. »Aber, hm, verbesserungsbedürftig vielleicht ...?«

»Das war gar nicht so verkehrt.«

Ich war so fertig, dass ich noch nicht einmal Gänsehaut bekam, als ich Andreas' Stimme hörte. Musste er seinen Senf dazu geben? Als wenn er es besser wüsste.

»Mit ein bisschen Übung kriegst du das hin.« Er sprach einfach weiter, während sich in mir alles sträubte und ich am liebsten davongerannt wäre.

»Komm schon«, verlangte Fanny. »Du hast nichts zu verlieren.«

»Die Prinzessin will nicht.« Andreas wandte sich um.

Ich schnaubte. »Nenn mich nicht Prinzessin!«

Er blieb stehen, zeigte mir aber noch immer den Rücken.

»Was jetzt? Redest du nicht mehr mit mir?«

Nun sah er mich an, zuckte mit den Schultern. »Was soll ich sagen?«

»Bitte.« Fanny faltete die Hände und sah mich flehend an.

»Okay. Ich probiere es.« Hatte ich das gesagt?

Andreas kam zurück. In seinem Gesicht zeigte sich keine Regung. Doch als Fanny aufatmend zur Anlage hinter dem Tresen zurückging, gab er mir einen Klaps auf den Po. Ich spürte seinen Atem an meinem Hals und fühlte gegen meinen Willen ein Prickeln in mir aufsteigen.

»Schätzchen, ich nenn dich Prinzessin, so oft ich will«, raunte er mir ins Ohr, und ich konnte sein Lachen förmlich hören.

Ich schnappte nach Luft und setzte zu einer scharfen Erwiderung an, doch die ersten Töne erklangen aus den Lautsprechern.

Am Ende meiner Performance war Andreas glücklicher als ich. Mit in Falten gelegter Stirn hatte er mir zugehört. Dann hatte sie sich geglättet, ein zufriedener Ausdruck breitete sich auf seinem Gesicht aus.

»Okay, mit ein bisschen Training kriegst du das hin«, sagte er und klang zuversichtlich. »Du kommst jeden Tag her, und dann packst du das. Ich helfe dir.«

»Wo hast du das gelernt?«

Er schwieg ein paar Wimpernschläge lang, ehe er antwortete. »Das willst du nicht wissen.«

Ich seufzte. Vermutlich hatte er recht. Und wenn ich Cosima ausstechen wollte, und der Gedanke war verlockend, brauchte ich ihn. Allein würde ich es nicht packen. Ich war geneigt, Andreas' Zuversicht zu teilen. Hatte ich eine Wahl?

»Machst du mir noch einen Kaffee?«, fragte ich an Fanny gewandt und setzte mich zurück auf den Barhocker, während Andreas verschwand. Mit ihm das seltsam prickelnde Gefühl, das ich die ganze Zeit über gehabt hatte. »Ich habe eine lange Nacht vor mir.«

Das Handy dudelte in meiner Handtasche, und ich schloss die Augen bei den ersten Tönen von *Aquarius*.

»Flemming«, meldete ich mich.

»Ach Kind, du weißt doch, dass hier deine Mutter ist. Warum bist du immer so … unnahbar?«

Ja, warum war ich so? Gute Frage.

»Hör mal, ich wollte fragen, wie das mit der Vernissage ist.«

Deswegen.

»Du kommst doch, oder? Ich brauche noch jemanden, der Tee serviert.«

»Dann ruf bei der Agentur für Arbeit an. Oder bei einer Zeitarbeitsfirma.«

»Jule, ich hatte da eigentlich an dich und deinen Bruder gedacht.«

Ich atmete aus und schwieg einen Moment, bevor ich sagte, was mir unmittelbar auf der Zunge lag. Kellnertätigkeiten.

»Nein.«

»Aber Jule, ich bin deine Mutter!«

Ja, leider. Manchmal fragte ich mich, welcher besoffene Storch mich über diesem Nest abgeworfen hatte.

»Ich serviere trotzdem keine Drinks.«

»Keine Drinks, es gibt Tee! Der ist inspirierend und gut für die Seele. Und genau das Richtige, um auf die Vernissage einzustimmen.«

Ob sie den Gästen Drogen in den Tee schütten wollte?

Was mich an meinen Fall erinnerte, der bis jetzt nur Fragen aufwarf. Ich seufzte.

Meine Mutter missverstand mich. »Ach Kind, das ist doch kein Grund zum Seufzen! Da bitte ich dich einmal um einen Gefallen.«

Ich rollte mit den Augen, als ich daran dachte, was mir der letzte Gefallen eingebracht hatte. Fanny grinste.

»Kommst du jetzt? Wir müssen die Einzelheiten besprechen. Oder ich komme am besten bei dir vorbei. Wenn wir uns mit Sebastian treffen, können wir in Ruhe über alles reden.«

Oh Gott, bitte, nein! Ich riss Fanny die Cellophanverpackung der Strohhalme aus der Hand und knetete sie geräuschvoll vor dem Hörer. Dazu knirschte ich mit den Zähnen.

Andreas trat neben mich und sah mit zur Seite geneigtem Kopf zu. Diesmal ließ ich mich nicht irritieren.

»Mutter? Hallo? Mutter? Ich verstehe dich nicht mehr. Ich glaube, das ist ein Funkloch!« Ich knirschte und knetete, was das Zeug hielt, und ignorierte jeden Ton, der aus dem Hörer durch den Lärm gekrochen kam. »Bist du noch da? Hallo?« Ich legte auf und sank erschöpft über dem Tresen zusammen.

Andreas sah mich an, die Lippen zum Ansatz eines Grinsens verzogen.

»Was?«

»Ich wusste nicht, dass du so … erwachsen … mit deinen Problemen umgehst.«

Ich antwortete nicht. Seine Augen funkelten, die Mundwinkel zuckten, doch er sagte nichts. Und mein

Blick zwang ihn schließlich zurück auf seinen Platz. Neben Flocki, wo er hingehörte.

»Schwierigkeiten?«, wollte Fanny wissen und stellte einen weiteren Kaffee vor mir ab.

Ich winkte ab. Familie war Problem. Zumindest für mich. Ein innerer Zwiespalt. Ich konnte meiner Mutter nicht ins Gesicht sagen, dass sie mir auf die Nerven ging. Sie war meine Mutter, was sollte ich tun? Ich musste dringend mit Sebastian reden und ihn warnen. Das Letzte, was ich wollte, war, dass sie bei mir auftauchte.

Kurz vor elf parkte ich vor dem *Jungle*. Weit genug entfernt, um nicht aufzufallen, aber doch so nah am Eingang, um ihn mühelos im Auge behalten zu können.

Die Minuten tropften wie zähflüssiger Honig dahin. Manchmal hasste ich meinen Job. Aber es gehörte dazu. Beobachten war das Ein und Alles, und Geduld war eine der Grundvoraussetzungen. Leider war ich mit dieser Tugend nicht eben gesegnet, was ich jedoch mit Disziplin wettzumachen versuchte. Obwohl mir das Beschatten anderer immer bald zum Hals heraushing, war ich erstaunlich ausdauernd.

Ich beobachtete den Strom der Gäste und schüttelte über manches Outfit den Kopf. So lange war es nicht her, dass ich in dem Alter gewesen war. Aber ich war Marke Mauerblümchen gewesen. Ohne jedes Rückgrat. Ständig auf der Suche nach der einzigen, der wahren Liebe.

Dirk Heit tauchte vor meinem inneren Auge auf, und selbst durch Kopfschütteln ließ er sich nicht vertreiben. Ich sah mich mit ihm im Standesamt, und später in meinem Bett. Auf einer anderen Frau, mir den blanken Hintern entgegengestreckt, der sich rhythmisch hob und senkte. Fast meinte ich, ihr Stöhnen zu hören.

Erneut schüttelte ich trotzig den Kopf. Die ich rief, die Geister … Ich hatte Besseres zu tun, als in der Vergangenheit zu wühlen.

Es hätte mich schlechter treffen können, sinnierte ich, während ich zwei junge Mädchen beobachtete, die nach draußen getreten waren, um eine Zigarette zu rauchen. Begleitet von schnatterndem Gegacker und Gekicher. Die eine in Leggins, die andere im kurzen Röckchen. Beide trugen Schuhe mit Absätzen so hoch, dass man damit unmöglich laufen konnte.

Ich seufzte, weil ich an Mark denken musste. Kurzerhand verbot ich mir auch das und öffnete in Ermangelung eines Biers, und weil ich im Dienst war, eine Dose Cola. Woran sollte ich jetzt denken? Mir gingen die Möglichkeiten aus.

Ich rutschte im Sitz nach unten und beobachtete die nächsten zwei Stunden. Es tat sich nichts, und ich kämpfte mit der Müdigkeit, die mich wie ein Nebel einzuhüllen begann. Hinterhältig und ohne Vorwarnung. Ich litt an Schlafmangel. Und wenn ich Zuhause mit Einschlafschwierigkeiten zu kämpfen hatte, hier hinderte mich nichts. So absurd das klang, im Auto fühlte ich mich sicher.

Es war ruhiger geworden, nur hin und wieder gingen Gäste des *Jungle* nach draußen, um sich zu unterhalten oder eine Zigarette zu rauchen. Begleitet von einem Schwall lauter Musik, wenn die Tür sich öffnete.

Einmal ging eine Frau gebeugt an einem Stock mit einem Hund so groß wie ein Kalb am Auto vorbei. Der Köter schnüffelte, und die Dame versuchte, einen Blick ins Innere des Wagens zu erhaschen. Ich setzte mich auf und sah sie an. Sie machte einen Satz zurück. Geschah ihr recht, dachte ich boshaft.

Ein weiteres Problem gesellte sich zur Müdigkeit: Seit geraumer Zeit kämpfte ich mit einer vollen Blase. Gerade als ich mich fragte, ob ich kurz hinter einen Busch verschwinden könnte, ohne dass der Hund mir in den Popo biss oder die Alte mir ihren Stock über den Kopf zog, kam Bewegung in die mittlerweile fast tot erscheinende Szenerie. Ein kleiner, hagerer Kerl mit zu großer Jeansjacke und zurückgekämmtem Haar betrat den Parkplatz und wartete unter der Treppe, die zum Eingang der Disco nach oben führte. Ein Feuerzeug flammte auf, und kurz darauf glühte eine Zigarettenspitze in der Dunkelheit und bewegte sich wie ein eifriges Glühwürmchen in einer lauen Sommernacht.

Ich kannte den Kerl und grub in den Tiefen meines Gehirns nach einer Spur der Erinnerung. Es dauerte, ehe ich dahinterkam. Ich hatte ihn vor ein paar Jahren hochgenommen, als ich noch bei der Polizei im Streifendienst gewesen war. Mirko Hübner war ein Dealer, und ich hatte ihn verhaftet, als er Koks an minderjährige Schüler verkauft hatte.

Was tat er hier? Zum Feiern war er nicht gekommen. Er stand noch immer unter der Treppe, die Zigarette lag längst auf dem Boden, lieblos ausgetreten.

Es dauerte nicht lange, dann öffnete sich die Tür zum

Jungle und Holger Brunker erschien auf dem oberen Absatz. Die Lederjacke lässig geschultert kam er die Treppe herunter.

Was nun ablief, war wie ein Stummfilm für mich. Mirko Hübner trat aus dem Schatten auf Brunker zu, der zusammenzuckte, als trete er seinem Henker gegenüber. Die beiden gingen ein paar Schritte in Richtung der Büsche, in denen ich neulich ausgeharrt hatte, und gestikulierten wild. Hübner ballte die Hände zu Fäusten und hob sie auf Kopfhöhe Brunkers, der sich seinerseits zu voller Größe aufplusterte und auf den Dealer hinunterblickte.

In Windeseile öffnete ich die Tür, schlüpfte hinaus und ließ sie vorsichtig ins Schloss fallen.

Ich versuchte, elfengleich über den Parkplatz zu schweben, in der Hoffnung, die beiden nicht aufzuscheuchen. Ich war nicht besonders schwer, gut, leichter ging immer, aber das war einfacher gesagt als getan. Doch meine Sorge war unbegründet. Die beiden Streithähne diskutierten lauthals. Nicht verständliche, weil zusammenhangslose Wortfetzen wehten zu mir herüber. Ich pirschte mich näher heran, doch zu meiner Enttäuschung schienen sich die Gemüter beruhigt zu haben. Zischende Laute drangen zu mir und erinnerten an streitende Katzen in einer zu warmen Sommernacht. Der Spuk war vorbei, dafür wurde es nicht minder interessant. Mirko Hübner zog ein kleines Päckchen aus der Jacke und reichte es Brunker, der es unter seiner Lederjacke verschwinden ließ. Er seinerseits steckte dem Dealer einen Briefumschlag zu, den der kurz öffnete, prüfend mit dem Finger über den Inhalt strich und ihn dann in der hinteren Hosentasche verschwinden ließ.

Hübner hob mahnend den Zeigefinger, dann klatschten sich beide ab und gingen in getrennte Richtungen auseinander. Brunker kam direkt auf mich zu, und ich trat hinter einen Baum, bis ich sicher sein konnte, mein Auto unbemerkt erreichen zu können.

Währenddessen wirbelten mir Gedanken durch den Kopf, die sich nicht sortieren ließen. Brunker hatte Stein und Bein geschworen, dass er mit Drogen nichts zu tun hatte und im *Jungle* keine verkauft würden. Aus Angst, der Klub würde geschlossen. Doch was ich beobachtet hatte, war ein astreiner Deal gewesen. Schon weil Mirko Hübner kein Mitglied im Männergesangsverein war.

Es war spät, trotzdem blieb ich noch eine gute halbe Stunde und rätselte über die Geschehnisse, ehe ich zurück nach Hause fuhr. Ohne eine Idee, was das sollte. Fakt war, ich wurde verarscht. Und ich hatte das Gefühl, nicht nur von einer Person in dem Spiel.

Aber auch etwas anderes schlich sich ein, das auf dem Weg zurück immer drängender und unangenehmer wurde: Es war eine kribbelnde Spannung, gepaart mit dem schleichenden Empfinden, das ich nicht greifen konnte. Unwillkürlich sah ich in den Rückspiegel. Da war nichts. Kein Auto, kein Motorrad, nichts.

Ich sah mich noch öfter um, bis ich zu Hause war. Am Ende blickte ich mehr nach hinten als nach vorn auf die Straße. Ich konnte nichts erkennen, aber die Gänsehaut blieb.

Vom Auto zum Haus sprintete ich. Zum Glück wurden mir weitere Überraschungen erspart. Ich huschte in die Wohnung und verriegelte die Tür, ehe ich mich gründlich umsah. Alles war ruhig. Erleichtert seufzte ich auf.

Meine angeschlagene Psyche spielte mir Streiche. Ich hatte die Sache noch nicht verdaut, so viel stand fest.

MITTWOCH

Weit davon entfernt, ausgeschlafen zu sein, wachte ich am nächsten Morgen auf. Ich versuchte, das Positive zu sehen: Ungebetenen Besuch hatte ich nicht gehabt. Vielleicht war es wirklich nur ein Spinner gewesen, der mir die Nachrichten hatte zukommen lassen. Und gestern Nacht hatten mir meine zum Zerreißen gespannten Nerven suggeriert, dass jemand hinter mir her war.

Ich wusste, dass ich mir selbst in die Tasche log, und ging duschen, um das Gefühl loszuwerden. Anschließend machte ich es mir mit einer Tasse Kaffee und ein paar Cornflakes am Esstisch gemütlich. Carpe diem.

In meiner Lederkluft trat ich kurze Zeit später vor die Tür und holte meine schwarze 600er Bandit aus der Garage. Sie hustete kaum, als ich sie anließ, und der Sound war Musik in meinen Ohren. Die vom Himmel strahlende Sonne versprach einen herrlich warmen Tag. Zeit, mir das Hirn durchpusten zu lassen.

Ich stieg auf und brauste davon. In einer weiten Schleife fuhr ich nach Merklingen und ließ es gemütlich angehen. Ich liebte den frischen Wind um die Nase und die wärmenden Sonnenstrahlen, die durch die Lederklamotten auf die Haut drangen.

Schnell fuhr ich nicht, das hatte ich nie getan. Ich gehörte nicht zu den Menschen, die mit ihrem Motorrad Geschwindigkeitsrekorde aufstellten und stolz darauf waren. Und auf der Rückfahrt landeten sie im Graben oder an einem Baum. Meine Maschine gab nicht genug her. Aber zum Verspüren eines Ansatzes von Freiheit war sie das Beste, was ich hatte, und ich genoss die Fahrt mit jeder Faser meines Körpers. Es war, als würden sämtliche nächtliche Schatten, die mich in den letzten Tagen verfolgt hatten, davongeblasen. Ich war lebendig. So gut fühlte ich mich sonst nur beim Singen.

Nach über einer Stunde hielt ich vor dem Bürocontainer der Spedition Weiner in Laichingen, stellte den Motor ab und kletterte vom Sitz. Ich löste den Helm und schüttelte meine platt gedrückte Mähne. Um sie musste ich mir keine Sorgen machen, sie führte ein eigenes Leben und würde es in Kürze wieder aufnehmen.

Empfangen wurde ich von Frank Kempf, der ein Klemmbrett in der Hand hielt und irgendetwas darauf herumkritzelte. Er lächelte mich schelmisch an und sah aus wie die geborene Versuchung mit dem karierten Hemd, dessen oberster Knopf geöffnet war, und der engen Jeans. Die Vorfreude auf einen Blick auf seine Kehrseite trieb mir ein Grinsen ins Gesicht.

»Auf der Suche nach Herrn Weiner?«, fragte er und kam lässig herübergeschlendert.

»Sicher«, antwortete ich und schüttelte meine Locken aus. »Junior.«

»Klar!« Diesmal zog er die Brauen nicht nach oben. Schade, das hatte unglaublich sexy ausgesehen.

Er wandte sich ab und ging mir voran in den Container. Kurz drehte er sich um und ertappte mich, wie meine Augen wie festgeklebt an seinem Po hingen. Ich wurde rot und räusperte mich.

Frech grinste er mich an, als er die Tür zu Weiners Büro öffnete, und ich hustete, um ein kindisches Kichern zu unterdrücken.

»Frau Flemming!« Während sich die Tür hinter mir leise schloss, kam Fabian Weiner mit ausgebreiteten Armen und einem strahlenden Lächeln auf mich zu. »Was kann ich für Sie tun?«

Na warte!

»Herr Weiner«, antwortete ich in genau dem gleichen Tonfall. »Würden Sie mir bitte erklären, wie es dazu gekommen ist, dass Sie Drogen im *Jungle* verkauft haben?«

Seine Hände sanken nach unten, die Kinnlade auch. Er ballte die Fäuste, wandte sich ab und verschwand hinter seinem Schreibtisch. Dann drehte er sich um, die Haltung entspannt. Er bot mir Platz und lächelte mich an. Bei Weitem nicht mehr so freundlich wie eben. Er schwieg, starrte mir ins Gesicht.

»Nun, Herr Weiner«, begann ich, als es mir zu blöd wurde. Ich hatte nicht den ganzen Tag Zeit für alberne Spiele. »Haben Sie dazu nichts zu sagen?«

Er zuckte mit den Schultern, das Kinn vorgereckt.

»Ich finde Ihr Benehmen reichlich kindisch«, schnappte ich.

»Was erwarten Sie von mir?« Leise klang er, kein bisschen schuldbewusst.

»Wie wäre es zur Abwechslung mit der Wahrheit?«

»Sie möchten die Wahrheit wissen?« Er kniff die Augen zusammen, legte den Kopf schräg und verschränkte die Hände. »Ja, die Wahrheit. Was die wohl ist?« Er war wieder Herr seiner Selbst. »Das war ein Dummjungenstreich. Nicht mehr und nicht weniger. Haben Sie noch nie Blödsinn angestellt? Oder sind Sie schon erwachsen zur Welt gekommen?«

Ich schnappte nach Luft. Was glaubte der aufgeblasene Kerl? »Und da haben Sie ein paar Pillen verkauft? Einfach so? Wer ist Ihr Dealer? Seit wann machen Sie das schon?«

Einen Moment sah er mich an, dann verzog sich sein Mund zu einem Grinsen. »Sie glauben doch nicht im Ernst, dass ich Ihnen das erzähle. Haben Sie nicht in einem Fall zu ermitteln? Gehen Sie jemand anderem auf die Nerven.« Er stand auf und bedeutete mir mit einer Bewegung, dass das Gespräch beendet war.

»Eingebildeter Rotzlöffel!«, entfuhr es mir. War es zu fassen?

Er nahm das ungerührt zur Kenntnis. »Und nun darf ich Sie bitten, mein Büro zu verlassen.«

»Sonst was?«, fragte ich patzig.

»Lasse ich Sie hinauswerfen«, antwortete er freundlich, als würde er mich zu einer Party am Samstagabend einladen. Er legte mir die Hand auf den Rücken und schob mich Richtung Tür, die er mit der anderen öffnete. »Frank!«, rief er hinaus. »Wärst du bitte so nett und würdest Frau Flemming zur Tür bringen und dafür sorgen, dass sie das Gelände sicher verlässt?«

Ich hatte nicht vor, mich so schnell geschlagen zu geben. »Mich würde interessieren, was Ihr Vater dazu sagt«, überlegte ich laut, ohne mich von der Stelle zu rühren. Der Druck auf meinem Rücken verstärkte sich.

Er erwiderte meinen Blick, und ich hatte das Gefühl, dass er mich damit aufzuspießen versuchte. »Wagen Sie es nicht!«, zischte er, und ich wischte mir die Spucketröpfchen von der Wange. »Er wird Sie zerquetschen wie eine lästige Laus. Und jetzt raus hier, und zwar sofort!«

Sprach's, schob mich durch die Tür und knallte sie hinter mir zu. Ich holte tief Luft, ballte die Hand zur Faust und atmete wieder aus.

»Ist der immer so drauf?«, fragte ich Kempf mit zusammengebissenen Zähnen, der brav angetrabt kam.

Er wiegte den Kopf. »Mitunter ist er nicht ganz einfach. Aber was soll man machen? Er ist der Sohn des Chefs. Darf ich bitten?« Er zeigte zur Tür, machte die hinauswerfende Geste aber mit einem entschuldigenden Lächeln wett. Stumm vor mich hinfluchend folgte ich ihm, und selbst der Blick auf seinen Po konnte mich nicht besänftigen.

»Was haben Sie ihm denn in den Kaffee gekippt, dass er so sauer ist?«

Um ein Haar hätte ich ihm alles erzählt. Um meinem Ärger Luft zu machen. Doch ich beherrschte mich. Ihn ging das nichts an. Er war auch nur Weiners Handlanger und ein armes Würstchen.

»Nehmen Sie es nicht krumm«, sagte Kempf und klopfte mir auf die Schulter. »Ich würde Sie jederzeit wieder hereinlassen.«

Das tröstete mich nicht. Ich war stinksauer auf den jungen Weiner. Mein erster Impuls war, zu seinem Vater zu laufen und zu petzen. Mein zweiter, Harald Becker zu informieren.

Dass diese aufgeblasenen Schnösel immer dachten, dass ihnen die Welt gehörte. Nur weil sie Papas Geld im Rücken wussten.

»Wenn ich Ihnen noch einen Rat geben darf«, hob Kempf an, als ich auf die Maschine stieg und mir den Helm auf den Kopf setzte. »Lassen Sie den Senior aus der Sache heraus. Den Junior haben Sie jetzt kennengelernt. Und ich versichere Ihnen, sein Vater steckt ihn mit links in die Tasche. Legen Sie sich nicht mit ihm an.«

Der Motor heulte auf, ich quetschte den Gang rein und ließ Gummi auf der Straße liegen, als ich davonjagte.

Auf direktem Weg fuhr ich zurück. Zuhause angekommen, würgte ich den Motor ab, zog den Schlüssel unwirsch aus dem Zündschloss und bockte die Maschine mit einer heftigen Bewegung auf. Ich riss mir den Helm vom Kopf und grüßte knapp am Rande der Unhöflichkeit die alte Frau Beierlein, die über ihren Rollator gebeugt die Einkäufe nach Hause schob.

Als ich noch immer vor mich hinbrummelnd im zweiten Stock ankam, blieb mir erneut die Luft weg. Mark saß oben auf der Treppe, in der Hand eine Zeitschrift, und grinste mich breit an. Als wäre er nie weggewesen.

»Was willst du hier?«, entfuhr es mir. Einer Konfrontation mit ihm fühlte ich mich im Moment nicht gewachsen. Und ich konnte mir kaum vorstellen, dass er gekommen war, um unser Stelldichein zu wiederholen. Da widersprach mein verletzter Stolz.

»Dir auch einen schönen guten Tag!« Er stand auf, widerlich fröhlich, und klopfte sich den Staub von der

Kehrseite. »Kein ›Hallo Mark, wie geht's dir? Schön, dich zu sehen!‹?«

Ich sah ihn nur an, als ich an ihm vorbeiging, und er zog den Kopf zwischen den Schultern ein. Hinter mir betrat er meine Wohnung und ließ die Tür ins Schloss schnappen.

»Komm doch rein!«, ätzte ich ihm aus der Küche zu.

Hüpfend ging er in die Küche. »Herzchen, du weißt, dass ich auch in der Wohnung gewartet hätte, wenn ich das gewollt hätte.«

Daran zweifelte ich keinen Moment. Ich schnaubte und drehte mich um. Bisher hatte ich ihn nicht wirklich angesehen. Und jetzt hätte ich es besser nicht getan. Mir blieb die Luft weg. Da stand er vor mir: Drahtig durch und durch, das weiße, eng anliegende T-Shirt steckte in einer auf alt gemachten Jeans, und darüber das kantige Gesicht mit den stachligen Haaren. Die sich so weich anfühlten. Ein Hauch seines Aftershaves wehte zu mir herüber und raubte mir den Rest meiner Fassung. Ich kannte es schon Jahre.

Ein Bein hinter dem anderen verschränkt stand er vor mir und sah mich an. »Stumm geworden?«, wollte er wissen.

Nein, du blöder Kerl, ich kann an nichts anderes mehr denken, als wie du riechst, wie du nackt aussiehst und wie deine Haare und deine Haut sich anfühlen. Gänsehaut breitete sich auf meinem Körper aus.

War ich von allen guten Geistern verlassen? Was für dämlich pubertierendes Zeug hatte sich da in meine Gedanken geschlichen?

Ich seufzte, versuchte, mich in den Griff zu bekommen. Verdammt, Jule Flemming, das bist nicht du! Wach auf!

»Nicht in Rot heute?«, fragte er, und seine Lippen umspielte ein Lächeln, bei dem mir anders wurde. »Hat dir gut gestanden! Aber die Klamotten sind auch cool. Seit wann fährst du Motorrad?«

»Wer sagt, dass ich das tue?«, schnappte ich zurück. »Was willst du?«

Das Lächeln verschwand von seinem Gesicht. Er ging zum Kühlschrank und nahm sich ein Bier heraus.

»Du auch?« Er hielt mir eine Flasche entgegen. Ich nahm sie, obwohl es zu früh war. Ich musste mich an etwas festhalten.

»So, Herzchen, jetzt wo wir unter uns sind, müssen wir miteinander reden.« Er setzte sich und sah zu mir auf. Das Glitzern war aus seinen Augen verschwunden.

Ich dachte nicht daran, mich zu ihm zu setzen. Zuerst öffnete ich mein Bier. Am Küchentisch, der ohnehin schon zerschrammt war, setzte ich die Flasche an und hieb mit der rechten Hand darauf. Den fallenden Kronkorken fing ich auf.

»Ts, ts«, machte Mark. Dabei wusste ich, dass er nur neidisch war. Es gab Fähigkeiten, über die nicht einmal er verfügte.

Ich holte Luft, es war an der Zeit, etwas klarzustellen. »Jetzt hör mir mal zu. Wenn du schon ungefragt hereinschneien musst, dich hier ausbreitest und auch noch mein Bier trinkst, dann nenn mich bitte nicht ›Herzchen‹. Und dass wir etwas zu besprechen hätten, wäre mir neu.«

Die Worte waren hingeworfen und lagen zum Verdauen auf dem Küchentisch. Er kaute darauf und sah auf die Tischplatte, ehe er wieder hochblickte.

»Okay. Frieden. Ist nicht alles so gelaufen, wie es sollte.«

Hieß das jetzt, mit Bett war nichts mehr?

Verdammt, fing ich schon wieder an? Ich schüttelte den Kopf, was Mark falsch deutete. Entschuldigend hob er die Hände.

»Das war kein Befehl, sondern eine Bitte.«

Er sah mich an, in den Augen einen warmen Glanz. Ich zögerte einen Moment, dann setzte ich mich zu ihm, trank einen Schluck und wartete.

»Du hast einen neuen Fall.«

Ich schwieg. Er auch. Zumindest einen Moment. Er seufzte.

»Geht mich nichts an?«

»Exakt.« Ich lehnte mich zurück und begann, mich zu entspannen.

»Diesmal schon. Du warst bei der Spedition Weiner. Schon zum zweiten Mal.«

Ich setzte mein Pokerface auf, würde nicht einmal mit einer Wimper zucken. Woher wusste er das?

Das Klingeln des Telefons unterbrach uns, und ich griff nach dem Hörer. Hauptsächlich, um Zeit zu gewinnen.

»Jule, wie schön, dass ich dich erreiche!«

Beim Klang von Mutters Stimme schloss ich die Augen.

»Wir sind gestern so blöd unterbrochen worden, da dachte ich, ich rufe dich noch mal an. Mir ist eine andere Idee gekommen.«

Wenn Mutter Ideen hatte, hieß das nichts Gutes.

»Ich habe im Moment leider überhaupt keine Zeit, ich bin mitten in einer wichtigen Besprechung.«

Mark quittierte meinen Kommentar mit einem spöttischen Lächeln. Wir blickten uns in die Augen, und ich versuchte, darin zu lesen.

»Nichts kann so wichtig sein, dass du nicht einmal zwei Minuten für deine Mutter opfern kannst.« Ihre Stimme klang vorwurfsvoll.

Ich sah sie vor mir, wie sie mit der roten Löwenmähne auf dem Kopf in wallende Gewänder gehüllt das Haar zurückstrich und einen Schmollmund zog.

»Außerdem bist du zu Hause. Seit wann hast du zu Hause Besprechungen?«

Mark sah mich noch immer unverwandt an, und ich erwiderte seinen Blick. Ein erotisches Kribbeln lag in der Luft.

Mutters Seufzen drang an mein Ohr, und ich wusste genau, dass sie das nur tat, um Schuldgefühle in mir hervorzurufen. »Wir wäre es, wenn du und Sebastian zu mir zum Essen kommt, dann können wir wegen der Vernissage alles Weitere in Ruhe besprechen. Und ich hätte meine Kinderlein mal wieder um mich.«

Das kribbelige Gefühl war verschwunden. Meine Mutter hatte mit der zerstörerischen Art eines Bulldozers die ganze Erotik kaputtgemacht. »Nein, das ist keine gute Idee«, sagte ich eine Spur schneller, als höflich war.

»Aber warum denn nicht? Wir haben uns schon so lange nicht mehr gesehen!«

Es war noch keine zwei Wochen her! Außerdem graute mir vor dem Essen, das sie uns servieren würde. Meine Mutter konnte nicht kochen. Und seit sie auf ihrem Pseudoesoteriktripp war, servierte sie gekochtes Gras mit seltsamen Gewürzen, und ich hatte mich beim letzten Mal schaudernd gefragt, was davon unter das Betäubungsmittelgesetz fiel.

»Mutter, es geht im Moment wirklich nicht. Ich stecke mitten in einem hochkomplizierten Fall. Lass uns telefonieren, wenn er zu Ende ist. Ich melde mich bei dir.«

Bevor sie etwas erwidern konnte, beendete ich das Gespräch und legte den Hörer auf den Tisch.

»Probleme mit der lieben Familie?«, fragte Mark und zog die Brauen hinauf. In seinen Augen funkelte es und seine Mundwinkel zuckten.

»Hör bloß auf damit«, brummte ich und hoffte, dass er meine Mutter nie kennenlernen würde.

»Zurück zu unserer Besprechung?«

Ich nickte, und seine Augen wurden wieder dunkel, das Lächeln, das seine Lippen umspielt hatte, verschwand.

»Okay, Jule, das ist kein Spaß. Ich weiß ja nicht, was du tust, aber bitte lass die Finger davon. Ich möchte nicht, dass du in etwas Gefährliches hineingerätst.«

Ich trank einen weiteren Schluck, sah ihn an und hoffte, er würde verstehen, was ich sagte. »Nehmen wir einmal an, du hast recht mit dem, was du sagst. Nehmen wir es nur einmal für einen kleinen Moment an.« Ich ließ die Worte wirken, sah ihn eindringlich, wie ich hoffte, an. »Warum sollte ich eine Ermittlung einstellen, nur weil du es von mir verlangst?«

Marks Kiefer mahlte. »Ich verlange es nicht von dir, ich bitte dich darum. Zu deiner eigenen Sicherheit. Mehr musst du nicht wissen.«

Ich lehnte mich zurück und lächelte ihn an. »Keine weiteren Fragen, Euer Ehren.«

»Lass den Quatsch, Jule. Ich meine es ernst.«

»Glaubst du, ich nicht?«

»Ich kann es dir nicht sagen. Aber bitte, zieh dich zurück.«

Steckte am Ende Mark hinter den Drohungen? Hoffte er, mich damit einschüchtern zu können, dass ich das Handtuch warf? Nein, das würde er nicht tun. Nicht nach dem, was passiert war. Oder doch?

»Bitte.«

Du mich auch. Ich stand auf, stellte die Flasche auf der Arbeitsplatte ab. Nicht gewillt, auch nur einen Millimeter nachzugeben. »Okay.«

»Heißt das, du lässt die Finger davon?«

»Mehr kriegst du nicht.«

Er stand auf und kam auf mich zu. Bald trennte uns kaum mehr ein Blatt Papier, und ich spürte die Wärme in meinem Bauch, die sich ungefragt ausbreitete. Seine Hand strich über meine Wange, seinen Atem spürte ich an meinem Hals, und ich fragte mich, ob er mich küssen würde. Plötzlich wünschte ich mir nichts sehnlicher.

»Pass auf dich auf«, sagte er, und seine Stimme klang belegt. Dann wandte er sich ab. Sekunden später fiel die Tür ins Schloss.

Ich verharrte in der Küche und versuchte nachzudenken. Ein Hauch von Marks Aftershave lag noch in der Luft und benebelte meine Sinne.

Was wollte er von der Spedition Weiner? Dass er wusste, dass ich zweimal dort gewesen war, hieß, dass die Kripo das Gelände beobachtete. Mir war nichts Verdächtiges aufgefallen, ich hatte aber auch nicht danach gesucht.

Ich war lediglich dort gewesen, um ein paar Fragen zu stellen. Marks Verhalten sprach dafür, dass gegen das Unternehmen ermittelt wurde. Verdeckt. Oder nur gegen einzelne Personen? Gegen wen?

In meinem Kopf drehte sich alles. Was für ein beschissener Tag.

Und er wurde noch getoppt, dabei hatte er mit meiner Ausfahrt so gut begonnen. Das Telefon klingelte. Werner wollte mich sprechen, sofort. An der Art, wie er den Hörer aufknallte, ohne sich zu verabschieden, wusste ich, dass er sauer war. Das konnte nur eines bedeuten.

Ich zog mich nicht um, setzte den Helm wieder auf und fuhr die kurze Strecke nach Blaustein mit dem Motorrad. Anna warf mir einen warnenden Blick über den Rand ihrer Brille hinweg zu, sagte aber nichts. Werners Tür stand offen, und ich betrat das Büro, ohne anzuklopfen.

Wortlos deutete er auf den Stuhl vor seinem Schreibtisch und schloss die Tür. Jetzt wurde mir unwohl. Gemessenen Schrittes kehrte er zurück und nahm mir gegenüber Platz. Seine Augen nagelten mich auf meinem Stuhl fest.

»Jule, ich habe einen Riesenärger an der Backe.« Er sprach leise, nach vorn gebeugt, als wollte er mir gleich über den Tisch hinweg an den Hals springen.

Unwillkürlich lehnte ich mich zurück und schluckte. So hatte ich meinen Chef noch nie erlebt.

»Was ist los?«

Nun brach ein wortgewaltiger Orkan über mich herein, der es an Lautstärke mit einem Gewitter in den Alpen aufnehmen konnte.

»Tu nicht so unschuldig! Was glaubst du, wer du bist? Du sollst herausfinden, wer jungen Mädchen K.-o.-Tropfen ins Getränk kippt. Ein klarer Auftrag, oder? Er lautete nicht, wie eine Dampfwalze über angesehene Bürger der Stadt herzufallen und sie mit haltlosen Unterstellungen zu brüskieren. Du glaubst nicht, was jetzt auf mich zukommt. Weiner hat mir mit einer Anzeige wegen Verleumdung und übler Nachrede gedroht. Verdammt, musst du dich immer aufführen wie ein Elefant im Porzellanladen?«

Werner schnaubte, und ich wartete ab.

»Bist du fertig?«, fragte ich ruhig, als er nichts mehr sagte, und stand auf, um zu gehen.

»Setz dich sofort wieder hin!«

Ich dachte nicht daran. »Damit du mich weiter beschimpfen kannst?« Ich war kurz vor dem Platzen. Nur weil ein angesehener Unternehmer sich ungerecht behandelt fühlte, bekam ich das zu spüren. Und wer sagte, dass er im Recht war? Werner könnte sich wenigstens anhören, was ich zu sagen hatte.

Er sprang hinter mir auf. Fast hätte ich gelacht, weil der Boden vibrierte. Aber dazu war die Situation zu ernst. »Du sollst dich hinsetzen! Nutz meine Gutmütigkeit nicht aus. Nur weil ich dich damals aufgenommen habe, gibt dir das nicht das Recht, zu tun und zu lassen, was dir gefällt.«

Ich überlegte kurz, drehte mich um und nahm brav wieder Platz. Das war ein Tiefschlag von ihm, und er wusste es. Er sah mir nicht in die Augen, und wir schwiegen uns an.

»Bist du fertig?«, fragte ich in die Stille hinein. Die Luft zwischen uns war zum Schneiden. »Darf ich jetzt auch was dazu sagen?«

Werner nickte. Erschöpft, wie es schien.

»Halten wir einmal fest, was wir bis jetzt haben: Einen neureichen Möchtegernpolitiker, dem seine Karriere wichtiger ist als seine Tochter.«

Er hob an, etwas zu sagen.

»Nein, jetzt bin ich dran, lass mich bitte ausreden. Weiter: Einen zickigen Teenager, der alles lieber macht, als mit mir zusammenzuarbeiten. Einen weiteren zickigen Teenager, der den neureichen Möchtegernsohn eines Spediteurs raushängen lässt, und der nebenbei in einer Disco dealt. Ich bin noch nicht fertig!«, brüllte ich und merkte, dass ich zitterte. Ich beugte mich nach vorn und stützte die Hände auf dem Schreibtisch ab, um sie zur Ruhe zu zwingen.

Werner klopfte mit einem Kugelschreiber auf die Tischplatte, schluckte hinunter, was er sagen wollte.

»Dir wird gedroht, weil manchen Leuten nicht passt, was ich herausfinde. Und nebenbei bemerkt, aber nur so ganz am Rande, werde ich mit Anrufen und Warnungen durch an die Tür geklebte Zettel bombardiert.«

Werner öffnete den Mund, aber ich schnitt ihm mit einer Handbewegung das Wort ab.

»Das sagt mir zweierlei: Erstens stinkt jemandem gehörig, was ich ausgrabe, und zwar so sehr, dass er vor Drohungen nicht zurückschreckt, was mir zweitens sagt, dass ich mit meinen Ermittlungen nicht ganz falschliegen kann. Und jetzt kommst du und sagst mir, dass ich mich aufführe wie ein Elefant im Porzellanladen. Und dass ich deine Gutmütigkeit nicht ausnutzen soll. Weil dir ein Politiker wichtiger ist als eine seit Jahren zuverlässige Mitarbeiterin.« Ich ließ mich auf meinen Stuhl zurückfallen.

Wir schwiegen, die Luft war nach meiner, zugegeben lauten, Ansprache dicker denn je. Aber wenn er herumbrüllte, konnte er mir nicht verbieten, ebenfalls laut zu werden.

Und drittens habe ich Angst, fügte ich in Gedanken hinzu.

Werner räusperte sich. Seine massige Gestalt schrumpfte hinter dem Schreibtisch, während ich noch immer Funken sprühte.

»Das kann ich verstehen.« Seine Stimme war leise, noch immer sah er mir nicht in die Augen.

Hatte ich laut gesprochen? Ich war mir nicht bewusst, dass mir die Worte aus dem Mund gerutscht waren.

»Was machen wir jetzt?«, fragte ich nach einer weiteren Pause, die mir wie eine kleine Ewigkeit vorkam. Ich kaute an einem Kloß in meinem Hals, der immer größer wurde. Mein Chef hatte währenddessen auf seine Schreibtischplatte gestarrt, als könne die ihm eine Antwort liefern.

Werner räusperte sich, legte den Stift weg, faltete langsam die Hände und sah endlich auf.

»Verdammt, Jule, warum hast du mir das nicht gesagt?«

Ich antwortete nicht. Was sollte ich sagen? Zugeben, dass ich ein Angsthase war? Dass mir mein letzter Fall in den Knochen steckte? Ich seither nicht mehr schlafen konnte? Und der Albtraum nun von Neuem begann?

Er stand auf, kam um den Schreibtisch herum und legte mir den Arm auf die Schulter. Unwirsch schüttelte ich ihn ab. »Lass das«, schnauzte ich. Wenn er nicht sofort die Hand da wegnahm, würde ich anfangen zu heulen wie ein kleines Kind. Werner setzte sich auf die Schreibtischkante neben mir, behielt aber die Hände bei sich. Ich versuchte, den Kloß im Hals hinunterzuwürgen.

»Du glaubst also, dass du an etwas dran bist?« Er war zu normaler Lautstärke zurückgekehrt. Die Ruhe war wohltuend.

Ich hob die Schulter, unglücklich. »Sieht alles danach aus.«

Eine weitere Pause. Die Zeit stand still. Schließlich nickte er und seufzte. »Okay, wir machen Folgendes: Heute ist Mittwoch. Bis zum Wochenende tut sich vermutlich nichts. Ich ignoriere das Säbelrasseln von Weiner senior nebst angedrohter Einschaltung eines Anwalts. Bis Montag brauche ich aber etwas. Entweder einen handfesten Beweis, dass an der Sache etwas dran ist. Oder eine Entschuldigung. Dann gehen wir zusammen unter.«

Endlich fühlte ich mich so, dass ich wieder aufschauen konnte. Langsam stand ich auf und schlich zur Tür.

»Jule, enttäusch mich nicht. Wenn du Hilfe brauchst, sag es.«

Er war ein gebrochener Mann, hinter dem Schreibtisch zusammengeschrumpft. Und ich meinte, in einen Spiegel zu sehen. Wortlos trat ich hinaus auf den Flur und zog die Tür geräuschlos hinter mir ins Schloss.

Als ich auf der Straße stand, atmete ich durch und wischte mir die Tränen aus den Augenwinkeln, die dort trotzig verharrt hatten.

Brunker wohnte in einem heruntergekommenen Mietshaus, hinter der Bahnlinie Am Bleicher Hag. Ich wusste nicht, warum ich dorthin fuhr. War es der Trotz oder das von Werner gesetzte Ultimatum? Auf jeden Fall hatte ich keine Lust, mich herumschubsen zu lassen. Von niemandem. Zeit, das Heft wieder in die Hand zu nehmen, und Brunker schien mir für den Anfang das geeignetste Opfer.

Der Putz blätterte rund um das Klingelschild des Mehrparteienhauses ab, und auch die Gegend hatte die besten Zeiten hinter sich. Ein großer Berg gelber Säcke, der sich an der Straße neben dem Hauseingang türmte, verbesserte das Bild nicht. Es roch unangenehm.

Brunker wohnte in einer der oberen Wohnungen, doch auf mein Läuten rührte sich nichts. Ich drückte noch einmal auf den Knopf und meinte, im Inneren den Hall der Glocke zu hören. Angestrengt lauschte ich. Fehlanzeige. Unschlüssig sah ich mich um, doch außer weiterem Unrat konnte ich nichts entdecken. Ich wollte das Mietshaus gerade unverrichteter Dinge verlassen, als eine Frau mit Kinderwagen um die Ecke bog. Das kleine Etwas sabberte auf einem Stofftuch herum, und ich musste an Leon denken. Ob er erfolgreicher war als ich?

Freundlich grüßte sie, und ich lächelte zurück, fest entschlossen, meine Chance zu nutzen.

»Ich bin auf der Suche nach Holger Brunker«, sagte ich in der Hoffnung, dass sie mir weiterhelfen könnte.

Ihre Augen verschlossen sich, der Mund plötzlich verkniffen. Sie wandte sich ab, kramte den Schlüssel aus ihrer Tasche und langte wortlos an mir vorbei, um die Haustür zu öffnen.

»Kennen Sie ihn?« Ich hatte nicht vor, so schnell aufzugeben. Nicht mehr.

Sie hob den Kopf, die Augen zu Schlitzen verengt. »Verschwinden Sie! Und zwar schnell, sonst rufe ich die Polizei.«

»Wie bitte?«

»Wäre ja noch schöner, wenn er seine Junkies jetzt schon zu sich nach Hause bestellt. Machen Sie, dass Sie wegkommen. Und zwar ganz schnell. Solche wie Sie wollen wir hier nicht.«

Solche wie mich?

Umständlich mühte sie sich, den Kinderwagen ins Haus zu hieven, und ich griff automatisch nach der vorderen Stange, um ihr zu helfen.

»Finger weg!«

Ich zuckte zurück, sah ihr zu, wie sie das Gefährt mühsam die Stufe hinaufhob. »Nur um eines klarzustellen: Ich bin kein Junkie.«

Sie sah auf, aber die Freundlichkeit kehrte nicht in ihr Gesicht zurück. Allenfalls überzog es Misstrauen. »Sondern?«

»Nun, sagen wir mal so, ich habe ein paar Fragen.«

»Sind Sie von der Polizei?« Die Stimme lauernd, sie traute mir nicht.

»So ähnlich«, dehnte ich die Wahrheit. »Ihr Nachbar, Holger Brunker, dealt?«

Sie nickte, zögernd, und hob das Sabbertuch vom Boden auf. Gierige kleine Hände langten danach. Wenigstens knallte sie mir die Tür nicht vor der Nase zu.

»Woher wissen Sie das?«

Sie schnaubte. »Das pfeifen die Spatzen von den Dächern. Und wenn ich ehrlich bin, hier will ihn niemand haben. Schon wegen der Kinder nicht. Auch sonst, das zieht nur Gesocks an. Selbst wenn es nicht so aussieht, wir sind eine anständige Wohngemeinschaft.«

Ich nickte. Würde mir ähnlich gehen. Ich wohnte nicht in Ulms bester Wohngegend, aber es gab einen Zusammenhalt. Und immer auch Bewohner, die nicht willkommen waren.

»Nichts für ungut, wie ein Junkie sehen Sie auch nicht aus.«

Wenigstens etwas.

»Man kann ja nie wissen.« Sie ging ins Haus, und ich starrte auf die Tür, die viel zu schnell und mit lautem Scheppern ins Schloss fiel. Der Dämpfer war kaputt.

Ich wusste, was mich interessiert hatte. Es war um eine Bestätigung gegangen. Auch wenn mir Brunkers Verhalten schleierhaft war. Warum hatte er sich gegen Drogen ausgesprochen, wenn er ein Dealer war?

Ich hatte eine leise Ahnung. Doch was fing ich damit an?

Mich dürstete nach einem Ventil. Irgendwie gab ich Sebastian die Schuld an der Misere.

Er öffnete mit zusammengekniffenen Augen und verstrubbeltem Haar. »Morgen. Was wills'n hier?«

Ich sah auf die Uhr. Dafür, dass es kurz nach eins war, war heute ganz schön viel Mist passiert.

Sebastian schlurfte zurück in seine Bude, und ich ging hinterher. Dem Geräusch der startenden Kaffeemaschine folgend. Ob der Tag eine versöhnliche Wende nehmen würde?

Mein Bruder trug ein faltiges T-Shirt und eine Hose, mit der ich die Tür nicht geöffnet hätte. Mit der Hand fuhr er sich über den Kopf und sah sich unschlüssig in der Küche um. Bis sein Blick an mir hängenblieb. »Entschuldigung, ich bin gerade erst aufgestanden.«

Darauf wäre ich im Leben nicht gekommen.

»Magst du auch einen Kaffee?«

Zu jeder Tages- und Nachtzeit. Wir trugen dieselben Gene in uns. Zumindest teilweise. Das Kaffee-hilft-gegen-Morgenmüdigkeit-Gen auf jeden Fall. Also wartete ich ab, bis die Maschine mit leisem Zischen verkündete, dass sie ihre Arbeit verrichtet hatte. Sebastian goss zwei Tassen voll, nahm einen vorsichtigen Schluck und sah auf, um mir meinen Becher zu reichen. Er entspannte sich, schlürfte einen weiteren Schluck und seufzte, ehe er genießerisch die Augen schloss.

»Holger Brunker.«

Er zuckte zusammen, verschüttete heißen Kaffee über die Hand, schüttelte sie und fluchte. »Was is mit dem?«

»Er ist ein Dealer.«

Sebastian hatte sich mühsam gefangen, versteckte sich hinter seiner Kaffeetasse und drehte mir den Rücken zu. Es reichte. Ich packte ihn an der Schulter und zog ihn herum. Wieder verschüttete er Kaffee.

»Mensch, Jule, was soll das?«, brummte er mich an, die Augen anklagend auf mich gerichtet. Leicht nach vorn gebeugt wedelte er mit der nassen Hand, und mir platzte der Kragen.

»Was das soll? Hast du eine Ahnung, was ich für Ärger an der Backe habe? Du hast keine, nicht wahr? Nichts weißt du. Wie immer.«

Sein Gesicht nahm einen belämmerten Ausdruck an. Doch für Mitgefühl war ich zu sauer.

»Ich habe dir erklärt, dass ich einen Fall habe, dass er mit dem *Jungle* zusammenhängt. Ich habe dich gefragt, ob bei euch mit Drogen gedealt wird. Du lügst mir eiskalt ins Gesicht. Nicht nur die Gäste dealen, sondern auch die eigenen Kellner. Und du behauptest, du weißt von nichts. Überhaupt muss ich dir die Infos wie Regenwürmer aus der Nase ziehen. Jeden einzeln und ganz langsam. Von allein kommen sie ja nicht raus. Eine großartige Hilfe bist du!«

Ich merkte selbst, wie ungerecht ich war und dass ich immer lauter wurde. Sebastian stand da wie ein begossener Pudel, die Kaffeetasse in der Hand, das Verschüttete unangetastet am Boden vor ihm.

»Wusstest du, dass Holger Brunker dealt?« Ich kehrte zu normaler Lautstärke zurück. Immerhin konnte es sein, dass Sebastian nichts mitbekommen hatte, trotzdem hakte ich unerbittlich nach.

Er seufzte, zuckte resigniert mit der Schulter und nickte schließlich. »Nach ihm hast du mich nicht gefragt.«

Das war jetzt nicht sein Ernst! »Ich habe gefragt, ob bei euch gedealt wird, und du hast Nein gesagt. Also hast du gelogen. Jeder lügt mich an.« Ich wandte mich um und setzte mich an den Tisch, der gerade zwei Personen Platz bot. Wie bei mir, dachte ich unwillkürlich, und fragte mich, ob das das Los der Flemmings war. Allein sein.

Er stand immer noch an der gleichen Stelle, die nasse Hand hielt die Kaffeetasse. Sein Gesichtsausdruck hatte sich nicht verändert. Schmerz lag darin. Ein Hauch von Angst?

»Jule, ich möchte den Job behalten.«

Ich meinen auch. »Das gibt dir aber nicht das Recht, mich anzulügen. Ich bin deine Schwester!«

»Ich habe nicht gelogen.«

Ich sprang hoch. »Das ist Haarspalterei! Wollen wir jetzt über gesagte und ungesagte Worte streiten?«

Sebastian antwortete nicht, sein Blick war stur geradeaus gerichtet.

»Verdammt, warum bringst du dich immer in Schwierigkeiten?«

Sebastian stellte die Kaffeetasse ab und verschränkte die Arme vor der Brust. »Ich? Mich in Schwierigkeiten bringen? Gerade die will ich vermeiden.«

»Aber doch nicht so! Damit machst du dich strafbar! Tust du nur so blöd oder bist du es wirklich?« Schon als es heraus war, tat es mir leid. Es war zu spät. Vielleicht sollte ich einen Waffenschein beantragen. Nicht für eine Knarre, sondern für mein Mundwerk.

Sebastian ging zum Angriff über, ich konnte es ihm nicht verdenken. »Und warum nicht? Kann es sein, dass du auf manche Themen überempfindlich reagierst? Lass das bitte nicht an mir aus, wenn du ein Problem mit deiner Vergangenheit hast!«

Ich antwortete nicht.

»Nur weil Papa angeblich mit Drogen zu tun gehabt hat.«

Er konnte nicht ahnen, dass ich seinen Mörder gehört hatte, und dass mir seine Stimme noch heute schmerzlich den Schlaf raubte.

Es war still in dem kleinen Raum, und man konnte die sprichwörtliche Nadel fallen hören. Ich schluckte schwer und stand auf. »Mach doch, was du willst.« Meine Stimme hörte sich rau an in meinen Ohren. Ich musste raus, bevor ich die Beherrschung verlor.

Zornig wischte ich mir die einsame Träne vom Gesicht, als ich zurück auf der Straße war, und biss die Zähne zusammen. Hatte Sebastian recht? Hielt mich die eigene Vergangenheit von der nötigen Objektivität ab?

Mit einem Kick startete ich den Motor der Maschine und drehte den Gashahn auf, dass er laut jaulte. Dann brauste ich davon. Eine wütende Furie in zerstörerischer Mission.

Wenig später stürmte ich ins *Jungle*, und mangels einer Person, die mich willkommen hieß, direkt in Niederbergers Büro. Insgeheim hatte ich mich darauf eingestellt, dass Brunker hier sein würde, aber zu meiner Enttäuschung war der Platz hinter der Theke leer.

Ich fühlte mich wie der Rächer aus der Dunkelheit, und doch konnte ich nicht anders. Mein Tun betäubte den dumpfen Schmerz, der sich meiner bemächtigt hatte. Zu viel war heute passiert, Erinnerungen aufgewühlt worden, die ich lieber in meinem Innersten begraben wüsste.

Niederberger saß hinter seinem Schreibtisch, den Telefonhörer in der Hand, und sah auf. Überraschung spiegelte sich auf seinem Gesicht, dann legte sich die fleischige Stirn in Falten, ehe er den Apparat ohne ein weiteres Wort auf den Tisch legte.

»Was wollen Sie schon wieder hier?« Trotz des Gepiepses hörte ich den zischenden Unterton heraus.

»Ich arbeite.« Einen Moment fragte ich mich, ob ich Selbstmord beging.

Er stemmte sich hoch und verharrte, die Hände auf die Tischplatte gestützt. »Raus hier!« Leise hatte er gesprochen und brachte mich damit endgültig auf die Palme.

»Ich denke nicht daran! Erst wenn Sie mir sagen, was damals in Stuttgart passiert ist.«

Wenn Niederberger nicht so laut geschnauft hätte, wäre es die Stille in der Vorhölle gewesen. Seine Augen sprühten Funken, und er hieb mit der Faust auf den Tisch.»Das geht niemanden etwas an!«

»Oh doch, geht es. Ihr Klub wurde wegen Drogendelikten und Verkehr mit Minderjährigen geschlossen.«

»Das sind haltlose Unterstellungen. Es kam nicht zur Anklage, und ich wurde nicht verurteilt.« Er ließ sich zurück auf den Sessel plumpsen. Wirkte auf einmal müde, resigniert.

»Ändert aber nichts an der Tatsache«, hieb ich unerbittlich auf ihn ein. »Und jetzt tauchen in einem neuen Klub Ihrem Klub, in einer anderen Stadt wieder Drogen auf. Vergewaltigungsdrogen. Die Minderjährigen ins Getränk gekippt werden.« Mutig geworden von seiner Antwort sprach ich weiter. »Und da wollen Sie mir erzählen, dass das alles nur ein Zufall ist?«

Sein Kiefer mahlte, die Augen waren zu Schlitzen verengt. »Genau das sage ich. Und jetzt raus hier.« Er deutete mit der Hand zur Tür.

Ich funkelte zurück. »Sonst was? Wollen Sie mir weitere Drohungen schicken? Sehr mutig, sich hinter solch kindischem Kram zu verstecken.«

Seine Augen fixierten mich, und für einen Moment dachte ich, er würde auf mich losgehen. Ich duckte mich, doch auf seinem Gesicht breitete sich Überraschung aus.

»Ich habe keine Ahnung, wovon Sie reden.« Das Gepiepse nahm fröhliche Sphären an und konkurrierte mit den Vögeln in der Sommersonne. Dann verschwand der amüsierte Ausdruck, so schnell, wie er gekommen war. »Aber ich weiß eines ganz sicher: Wenn Sie mir weiter das Leben schwer machen, mir schwachsinnige Lügen unterstellen oder mir sonst in einer Form Ärger bereiten, dann werden Sie mich von einer ganz anderen Seite kennenlernen. Dann bin ich gerade das liebliche Lamm auf der grünen Weide in Person! Und jetzt machen Sie, dass Sie rauskommen, bevor ich die Polizei rufe und Sie wegen unerlaubten Eindringens festnehmen lasse.«

Mark hätte mir zu meinem Glück noch gefehlt. Ich ahnte, dass es besser war, den Rückzug anzutreten.

Wie hatte Werner mich genannt? Elefant im Porzellanladen. Ich war noch immer auf 180, aber langsam hatte ich das Gefühl, die Gewalt über mich zurückzubekommen. Der Fall gehörte mir, nicht ich ihm.

Befriedigt, aber ohne Ergebnis verließ ich das *Jungle* und stellte fest, dass ich Hunger hatte. Seit dem Frühstück hatte ich nichts mehr gegessen. An einer Dönerbude in der Nähe kaufte ich mir einen Kebab mit extra viel Schärfe und spülte ihn mit einer Cola hinunter.

Gestärkt überlegte ich, dass ich dem *Jungle* einen weiteren Besuch würde abstatten müssen. Zwischen Niederberger und mir war das letzte Wort noch nicht gesprochen. Der Mann hatte etwas zu verbergen. Doch was? Seine Überraschung, als ich ihn auf die Drohungen angesprochen hatte, hatte echt gewirkt. Oder war er ein guter Schauspieler? Mehrfach hatte man mir gesagt, dass man sich besser nicht mit ihm anlegte. Genau das hatte ich gerade getan.

Langsam war ich mit mir selbst wieder im Reinen. Für mich war klar, dass ich mich von diesem Fall nicht ins Bockshorn jagen lassen würde. Ich wollte meine Freundin Conny anrufen, um sie zu einem nächtlichen Ausflug in die Disco zu überreden. Wir hatten uns länger nicht gesehen, und sie freute sich, wenn sie ihren Mann und die beiden Kinder für einen Abend allein lassen konnte, um mit mir einen draufzumachen. Wie früher, als wir beide jünger und sie noch kinderlos gewesen war. Und ich verheiratet, fügte ich stumm hinzu und freute mich, dass früher nicht alles besser gewesen war.

Ich gebe zu, dass der Gedanke nicht uneigennützig war. Ich hatte vor, mich als Gast ins *Jungle* einzuschleichen, und dafür brauchte ich jemanden, der mich begleitete.

Mit vollem Magen und einem Plan fühlte ich mich besser, als ich zurückfuhr. Endlich konnte ich das Wetter genießen, das zum Motorradfahren perfekt war. Ich fuhr eine weite Schleife und atmete befreit auf, als ich an der Donau entlang von Thalfingen nach Ulm fuhr. Meine Stimmung hatte sich von Minute zu Minute gebessert. Nun wähnte ich mich erholt und frisch, der Kopf war frei, ich fühlte mich der Aufgabe, den Fall Laura Becker zu knacken, gewachsen.

Es war Zufall, dass ich in dem Moment in den Rückspiegel sah. Oder Ahnung?

Da tauchte zusammen mit der Sonne ein schwarzer Audi auf und wuchs in der reflektierenden Glasscheibe in Sekundenbruchteilen zu einer Größe an, dass ich nichts sonst erkennen konnte.

Reflexartig gab ich Gas, drehte den Hahn voll auf. Der Motor jaulte, und ich beugte mich über den Tank nach vorn. Ich sah mich nicht um, ein Blick in den Spiegel genügte, um zu sehen, dass der Fahrer es mir gleichtat. Das Gesicht hinter einer Sonnenbrille verborgen, auf dem Kopf ein tief in die Stirn gezogenes schwarzes Basecap.

Ich kämpfte mit der aufkommenden Panik. Zwar beherrschte ich meine Maschine, aber ihre Leistung reichte nicht aus, es mit dem Motor des Audis aufzunehmen. Und die Straße ging schnurgeradeaus, bewaldeter Hang und Fels zu meiner Rechten, auf der Linken das braune, träge dahinfließende Wasser der Donau. Getrennt nur durch hohe, schlanke Bäume, die die Straße einer Allee gleich säumten. Keine Chance, auszuweichen oder sich aus dem Staub zu machen.

Der Audi holte auf. Was ich an Spritzigkeit als Vorteil auf meiner Seite hatte, war dahin. Verdammt! Ich musste etwas unternehmen. Die Straße wurde in ein paar Kilometern belebter und breiter. Wenn ich es bis zum Messegelände schaffte, war ich in Sicherheit.

Ich biss die Zähne zusammen, beugte mich noch tiefer über den Tank und zerrte am Gashahn. Wohl wissend, dass die Maschine nicht mehr hergab. Bis zur Böfinger Straße würde ich es unmöglich schaffen.

Das Adrenalin rauschte durch meinen Körper, verdrängte die Angst und die damit aufkommende Panik, die sich meiner bemächtigt hatte. Ich hatte nur eine Chance. Sie war gering, aber wenn ich am Leben bleiben wollte, musste ich sie nutzen. Denn ich hatte genau das Gefühl: Dass mir der Fahrer nach dem Leben trachtete.

Es kostete mich Überwindung, aber langsam, kaum merklich, drosselte ich den Motor. Das Gesicht des Fahrers füllte den Rückspiegel beinahe aus. Selbst wenn ich ihn gekannt hätte, es war mir unmöglich zu sagen, wer sich hinter der Maskerade verbarg. Auf seinem rechten Arm schlängelte sich Farbe unter den Ärmel des T-Shirts. Eine Tätowierung, schoss es mir durch den Kopf, mehr konnte ich nicht erkennen. Der Wagen scherte hinter mir aus.

Nicht zu früh, nur nicht zu früh, ermahnte ich mich in Gedanken und versuchte, die zuckende rechte Hand zur Ruhe zu zwingen. Das war nicht einfach. Alles in mir brüllte danach zu bremsen. Aber ich beherrschte mich, bis das Auto, nun neben mir, nach rechts ruckte. Ich zog mit aller Kraft die Bremse und versuchte, mich im Sattel zu halten, während die Maschine unter mir schlingerte. Gleichzeitig trat ich die Hinterradbremse. Für einen Moment dachte ich, dass sie mich in hohem Bogen über den Lenker abwerfen würde, doch ich fing sie ab. Gerade rechtzeitig, denn der Audi war nun dort, wo mein Motorrad hätte sein sollen. Er hätte mich mit voller Wucht erwischt. Das Motorrad schlitterte hinten herum, während das Vorderrad stehen blieb. Ich rutschte beinahe auf die Straße, in dem Versuch, es zu wenden.

Nun hatte ich einen Vorteil. Der Pkw-Fahrer musste bremsen, wenden und konnte mir erst dann folgen. Bis er das geschafft hatte, war ich zurück in Thalfingen und bog den ersten Stich rechts ab in den Wald. Ein Auto konnte mir nicht folgen, und der schmale Trampelpfad war ausgetrocknet genug, dass ich mich hinter dem Baggersee entlangschlängeln konnte, ohne dass mich jemand sah.

Als ich bremste und abstieg, warf ich die Maschine beinahe um, so sehr zitterte ich. Unter dem Helm bekam ich bei der Wärme keine Luft mehr. Mit fliegenden Fingern nestelte ich am Gurt, bis ich mir das Ungetüm vom Kopf nehmen konnte. Dann sank ich auf den Waldboden und versuchte, meine Atmung unter Kontrolle zu bekommen. Ich hätte unmöglich auch nur einen Schritt tun können.

Dumpfe Stille umfing mich und half mir, mich zu beruhigen. Ich lauschte dem leisen Rauschen der Blätter in den Ästen über mir und dem fröhlichen Singen der Vögel um mich herum. Die haltlose Panik wich und ich konnte wieder klarer denken. Es roch feucht nach Moos und Waldboden, in der Ferne hämmerte ein Specht in die Rinde eines morschen Baumes. Leben.

Vor nicht allzu langer Zeit hatte ich dem Tod ins Auge

gesehen. Von Angesicht zu Angesicht hatte ich ihm gegenübergestanden und war ihm nur durch Glück und mit fremder Hilfe von der Schippe gesprungen.

Marks Gesicht tauchte vor meinem inneren Auge auf. Genau wie damals, als ich die Augen geöffnet und ihn gesehen hatte. Ich spürte die Erleichterung, die mich umfangen hatte. Wo war er jetzt?

Ich atmete durch und verscheuchte seinen Anblick. Langsam fühlte ich mich in der Lage, Revue passieren zu lassen, was geschehen war. Hatte der Audifahrer mich umbringen wollen? Oder war das eine weitere Drohung gewesen?

Dann war sie geglückt. Ich hatte Angst. Wer steckte dahinter? Wem war ich mit meinen Ermittlungen so auf die Zehen getreten, dass er nicht davor zurückschreckte, mein Ableben zumindest billigend in Kauf zu nehmen?

Verdammt, ich hatte nichts im Griff. Ich war zum unkontrollierten Spielball in einem Wettkampf geworden, dessen Regeln ich nicht kannte. Wie sollte ich mich da behaupten? Ich könnte wetten, dass eine Abfrage des Kennzeichens nichts bringen würde. Vermutlich waren Nummernschild und Auto als gestohlen gemeldet.

Mühsam stand ich auf, meine Knie fühlten sich an wie Pudding, und ich hatte Mühe, die Maschine zu halten und aufzusteigen. Das Starten des Motors zerriss die Stille des Waldes, Vögel verstummten, das Blätterrauschen verschwand hinter dem Röhren. In meinem Kopf dröhnte es. Ich musste hier heraus. Irgendwohin, wo ich mich sicher fühlte.

Wenig später parkte ich vor dem *Jazz-Keller* und atmete erleichtert auf, als ich von Cosima mit schnippischen Kommentaren begrüßt wurde. Nach Hause kommen, sich geborgen fühlen.

»Als Rockerbraut machst du dich auch nicht besser«, ätzte sie, und vor Freude wäre ich ihr fast um den Hals gefallen. Tränen stiegen in mir auf, verschleierten meinen Blick, und kurz bevor mir das Wasser die Augen überlaufen ließ, schluckte ich, bis ich den Kloß verdrängt hatte.

»Bin ich froh, dich zu sehen.« Und das war nicht gelogen.

Sie blieb stehen, stolzierte nicht wie sonst hoch erhobenen Hauptes an mir vorbei. »Was soll das denn jetzt?«

»Nicht die Stirn runzeln, das gibt Falten.« Meine Stimme hörte sich rau an. Ich ließ sie stehen. Am Ende ertappte sie mich noch mit Tränen in den Augen. Eine Schwäche, die ich nicht eingestehen würde.

Im schummrigen Dämmerlicht des *Jazz-Kellers* war Fanny dabei, die Tische für den Abend mit neuen Kerzen zu bestücken. Lou, heute in einem schwarz-roten Ensemble, saß auf einem Barhocker und wälzte Papiere. Im Gastraum lümmelte Andreas schwarz gekleidet mit Kappe in einem Sessel, Flocki zu seinen Füßen. Sie hob den Kopf und machte vernehmlich »Wau«.

Ich floh auf die Toilette. Dort drehte ich den Hahn voll auf und ließ mir kaltes Wasser über die Unterarme laufen, während ich tief durchzuatmen versuchte. Anschließend wusch ich mir das Gesicht, trocknete mich langsam ab und studierte mein Spiegelbild.

Es war keine halbe Stunde her, da hatte mich jemand gejagt. Ich weigerte mich, darüber nachzudenken, was passiert wäre, wenn derjenige sein Ziel erreicht hätte. Nun war ich im *Jazz-Keller* und alles war so beruhigend normal.

Die Tür ging hinter mir auf, und ich zuckte zusammen, warf die Papierhandtücher in den Mülleimer und räusperte mich, bevor ich zu sprechen begann.

»Da draußen ist ein Männlein an die Tür gemalt, das einen Rock anhat. Deswegen ist es vermutlich eine Frau. Was im Umkehrschluss heißt ›nicht für Männer‹.«

Andreas zuckte nicht einmal mit der Wimper. Lässig lehnte er am Türrahmen, die Arme vor der Brust verschränkt, und sah mich unverwandt an. Ich fröstelte und wandte mich ab, doch sein Blick bohrte sich unerbittlich in meinen Rücken.

Unwirsch drehte ich mich um. »Was?«

Er sah mich nur an, bewegte sich nicht. »Alles in Ordnung?«

Ich schluckte. »Klar.«

»Okay.«

»Was denn?«

»Wirklich alles in Ordnung?«

Wütend rupfte ich ein weiteres Tuch aus dem Spender und fuhr mir damit über das Gesicht. Ein Gutes hatte Andreas' Auftauchen. Jetzt war ich sauer und lief nicht mehr Gefahr, in Tränen auszubrechen. »Ja, alles prima. Brauchst du es schriftlich?«

Er schwieg und sah mich nur an. Ich hielt ihm nicht lange stand und sah weg. Sinnloserweise klaubte ich nicht vorhandene Fusseln von meinen Lederklamotten.

»Dann kommst du zum Üben?«, fragte er in die Stille hinein.

Herrje, das hatte ich vergessen. »Sicher.«

»Dann ist ja alles gut.«

»Dann kannst du ja jetzt verschwinden.«

Ich spürte seinen Blick noch ein paar Sekunden in meinem Rücken, drehte mich aber nicht mehr um. Trotzig trocknete ich meine Hände ab, bis sie ganz rau waren und das Gefühl mit einem Mal verschwunden war.

Ausgerechnet Andreas. Was wollte er? Sah man mir so offensichtlich an, wie es mir ging?

Ich sammelte mich noch einen kurzen Moment, ehe ich zurückging. Fanny blickte mich nur an und verschwand unter meinem Blick, um mir einen Kaffee zu bringen.

Mit steifen Knien stolzierte ich zur Bühne und griff im Vorbeilaufen nach dem Mikro, das Andreas mir wortlos reichte. Ich sah ihn nicht an.

Die Probe war eine Katastrophe. Ich gab mir nicht einmal Mühe, mich anzustrengen, wollte es nur hinter mich bringen. Es war mir egal, was alle von mir dachten. Dann würde ich Cosima diesen Triumph gönnen, was machte es für einen Unterschied?

»Hast du überhaupt keinen Ehrgeiz, Prinzessin?«, fragte mein Coach kopfschüttelnd, nachdem ich jede seiner Anweisungen als nicht umsetzbar abgetan hatte. Dass er mich Prinzessin nannte, machte die Sache nicht besser.

Lustlos sang ich weiter. Ohne Gefühl, ohne Interesse. Ich sah immer noch den schwarzen Audi im Rückspiegel meines Motorrades, der unerbittlich größer wurde.

Andreas hatte schließlich ein Einsehen und schaltete

die Anlage ab. »Bist du sicher, dass alles in Ordnung ist?« Sein Blick ging mir durch und durch.

»Da wirst du nichts finden«, giftete ich ihn an. Am liebsten hätte ich ihm das Mikrofon über den Schädel gezogen.

»Wo?«

»Auf dem Grund meiner Seele.«

Einen Moment sah er mich verständnislos an, dann schlich sich ein Glitzern in seine Augen, seine Mundwinkel zuckten.

»Hör auf zu lachen«, brummte ich und sah auf den Boden. »Ist heute einfach nicht mein Tag.«

»Den Eindruck habe ich auch.« Er fasste mir ans Kinn und hob sanft meinen Kopf. »Prinzessin, wenn du Schwierigkeiten hast, lass es mich wissen, ich kann dir helfen.«

Vom verdächtigen Mörder mutierte er zum Gesangslehrer und von ihm zum helfenden Freund. Was kam als Nächstes? Ich schauderte, nickte und stiefelte zur Bar. Ich brauchte einen *Jamaika Juicer*, und zwar schnell.

Zum Glück ließen sie mich in Ruhe. Schweigen war etwas sehr Wertvolles. Und seine kleinen Geheimnisse hatte jeder im *Jazz-Keller*, das wurde von allen akzeptiert. Also würde auch ich Ruhe finden.

Einen Lichtblick gab es: Conny stimmte begeistert zu, heute Abend mit mir einen draufzumachen, das hob meine Laune ein wenig. Wenn Niederberger hinter den feigen Anschlägen steckte, musste ich ihm zeigen, dass ich mich nicht einschüchtern ließ.

»Und, wie läuft's?«, fragte ich Leon, den ich kurze Zeit später vor der Haustür antraf. »Kommst du weiter mit deinem Fall?«

Er brummte vor sich hin, während ich den Schlüssel aus der Tasche kramte, und schüttelte den Kopf. »Wie soll ich das bloß machen? Ich habe keine Ahnung, wie ich das Kind finden soll, dem das blöde Tuch gehört.«

Ich überlegte, wie ich ihm die dämliche Idee, Privatdetektiv zu werden, am ehesten ausreden konnte. »Am besten, du beobachtest. Wie wäre das? Setz dich ans Fenster und guck raus, ob jemand mit Kinderwagen vorbeiläuft.«

Mit großen Kulleraugen sah er mich an und tat mir schon leid. Er würde Stunden da sitzen und sich zu Tode langweilen.

»Meinst du wirklich?«

Ich nickte gewissenhaft und verdrängte das aufkommende schlechte Gewissen. Es würde eine lehrreiche Erfahrung sein.

»Cool, du hast ja ein Motorrad. Das habe ich gar nicht gewusst.«

Ha, da hatte ich ihn erwischt. Alles wusste der Knirps doch nicht.

»Darf ich da mal mitfahren?«

»Wenn deine Mutter es erlaubt, können wir das gern machen. Nur nicht im Moment. Ich muss gleich wieder weg.«

»Hast du einen neuen Fall?«

Ich nickte und schloss die Tür auf.

»Musst du auch jemanden finden?«

»So ähnlich, ja.«

»Ist aber nicht gefährlich, oder?«

Ich schluckte und schüttelte tapfer den Kopf. Alles in mir drängte danach, jemandem von meiner Misere zu erzählen. Aber ein achtjähriger Junge war nicht der geeignete Gesprächspartner. Warum sollte ich ihn ängstigen? Vielleicht ergab sich heute Abend eine Gelegenheit, mit Conny zu reden.

Ich stakste nach oben, inspizierte die Wohnung nach verräterischen Spuren und ging duschen, als ich nichts fand.

Wenig später stand ich ratlos vor dem Kleiderschrank. Was zog man an, wenn man in die Disco ging? Solche Klamotten wie das Gemüse von heute besaß ich nicht.

Das Läuten der Türglocke unterbrach meine Gedankengänge. Wer mochte das sein? Auf Zehenspitzen huschte ich zur Tür und linste durch den Spion. Als ich die rote Löwenmähne erblickte, blieb mir das Herz stehen und mein Atem setzte aus. Oh bitte, das durfte nicht wahr sein!

Fieberhaft überlegte ich, was ich tun könnte. Am besten, ich schlich zurück ins Schlafzimmer und tat, als wenn niemand zu Hause wäre. Dann musste ich hoffen, dass meine Mutter verschwand, bevor ich gehen musste.

Sie klopfte vernehmlich an die Tür.

»Jule? Jule, bist du da?«

Jetzt raste mein Herz. Ich sollte bleiben, wo ich war und mich totstellen wie ein Opossum.

»Kind, ich weiß doch, dass du da bist. Der kleine Junge hat es mir gesagt, der unter dir wohnt.«

Prima, Leon, vielen Dank!

»Jetzt führ dich nicht so kindisch auf!«

Ich mich kindisch aufführen? Nie im Leben.

Leise schlich ich ein paar Schritte zurück, dann trat ich kräftig auf, schnappte die Klinke und rüttelte daran, ehe ich öffnete.

»Oh, Mutter! Welche Überraschung!« Ich würgte die Worte heraus und hoffte, dass sie halbwegs ehrlich klangen.

Ungefragt trat sie an mir vorbei und stürmte mit wehendem Kaftan in die Küche. Dort ließ sie sich auf einen Stuhl fallen und wartete, bis ich nachkam.

»Ich habe nur leider nicht viel Zeit«, schob ich gleich vor, ehe sie auf die Idee kam, sich bei mir häuslich einzurichten.

Ein vorwurfsvoller Blick traf mich. »Aber auf eine Tasse Tee wird es doch reichen.«

Ich nickte erschöpft und kramte im Küchenschrank nach einem Päckchen Tee. Es stand hinter Zucker und Cornflakes, beinahe hätte ich es übersehen. Unauffällig schnupperte ich, als ich die Packung öffnete. Außer, dass der Inhalt krümelig und vertrocknet war, konnte ich nichts Merkwürdiges entdecken.

Ich setzte Wasser auf, warf einen Beutel in die Tasse und goss auf, während meine Mutter mich mit Details zu ihrer Vernissage überhäufte, die mich nicht im Geringsten interessierten.

»Aber doch keinen Beuteltee!« Ein weiterer Blick unter dunkel getuschten Wimpern traf mich, den Mund schmollend verzogen.

»Ich habe keinen anderen. Ich trinke nur Kaffee.«

»Aber Kaffee ist schädlich für den Teint.«

Ich betrachtete ihre runzlige Stirn und klappte den Mund zu.

»Ist es wenigstens grüner Tee?«

»Kamille«, beschied ich sie. Die Packung staubte im Schrank vor sich hin, seit ich mir vor Jahren den Magen verdorben hatte und drei Tage nichts bei mir behalten konnte. Conny hatte mir Tee gebracht und behauptet, das beruhige den Magen. Ich hatte einen Schluck davon genommen und beschlossen, dass mein Magen sich auch ohne Tee kurieren würde.

Mit einem lauten Seufzen nahm sie einen Schluck. »Brauner Kandis?«

Ich knallte die Zuckerdose auf den Tisch, und sie rümpfte die Nase, als sie den Deckel hob und den schneeweißen, pulvrigen Inhalt erblickte.

Mit schief gelegtem Kopf beobachtete ich sie, wie sie vom Tee probierte und sich anschließend in der Küche umsah. Der grüne Kaftan passte hervorragend zu ihren roten Haaren, und ich stellte fest, dass sie ihrem Pseudoesoteriktripp bis jetzt treu geblieben war. Früher hatten solche Dinge zwei, höchstens drei Wochen angehalten. Ich erinnerte mich mit Schaudern daran, als sie sich zur Schamanin hatte ausbilden lassen wollen. Oder als sie mit knapp 50 plötzlich Gothic wurde und nur noch Schwarz trug, das Gesicht bleich geschminkt.

Die Esoterik-Schiene hatte mit einer gewissen Konsequenz Bestand. Wenn auch mit den Nebenwirkungen von grünem Tee und Räucherstäbchen in der Wohnung.

»Hast du eigentlich wieder Möbel?«, fiel mir da unpassenderweise ein, und ich hätte mir am liebsten die Zunge dafür abgebissen, dass mir das herausgerutscht war. Nun durfte ich mir einen Vortrag anhören, wie gesund es war, auf dem Boden zu sitzen. Wie sehr man sich verbunden fühlte mit der Erde. Wo man herkam und wohin man ging.

Ich warf einen nicht verborgenen Blick auf die Uhr, und meine Mutter unterbrach ihren Monolog. Mittlerweile war sie dazu übergegangen, mir zu erzählen, wie ich zu mir selbst und meiner inneren Mitte finden könnte.

Ich hätte die Tür nicht aufmachen sollen.

»Also, noch einmal zur Vernissage. Wie machen wir das jetzt?«

»Wie machen wir was?«

»Du wolltest Tee servieren. Ich habe schon Kleider für dich herausgesucht, vielleicht kommst du vorbei und probierst sie an.« Ihre Augen wanderten über mein T-Shirt und die Jeans bis hinunter zu den Birkenstockschuhen, die ich trug. »Damit kannst du nicht herumlaufen.«

»Was ist gegen meine Hose einzuwenden?«

»Sie ist so … ordinär. Etwas Weiches, Fließendes würde dir viel besser stehen. Das passt auch eher zu meinen Bildern. Sie haben etwas Schwebendes, Leichtes.«

Ich wollte weder schweben noch fließen. Und schon gar keinen Tee servieren.

»Mutter, ich bin nicht gut im Servieren. Ich würde die Tabletts nur fallen lassen und deine Gäste besudeln.«

Ein lahmer Versuch, der sofort durchschaut wurde. Ihr Blick spießte mich auf. Dann verzog sie den Mund, und für einen Moment fürchtete ich, sie würde in Tränen ausbrechen.

Wo war das Loch im Boden, in dem ich verschwinden konnte?

»Du willst nicht. Einmal bitte ich dich um einen Gefallen, und du willst nicht.«

»So ist das nicht. Ich bin nur im Moment ziemlich … eingespannt. Beruflich, meine ich. Und ein Privatleben habe ich ja auch noch.«

»Du möchtest mir also nicht helfen. Wir sind doch eine Familie.«

Oh bitte, nicht die Familien-Sache, die sowieso keine war.

»Mutter, ich habe jetzt gar keine Zeit. Ich muss gleich wieder weg.«

»Wo willst du denn jetzt noch hin?«

»Arbeiten.«

»Um die Uhrzeit? Ich sage es ja immer, das ist nichts Anständiges. Du hättest eine Ausbildung zur Krankenschwester machen sollen – wie deine Tante Angelika.«

»Nichts Anständiges? Aber wenn du mit Leichen kommunizierst, ist mein Beruf recht, dann darf ich dir helfen.«

Wir erdolchten uns gegenseitig mit Blicken und schwiegen uns trotzig an.

Schließlich seufzte ich. »Ich muss wirklich weg. Lass uns wann anders darüber reden.«

Sie schnaubte, ich stand auf.

»Und servieren werde ich nicht, nur, dass wir uns da gleich richtig verstehen. Ich komme, wenn ich Zeit habe. Aber als normaler Gast.«

»Aber Jule …«

»Nein, da ist nichts zu machen. Ich werde nicht in wallenden Gewändern Tee auf dem Tablett herumtragen.«

Sie erhob sich ebenfalls. Unsicher, was sie tun sollte.

»Sieh mal, dafür bin ich einfach nicht geboren. Das ist nicht mein Ding. Ich bleibe lieber in meinen Klamotten, da fühle ich mich wenigstens nicht wie an Fasnet.«

Ich erstickte jeden weiteren Protest im Keim und brachte sie zur Tür. Weil ich keine Zeit mehr hatte, mir diesen Quatsch anzuhören. Für den Moment hatte ich gewonnen, und ich atmete tief durch, als ich wieder allein in der Wohnung war. Manchmal war meine Mutter ziemlich anstrengend.

Mich trieb gerade eine ganz andere Frage um: Was wollte ich heute Abend anziehen? Keine wallenden Gewänder, so viel stand fest. Ich rätselte eine Weile und entschied mich für eine knallrote, taillierte Bluse mit Stehkragen, eine enge Jeans und Wildlederpumps. Mit den superkurzen Minis konnte ich nicht konkurrieren, aber sehen lassen konnte ich mich damit allemal. Zufrieden trug ich Make-up auf und stellte fest, dass man sich um einiges besser fühlte, wenn das Spiegelbild einen erfreulichen Anblick bot.

Conny wohnte in Blaustein. Sie hatte mit ihrem Mann ein Haus gekauft und renoviert, hatte zwei Kinder und lebte den spießigen Traum einer Durchschnittsfamilie. Ob ich für ein solches Leben geboren wäre? Conny wünschte sich manchmal ihre Unabhängigkeit zurück, auch wenn sie ihre Kinder nicht mehr hergeben wollte.

Warum wünschte man sich immer genau das, was man gerade nicht hatte?

Ich seufzte und erklomm die Treppenstufen vor dem Haus, ehe ich klingelte. Kindergetrappel war zu hören, dann wurde die Tür aufgerissen. Ein blonder Lockenkopf wuselte um meine Beine herum.

»Hallo, Sophie«, sagte ich, doch der kleine Wirbelwind war schon an mir vorbei, die Treppe hinunter auf den Hof gelaufen.

»Sophie, komm sofort wieder her!«, tönte Conny von drinnen.

Ich warf einen Blick hinein, dann blickte ich zu Sophie, die die Froschhupe ihres Fahrrades betätigte, das an der Hauswand lehnte.

Conny tauchte auf. »Hier, halt mal.«

Ehe ich mich versah, hatte ich ein Baby auf dem Arm, das mich mit großen Augen musterte. Alexa war kein Jahr alt und mein Patenkind. Doch davon musste ich sie erst noch überzeugen. Wann immer sie mich sah, schrie sie mich an. Auch jetzt gingen die Mundwinkel nach unten und das Kinn zuckte verdächtig. Während Conny mit Sophie schimpfte, öffnete Alexa in Zeitlupentempo ihren kleinen Mund und begann jämmerlich zu schreien.

Sophie weinte unterdessen auch, weil Conny ihr Fahrrad die Treppe hochtrug.

»Hallo«, sagte sie, an mich gewandt und ging hinein. Ich folgte ihr, den schreienden Säugling auf dem Arm, die weinende Sophie im Schlepptau.

»Sophie, wir können jetzt nicht mehr Fahrradfahren.

Es ist schon spät, ihr müsst ins Bett. Wir können morgen wieder fahren.«

»Ich will aber jetzt!«

»Hast du das neu?«, schaltete ich mich ein und reichte Conny Alexa zurück. Sofort herrschte Ruhe, und ich atmete erleichtert auf.

»Das hat mir der Osterhase gebracht«, antwortete Sophie stolz, während noch immer dicke Tränen über ihre Wangen liefen. Ich holte ein Taschentuch aus der Jeans und wischte sie ab. Eine kleine Tüte Gummibärchen folgte, und die Kinderaugen begannen wieder zu strahlen. Eine beneidenswerte Fähigkeit.

»Danke!«, sagte sie verschämt und sah auf den Boden, ehe sie davonstob und beim Laufen den halben Inhalt der Tüte auf den Fliesen verstreute. Dann klaubte sie sie auf, stopfte alle auf einmal in den Mund und lächelte mich glücklich an.

Dennis tauchte auf und nahm Conny Alexa ab. »Ich bringe meine Mädels jetzt ins Bett, damit meine Frau mit ihrer Freundin einen schönen Abend haben kann.« Er zwinkerte mir zu und trabte mit Sophie auf dem Rücken davon. Seine Tochter drückte ihm einen gelben Plastikbecher auf den Kopf.

»Sie spielen Taxi«, erklärte Conny auf meinen verwunderten Blick hin und griff nach ihrer Handtasche. »Schick siehst du aus. Alles klar?«

Ich wackelte ein bisschen mit dem Kopf, in keine bestimmte Richtung, was mir einen prüfenden Blick eintrug.

»Legst du dich schon wieder mit Serienmördern an?«

»Ganz so schlimm ist es nicht.«

Aus dem oberen Stockwerk ertönte Geschrei.

»Sophie will sich die Zähne nicht putzen lassen«, kommentierte Conny das nicht sichtbare Drama. »Komm, lass uns verschwinden, bevor ihnen einfällt, dass ich das machen kann.«

Sie zerrte mich hinter sich her und atmete erleichtert auf, als wir auf der Straße standen. Eilig stieg sie ins Auto, knallte die Tür zu und saß schon angeschnallt auf der Beifahrerseite, noch bevor ich eingestiegen war.

»Hast du es so über?«, fragte ich vorsichtig, als wir die Straße verließen.

Conny sah mich entgeistert an. »Im Leben nicht. Ich liebe sie, über alles! Alle drei! Manchmal ist es nur einfach anstrengend, und da bin ich froh, wenn ich verschwinden kann. Außerdem würde ich zu gern mal wieder etwas Aufregendes erleben.« Ihre Augen waren sehnsüchtig in die Ferne gerichtet.

Ob ein Discobesuch im *Jungle* zur Kategorie aufregend gehörte, wusste ich nicht. Aber ich verstand Conny.

Die zwinkerte mir zu. »Jetzt erzähl, was ist los?«

Ich antwortete erst einmal nicht.

»Liegt es an Mark?«

Conny hatte keine Ahnung, wie sehr sie den Finger in die Wunde legte. In eine der vielen. Ich war selbst überrascht, als ich darüber nachdachte. Im Moment war mein Leben ein einziges Chaos.

»Da ist nichts«, antwortete ich und hörte, wie meine Stimme mich Lügen strafte.

Conny kicherte. »Ja, klar. Erzähl schon, war's gut?«

»Göttlich«, sagte ich mit Grabesstimme und kicherte ebenfalls. Tat es gut, wieder einmal albern zu sein.

»Erzähl, wie war er? Kann er noch so gut küssen wie damals?«

»Besser!«, antwortete ich mit Sehnsucht und Überzeugung in der Stimme. Ich konnte gerade noch verhindern, dass ich zu seufzen begann. Doch die Arbeit wartete. »Bevor du mich jetzt nach weiteren schmutzigen Details ausfragst, die ich dir sowieso nicht erzähle, müssen wir über heute Abend reden.«

»Hat das mit der Arbeit zu tun?«

Ich zögerte kurz, nickte dann aber. War es richtig gewesen, Conny zu fragen, ob sie mir helfen wollte? Wir waren seit Ewigkeiten nicht mehr zusammen weggegangen. Hatten wir nicht einen Anspruch darauf, einen unbeschwerten Abend, fern jeder Arbeit zu genießen? Doch Conny nahm es mir nicht krumm.

»Cool, ein neuer Fall? Und ich bin mit dabei. Wie aufregend!« Sie klatschte sich auf die Schenkel. »So habe ich mir das vorgestellt. Endlich wieder etwas erleben!«

Das war es in der Tat, nur vermutlich nicht auf die Art, wie Conny es sich vorstellte. Augenblicklich bekam ich weitere Gewissensbisse. Ich versuchte, sie zu vertreiben und erzählte ihr stattdessen, was wir heute Abend vorhatten. Im Prinzip war der Plan simpel: Wir würden Holger Brunker im Auge behalten und sehen, was er neben seinem Job als Barkeeper sonst alles tat. Und ob er allein arbeitete oder »Kollegen« hatte. Vielleicht war auch Niederberger mit von der Partie. Wir würden sehen. Ich erhoffte mir, etwas Licht in das Dunkel meines Falls zu bringen.

Einen Ansatzpunkt, an dem ich weitermachen konnte. Bisher drehte ich mich im Kreis.

Als wir im *Jungle* ankamen, waren wir reichlich albern aufgelegt. Es war eine gefühlte Ewigkeit her, dass wir zum letzten Mal miteinander weggegangen waren, und wir freuten uns wie kleine Kinder. Mein schlechtes Gewissen war verflogen, Conny tat ich einen Gefallen mit der Aktion.

Auch wenn wir nicht zu dem jugendlichen Gemüse passten, das da am Eingang herumstand und rauchte, an Selbstbewusstsein fehlte es uns nicht.

»Bauch einziehen!«, raunte Conny mir zu.

»Kopf hoch, Schultern straffen«, gab ich zurück, und wir standen kurz vor dem nächsten Lachkoller.

Wir wurden eingelassen, und die wummernden Bässe umfingen uns augenblicklich, ebenso wie die schlechte, abgestandene Luft.

Ich verzog mich in eine Sitznische, während Conny nach einer Cola anstand. Ich konnte schlecht bestellen, weil Brunker Dienst hatte, und wenn ich etwas erfahren wollte, musste ich mich im Hintergrund halten.

Conny palaverte ein bisschen mit ihm und kam kurz darauf fröhlich grinsend mit zwei Gläsern zurück.

»Und, was hat er gesagt?«, wollte ich wissen.

Conny antwortete mit einem koketten Augenaufschlag. »Ich habe ihn gefragt, was er alles im Angebot hat. Und er meinte, dass ich meine Bestellung aufgeben sollte, dann würde er überlegen, was davon er auftreiben könnte. Wenn du mich fragst, könnten wir ein Päckchen Tabletten bei ihm kaufen. Und ihn als Betthupferl vernaschen.« Sie zwinkerte mir zu.

»Conny!«

»Tu nicht so«, antwortete sie, und wir kicherten beide.

Wir beobachteten aus unserer Nische heraus, dass Brunker nicht nur Getränke verkaufte. Ab und zu wurden verstohlen Scheinchen, abgedeckt mit der flachen Hand, über den Tresen geschoben, die schnell in seiner Hosentasche verschwanden. Dann klatschte man sich ab, und ich vermutete, dass dabei Tabletten den Besitzer wechselten. Zumindest verschwanden weitere Hände in Taschen. Im Grunde war das nichts, was wir nicht schon wussten. Und von Niederberger weit und breit keine Spur.

»Was willst du denn hier?«

Sebastian war unbemerkt herangetreten, in der Hand einen Lappen, und nickte Conny zu. Er räumte Gläser und Flaschen ab, wischte die Tische und brachte Getränke. Und er klang alles andere als freundlich.

»Ich arbeite«, brummte ich zurück, sah ihn aber nicht an.

»Unterwegs in geheimer Mission? Als Rächer aller Drogenopfer?« Seine Worte trafen mich ins Mark, als würde sich eine Hand um meinen Magen schließen und unerbittlich zudrücken. »Dann lass dich mal nicht dabei erwischen.« Er ging, und ich fragte mich beklommen, wie ich das verstehen sollte.

»Habt ihr Streit?«, wollte Conny wissen und nippte an ihrer Cola.

Ich schluckte ein paarmal. »Nicht direkt. Wir waren nur unterschiedlicher Meinung über seinen Arbeitgeber.«

»Ihr habt Streit.«

»Nein.«

»So? Das hörte sich für mich aber nach einem handfesten Krach an.«

Ich schnaubte. »Kann ich doch nichts dafür, wenn er sich mit solchen Leuten einlässt.« Ich biss die Zähne zusammen und versuchte, cool zu tun. Verdammt schwer.

»Es hat nicht zufällig damit zu tun, dass du ein grundsätzliches Problem mit Drogen hast?«, bohrte Conny unerbittlich mit dem Finger in der Wunde.

»Hat es nicht!« Waren wir hier, um Spaß zu haben oder um uns auch zu zanken? Weiterer Ärger war das Letzte, was ich heute brauchen konnte.

»So, so.«

Sie wollte etwas hinzufügen, aber ich gebot ihr mit einer Handbewegung Schweigen. Nicht, weil ich nicht hören wollte, was sie zu sagen hatte. Na ja, ein bisschen vielleicht. Mein Blick war zur Bar geschweift. Und in diesem Moment tauchte Fabian Weiner auf.

»Was?«, wollte Conny wissen.

»Da, bei Brunker. Das ist Fabian.«

»Der Freund der Bürgermeistertochter?«

Ich nickte, ohne zu korrigieren, dass die Machtverhältnisse bis zur Wahl noch im Dunkeln lagen.

»Die streiten.«

»Ach, die auch?«, witzelte Conny. Ein Blick von mir brachte sie zum Schweigen.

Tatsächlich hatte Brunker sich über den Tresen zu Fabian nach vorn gebeugt und redete wild gestikulierend auf ihn ein. Fabian hörte sich alles an, ohne mit der Wimper zu zucken, und tippte sich dann mit dem Zeigefinger an die Stirn, ein spöttisches Lächeln auf den Lippen. Brunker schnappte nach Luft und deutete auf den Ausgang. Ich stieß Conny ans Knie.

»Los, hinterher! Die gehen. Ich will wissen, was sie machen.«

»Wer? Ich?«

»Wer sonst? Los, mach schnell, sonst sind sie weg!« Fabian war bereits auf dem Weg zum Ausgang, Brunker folgte ihm. »Ich kann nicht, mich kennen sie beide. Mach hin!«

Conny stand zögernd auf. »Was soll ich machen?«

Das durfte nicht wahr sein! »Hingehen, hören, was sie reden. Tu so, als wenn du aufs Klo musst. Mach schon, los jetzt!« Ich gab ihr einen Schubs, und sie setzte sich in Bewegung. Im Schneckentempo.

Es hatte keinen Sinn, ich stand auf und folgte ihr. Kurz vor dem Ausgang hatte ich sie eingeholt. Es war nicht zu fassen! Sie sah sich nach allen Seiten ängstlich um.

»Was machst du da?«, zischte ich sie an, und sie zuckte zusammen, als ob ihr in der Geisterbahn jemand die Hand auf die Schulter gelegt hatte.

»Ich beobachte! Und lass mich dabei nicht erwischen.«

»Im Nicht-Erwischen-Lassen bist du große Klasse. Bald ist niemand mehr da, der dich bei irgendetwas erwischen könnte.« Ich zog sie hinter mir her und lugte um die Ecke. Meine Vorsicht war unbegründet. Fabian und Brunker standen im Flur vor der Herrentoilette und funkelten sich an.

»Wie wäre es, wenn wir teilen? Ich weiß etwas«, hörte ich Brunker sagen.

Fabian tippte sich wiederum an die Stirn. »Du hast sie nicht alle. Da könnte ja jeder kommen.«

»Das werden wir sehen.« Brunker hob die Hand, als wolle er Fabian ins Gesicht schlagen. Der ließ sich davon nicht beeindrucken, das spöttische Grinsen noch immer wie festzementiert auf dem Gesicht.

»Sonst was?«

»Sonst interessiert sich bestimmt jemand für das, was du machst.«

Fabians Augen wurden hart und kalt. »Wag es nicht.«

»Wenn doch?«

Fabians Faust krachte in Brunkers Gesicht. Ich verzog meins unwillkürlich, als ich das Geräusch knirschender Knochen hörte und Brunkers dumpfes Grunzen vernahm. Auch Conny starrte mit offenem Mund und großen Augen auf die Kampfszene. Doch Brunker ließ sich von einer gebrochenen Nase nicht beeindrucken. Ich hatte das Gefühl, dass Weiner ihn besser nicht gereizt hätte. Der Kellner rappelte sich hoch, zog den Kopf zwischen die Schultern ein und ging auf Fabian los. Der augenblicklich zusammenklappte, als er den Kopf seines Kontrahenten in den Bauch bekam.

In kürzester Zeit lagen beide ineinander verkeilt am Boden und wälzten sich im Staub vor der Toilette. Begleitet von allerlei dumpfen Geräuschen, gelegentlichem Grunzen und Stöhnen.

Gleichermaßen fasziniert wie angeekelt starrten wir auf die verschlungenen Gestalten am Boden. Ich bekam eine ungefähre Vorstellung davon, wie die Kämpfe im Colosseum im alten Rom vonstattengegangen waren, und welche Faszination davon ausgegangen sein musste. Ehe zwei Türsteher angerannt kamen und der Prügelei ein Ende bereiteten, indem sie die beiden Streithähne trennten. Jeder hielt einen am Schlafittchen, und die beiden starrten sich an und warfen sich Worte an den Kopf, bei denen selbst hartgesottenen Menschen die Schamesröte ins Gesicht stieg.

Ich sah Conny an. Schade, dass es vorbei war, las ich in ihren Augen und stimmte ihr insgeheim zu.

Nachdem geklärt war, wie sich die Rollenverteilung in diesem Spiel verhielt, und wer der Gute und wer der Böse war, verschwand Brunker in der Toilette, während Fabian zur Tür geführt und durch diese nach draußen befördert wurde. Mit dem gut gemeinten Rat, nicht mehr aufzutauchen.

Die Show war vorbei, wir kehrten an unseren Tisch zurück. Noch immer gefesselt von dem, was sich gerade abgespielt hatte.

»Was da wohl passiert ist?«, fragte Conny flüsternd, in der Stimme eine Mischung aus Sensationsgier und Ekel. »So was habe ich noch nie gesehen.«

Wegen mir hätten sie auch noch ein Weilchen weitermachen können. Natürlich hätte ich das nicht laut ausgesprochen.

»Keine Ahnung. Brunker weiß etwas über Fabian und hat gedroht, ihn zu verpfeifen. Bei wem wohl?«

»Beim Bürgermeister?«

»Er ist noch kein Bürgermeister.«

»Na, beim Vater seiner Freundin halt.«

Ich schüttelte den Kopf, nachdem ich darüber nachgedacht hatte. »Das glaube ich nicht. Das macht keinen Sinn. Für mich hörte sich das anders an.«

»Ach ja, und wie?«

Das war das Problem. »Ich habe keine Ahnung.«

Wir brüteten eine Weile vor uns hin und wälzten die verschiedenen Möglichkeiten, kamen aber zu keiner Lösung.

»Ich gehe jetzt und frage ihn, was das war«, sagte Conny entschlossen und stand auf.

»Das machst du nicht!« Ich fuhr hoch.

»Warum?«

»Weil du nicht Miss Marple bist.«

»Ach ja, aber du, oder?«

»Zumindest steht das auf meiner Visitenkarte. Geh mal rüber und guck, was er sagt. Aber nichts fragen, okay?«

Conny zog eine Grimasse und trollte sich.

»Bringst du noch eine Cola mit, bitte?«, rief ich ihr hinterher.

Vielleicht hatte Conny recht, und ich sollte versuchen, mit Brunker zu reden und ihn zu fragen, warum er sich mit Fabian geprügelt hatte. Eine Aussprache stand an. Ich sollte ihn damit konfrontieren, dass ich wusste, womit er handelte. Wie er sich da herausreden wollte?

Sebastian wischte den Tisch nebenan und gab sich reichlich Mühe, mich nicht zu sehen. Was für ein kindisches Verhalten.

»Hast du die Keilerei mitbekommen?«

Er schrubbte weiter wie ein Besessener.

»Komm schon«, sagte ich. »Willst du jetzt bis an dein Lebensende mit mir beleidigt sein?«

Er unterbrach seine Arbeit, richtete sich auf und warf

den Lappen in den Eimer. »Ich habe nichts mitbekommen. Was auch? Du hältst mich doch sowieso für die unterbelichtete Seite des Flemming-Clans. Du machst nie etwas falsch, immer sind es die anderen. Findest du das nicht ein bisschen scheinheilig? Nur weil Papa Verbindungen zu Drogen nachgesagt wurden, muss nicht jeder, der jemanden kennt, der vielleicht etwas mit Drogen zu hat, ein schlechter Mensch sein. Manche wollen einfach nicht in Schwierigkeiten geraten.«

Ich antwortete nicht, fragte mich, wie viel Wahrheit in seinen Worten steckte. Ja, manchmal ging mir Sebastian auf die Nerven. Der Schnellste war er nicht immer. Aber verlassen konnte ich mich bedingungslos auf ihn. Keine Frage, ich war zu hart gewesen heute Morgen. Aber gab ihm das das Recht, mich so zu attackieren?

Einen Spiegel vorgehalten zu bekommen, war nicht angenehm. Ich räusperte mich. »Hast du etwas mitbekommen?«, fragte ich noch einmal trotzig.

Einen Moment sah er mich an, und in seinem Blick lag so viel Schmerz, dass es mir wehtat. Dann schüttelte er traurig den Kopf und wandte sich ab.

Conny kam zurück und stellte die Cola auf dem Tisch ab. »Seine Nase ist so dick wie eine Kartoffel«, frohlockte sie. »Und er ist nicht mehr sehr gesprächig.«

Das war ich auch nicht. »Das ist mir egal. Wenn er Schluss macht, werde ich mit ihm reden.«

»Au, fein! Da will ich dabei sein!«

Warum nicht? »Aber du hältst dich im Hintergrund, ja? Muss nicht sein, dass du auch noch in die Sache hineingezogen wirst.«

»Warum? Passiert doch nichts.«

Ich seufzte und erzählte ihr einer spontanen Eingebung folgend von den Drohungen. Zögernd zunächst, dann war ich froh, mir den Mist von der Seele reden zu können. Mitfühlend griff sie nach meinem Arm.

»Kann Mark dir nicht helfen?«, fragte sie, als ich geendet hatte.

Ich schnaubte. Nicht er. Nach meiner Beichte fühlte ich mich erleichtert und fragte mich, was Conny für die Therapiestunde verdient hatte. Unbezahlbar, beschied ich.

Der Türsteher, der Fabian hinausverfrachtet hatte, näherte sich unserem Tisch. Zuerst dachte ich, er würde an uns vorbeigehen, doch er steuerte direkt auf uns zu und fixierte mich mit seinem Blick. Sein kantiges Gesicht beugte sich zu mir hinunter, der Haarschnitt dazu passend, militärisch kurz. Seine Lederjacke zeigte mehr Muskulatur, als sie verbarg, und ich hatte das Gefühl, einem Schrank gegenüberzusitzen.

»Ich bitte Sie, mir zu folgen«, sagte er leise in mein Ohr.

»Wie bitte?«

»Ich werde Sie hinausbegleiten.«

Das hatte ich schon verstanden. Aber ich dachte nicht daran aufzustehen. Da fasste er mich am Ellbogen, und ich schüttelte ihn ärgerlich ab. »Was soll das?«

Mit dem Kinn deutete er nach hinten, ich folgte ihm mit dem Blick. Da stand Niederberger in der Tür zu seinem Büro, das Gesicht zu einer Fratze verzerrt. Mit der Hand fuhr er sich langsam über die Kehle und zeigte zum Ausgang.

»Wenn Sie mir nun bitte folgen würden, ohne einen

Aufstand zu machen, andernfalls muss ich die Polizei rufen.«

Hatte ich eine Wahl?

Conny maulte lauthals, sie ging natürlich mit. Aber ihr Protest blieb wirkungslos. Ohne weitere Worte wurden wir zur Tür begleitet. Mich hielt der Schrank am Ellbogen. Nicht besonders fest, aber doch so, dass er jederzeit kräftig zupacken könnte. Conny folgte uns, noch immer meckernd, aber allein wollte sie nicht zurückbleiben.

»Sie haben Hausverbot«, wurde uns mitgeteilt, als wir in der lauen Nachtluft standen. Dann schlug die Tür hinter uns ins Schloss. Nächtliche Stille umfing uns.

»Dürfen die das so einfach?«, fragte Conny, und die Fassungslosigkeit stand ihr ins Gesicht geschrieben.

Ich sog frische Luft in meine Lungen und atmete tief durch. »Ich fürchte, ja.«

»Und wenn ich mal wieder hermöchte?«

»Du hast es doch gehört, wir haben Hausverbot.«

Conny schüttelte den Kopf und sagte erst einmal nichts. »Hast du eine Zigarette für mich?«

»Seit wann rauchst du?«

»Eigentlich nicht, aber jetzt wäre der passende Moment, damit anzufangen.«

»Lass es bleiben. Warum regst du dich so auf? Du wolltest etwas erleben. Bitte schön.«

Sie blickte hoch. Mit großen Augen, den Mund fassungslos offen stehend. »Ich habe nirgendwo Hausverbot«, sagte sie, mehr zu sich selbst. »Ich bin noch nie irgendwo rausgeflogen, und ich habe kein Hausverbot!«

Was sollte ich antworten?

»Und dann gehe ich einmal mit dir weg, einmal nur!, und schon habe ich in einer Kaschemme Hausverbot, die Türsteher schmeißen mich raus und der Besitzer will mich abmurksen.«

»Na, so schlimm ist es jetzt auch wieder nicht.«

Wir schwiegen. Dann gab Conny komische Laute von sich. Ich sah ihr einen Moment zu, wie ihre Schultern zuckten und sie sich die Augen wischte. Vorsichtig fasste ich sie am Arm.

»Hey, ist doch alles nicht so schlimm«, versuchte ich sie zu trösten. Warum warf diese Lappalie sie so aus der Bahn? Sie war doch früher nicht so labil gewesen. Ihr war langweilig zu Hause. Ich bot ihr eine Show und sie brach in Tränen aus.

»Ich habe Hausverbot«, wiederholte sie und sah auf, in den Augenwinkeln Tränen. »Ist das geil! Ich habe Hausverbot!«

Vorsichtig atmete ich aus. Sie lachte! War das zu fassen, sie lachte!

»Ist das ein toller Abend! Was ich alles erlebe, wenn ich nur einmal mit dir weggehe. Das müssen wir öfter machen.«

Ich setzte mich auf den Asphalt und vergrub den Kopf in den Armen. Conny hielt sich den Bauch vor Lachen und ließ sich neben mich plumpsen. Noch immer wurden wir vom Türsteher beobachtet, der von oben auf uns heruntersah.

»Und was machen wir jetzt?«, wollte Conny wissen, als sie sich beruhigt hatte. »Oder können die uns hier auch noch an den Kragen?«

»Nein, wir sind nicht mehr auf dem Gelände. Hier können wir nackt Samba tanzen und sie können nichts machen. Wir warten. Bis Brunker Feierabend hat. Das letzte Mal, als ich ihn getroffen habe, hat er um zwölf Schluss gemacht.«

»Und was machen wir bis dahin?«

»Warten.« Ich grinste. »Das gehört auch dazu.« Ich sah auf die Uhr, wir hatten noch eine knappe Stunde Zeit. Ich ließ Conny am Straßenrand zurück, fuhr zur nächsten Tankstelle und holte Chips und Bier.

Die nächste halbe Stunde ging viel zu schnell vorbei. Wir warteten im Auto, und Conny hatte glänzende Augen und kicherte ununterbrochen vor sich hin. Wir wälzten Geschichten von früher und überboten uns an »Weißt du noch, damals …?« Dazu tranken wir Bier und knabberten Chips.

»Das ist wie in alten Zeiten«, schwärmte sie und hörte sich wehmütig an. »Wir müssen öfter miteinander weggehen.«

»Gern.« Mir wurde warm ums Herz. Ich konnte mich glücklich schätzen, eine solche Freundin zu haben. Sie tat mir gut. Und zum ersten Mal seit Wochen sah ich einen Lichtstreif am Horizont meines Herzens. Vielleicht brauchte ich keine Therapie. Vielleicht sollte ich einfach mehr Umgang mit meinen Freunden haben?

Trotz aller Freude und Erinnerungen war da die Arbeit. Kurz vor zwölf drückte ich die Tür auf. »Du bleibst hier«, wies ich meine Freundin an. Sie zog einen Flunsch, gehorchte aber.

Ich ging seitlich am Hof vorbei, um nicht ins Licht der Laternen und damit in den Fokus der Türsteher zu geraten. Im Gebüsch neben der Treppe richtete ich mich auf weiteres Warten ein. Langsam wurde ich müde. Der Tag war lang und anstrengend gewesen. Ich rechnete nicht damit, dass mir das Gespräch mit Brunker viel bringen würde. Aber ich wollte nichts unversucht lassen. Ich war schon hier, da konnte ich die paar Minuten auch noch warten.

Wieder stellte ich mir die Frage, ob Niederberger hinter den Drohungen steckte und wie viel er von Brunkers Machenschaften wusste. Seine Handbewegung war eindeutig gewesen, und ich hatte ihn bis aufs Blut gereizt. Doch wer war den Audi gefahren? Niederberger nicht, das hatte ich erkennen können. Hatte er einen Helfer?

Wie hingen Brunker und Niederberger zusammen? Wusste der eine, was der andere tat? Handelte der Kellner im Auftrag seines Chefs? Wie früher im *Apple*? Und sollte lästige Nervensägen wie mich entsorgen?

Ich grübelte darüber nach, kam aber zu keinem Ergebnis. Brunker erlöste mich aus meinen Überlegungen. Er tauchte oben auf der Treppe auf, nahm sich die Zeit, eine Zigarette anzustecken, und ging nach einem kurzen Schwatz mit dem Türsteher die Treppe hinunter. Sein Gesicht war deutlich ramponiert, seine Nase tatsächlich auf Kartoffelgröße angeschwollen. Angetrocknetes Blut klebte auf der dicken Oberlippe. Fabian hatte einen guten Schlag, stellte ich nicht ohne Anerkennung fest. Hätte ich dem Speditionssöhnchen nicht zugetraut.

Ich löste mich aus dem Gebüsch, ging auf ihn zu. Als er mich sah, nahm sein Gesicht einen überraschten Ausdruck an, der sich gleich darauf in Ärger verwandelte.

Er holte Luft, etwas zu sagen. Dann zerriss ein Knall die nächtliche Stille, und der Ärger in seinem Gesicht wurde von Ungläubigkeit abgelöst.

Brunkers Hand fuhr zum Hals. Seine Knie gaben in Zeitlumpentempo nach, während ich losrannte. Ich erreichte ihn, als er zu Boden krachte. Ein Gurgeln verließ seinen Mund, die Augen schreckensweit aufgerissen.

Dann passierten mehrere Dinge gleichzeitig, die ich später nicht mehr chronologisch sortieren konnte. Ich hörte Conny schreien, während ich das Handy aus der Tasche zog. Der Türsteher kam die Treppe heruntergerannt und brüllte etwas. Oben öffnete sich die Tür, und ein Schwall lauter Musik drang heraus, während ich mit der Rettungsleitstelle sprach, einen Notarzt und die Polizei anforderte. Wohl wissend, dass die Polizei notwendiger war.

Wenig später war der Parkplatz gespenstisch hell erleuchtet. Blaulicht von Rettungswagen, Notarzt und mehreren Streifenwagen zuckte durch die Nacht. Scheinwerfer leuchteten den Vorplatz der Disco aus, auf dem es von Menschen mit und ohne Uniform wimmelte. Polizisten, die den Platz absperrten, Rettungssanitäter, die tatenlos herumstanden. Über den Leichnam von Brunker beugte sich eine distinguiert aussehende Gestalt. Ich vermutete den Pathologen oder den Staatsanwalt. Er bedeckte ihn mit einem Tuch und entzog den Körper den neugierigen Blicken der Discogäste, die sich oben auf der Treppe drängten und von Streifenbeamten zurückgehalten wurden.

Conny saß am Straßenrand, bleich wie grauer Novembernebel über der Donau, unter den Augen dunkle Ringe. Sie hatte seit ihrem Schrei kein Wort gesprochen. Es war nicht mehr die Rede davon, mit mir wegzugehen, um etwas zu erleben.

Auch an mir nagte die Hinrichtung Brunkers. Nichts anderes war es gewesen.

Ich schüttelte mich. Außer meinem Vater hatte ich keinen Toten gesehen. Auch sonst kamen Parallelen zutage, die ich lieber verdrängt hätte. Beispielsweise das Geräusch des Schusses und das anschließende Gurgeln, das Brunker von sich gegeben hatte. Dinge, die ich längst in mir vergraben glaubte, wurden nach oben gezerrt und machten mir auf schmerzliche Weise bewusst, dass es Geschehnisse gab, die man nie vergaß, auch wenn man sie noch so tief in sich zu verschließen versuchte.

Mein Magen krampfte sich zusammen und kämpfte mit den Chips und dem Bier. Ich wollte keine Wette eingehen, wie lange ich beides bei mir behalten konnte.

Ich setzte mich zu Conny auf die Bordsteinkante, der grausigen Szene den Rücken gekehrt. Mein Arm umschloss ihre Schultern, und ich hatte keine Ahnung, wer von uns wen stützte.

Wir saßen eine halbe Ewigkeit da. Eng aneinandergedrückt. Vielleicht war es auch nur eine halbe Minute. Wir versuchten, was um uns herum vor sich ging, auszuschließen, uns in einen Nebel einzuhüllen, der uns Sicherheit und Geborgenheit bot.

»Das hätte ich mir ja denken können«, hörte ich jemanden hinter mir sagen. »Dass ich dich hier treffe. Seit ich wieder hier bin, tauchst du mit einer geradezu nervtötenden Sicherheit immer genau dort auf, wo es gerade Ärger gibt.«

Ich drehte mich nicht um. Conny dagegen zuckte zusammen, ihre Schultern verkrampften sich noch mehr, sie zitterte.

»Alles gut«, sagte ich müde. »Das ist dein Taxi nach Hause.«

»Was bin ich?«

Ich löste mich von Conny und stand auf. Ich war mir nicht sicher, wie lange ich Marks Anblick ertragen würde.

»Komm schon, Conny hat weder etwas gesehen noch war sie dabei. Sie hat zwei kleine Kinder und wollte heute Abend einfach nur weggehen.« Ich sah ihn an. Und behielt mein spätes Abendessen bei mir.

Wie konnte man nur so unverschämt gut aussehen wie Mark, durchzuckte es mich. Auch in den schlampigsten Klamotten. Die Jeans war alt und speckig, oberhalb des Knies hatte sie einen Riss, und das T-Shirt hatte seine besten Tage längst hinter sich. Aber es verbarg keinen Muskel seines Oberkörpers.

All das berührte mich nicht. Ich wollte nichts anderes, als meinen Kopf an seine Schulter lehnen, seinen Duft einatmen und mich sicher fühlen. Von seinen Armen umfangen und getröstet werden, während ich mir Wärme zurückwünschte. Von dem Gefühl, das Conny für kurze Zeit heraufbeschworen hatte, war nichts übrig.

Er schien von all dem nichts zu spüren. Sein Gesicht war hart, die Augen strahlten weder Mitgefühl noch Wärme aus. »Ach ja, und du warst auch einfach nur hier, weil du ein bisschen Spaß haben wolltest, ja? Mit deiner Freundin weggehen und einen draufmachen. Das war alles. Und zufällig wird dann auf dem Parkplatz jemand erschossen. Und zufällig stehst ausgerechnet du daneben.« Jedes »zufällig« war zu einer Länge gedehnt, die mir Schmerzen verursachte.

Ich hielt seinem Blick stand, obwohl es mir wehtat. Am liebsten wäre ich davongelaufen. »Ja«, sagte ich stattdessen.

Wir lieferten uns ein Duell der unausgesprochenen Worte. Bis Mark resigniert aufseufzte und nickte. »Okay, ich lass dich nach Hause bringen«, sagte er an Conny gewandt. Ein undurchdringlicher Blick aus dunklen Augen traf mich. »Du bleibst hier. Und zwar genau hier«, knurrte er mich an und fasste Conny am Ellbogen.

»Bringt mir jemand ein Bier?«

»Hast du sie noch alle?«

Ich ließ mich fallen, dorthin, wo ich gerade gesessen hatte, und legte den Kopf auf die verschränkten Arme. Ich konnte mich auf ein Donnerwetter gefasst machen, so viel war klar. Eines, gegen das Werners Ansprache von heute Morgen ein lauer Sommerregen gewesen war. Es war mir egal.

Werner. War das wirklich erst ein paar Stunden her? Seither hatte ich mich mit meinem Bruder zerstritten, beinahe eine Keilerei mit Niederberger angefangen, war fast gestorben, hatte mein musikalisches Grab geschaufelt, und zu allem Überfluss war vor meinen Augen jemand erschossen worden. Es war kein Wunder, dass mein Magen anfing, mir Streiche zu spielen.

Hinter mir räusperte sich Mark, dann schob sich eine Flasche Bier in mein Blickfeld. Ich nahm sie, ohne etwas zu sagen, setzte an und nahm einen tiefen Schluck. Entweder ich übergab mich oder mir wurde besser.

Mit einem Aufseufzen ließ er sich neben mir nieder. Lange Zeit schwiegen wir uns an. Und ich genoss seine Nähe. Noch immer verspürte ich das Bedürfnis, meinen Kopf an seine Schulter zu lehnen, die Augen zu schließen und seinen Duft einzuatmen. Einfach nur sitzen zu bleiben. Nichts mehr sagen, an nichts denken müssen, die Erinnerungen an den Mord an meinem Vater zu vergessen.

»Fangen wir vorn an«, unterbrach er die Stille.

Diesmal seufzte ich, leise zwar nur, aber vernehmlich. Ich nahm einen weiteren Schluck. »Wo ist vorn?«

Mark war die Ruhe selbst. Offenbar hatte sich etwas wie Mitleid den Weg in sein Herz gebahnt. Ich spürte die Wärme seines Körpers, und sie tat mir gut. »Am Anfang, Jule, am Anfang. Hängt der Mord mit deinem Fall zusammen?«

»Ich sagte doch, dass ich nur hier war, um mit Conny einen draufzumachen.«

»Klar, und ich war mit dem Papst beim Abendessen.«

»Seit wann sprichst du Spanisch?«

Er sah mich von der Seite an. »Lass den Quatsch. Hängt das mit deinem Fall zusammen?« Mark begann, die Geduld zu verlieren, ich sah es ihm an.

Ich antwortete nicht. Sollte er es doch selbst herausfinden.

»Verdammt, Jule, du steckst bis zum Hals im Mist.«

Nun sah ich auf, und sein Anblick raubte mir den Atem. Aber irgendetwas hatte er auch, das mich bis aufs Blut reizte. »Irrtum, mein Lieber. Du hast etwas zu verbergen. Eine Ermittlung, in der du nicht weiterkommst. Aber ich kann dir nicht helfen. Ich war hier, um mit meiner Freundin einen netten Abend zu verbringen.«

Er schwieg, fuhr sich mit der Hand über die Stoppelhaare.

»Okay, spulen wir vor. Was hast du beobachtet?«

Ich zuckte mit der Schulter. »Nicht viel. Ich stand hier unten, Brunker kam von oben. Dann habe ich einen Knall gehört, und er ist zusammengebrochen. Vor meinen Augen. Ich bin zu ihm hin, aber ich konnte nichts mehr tun. Dann habe ich in der Rettungsleitstelle angerufen, den Rest kennst du.«

»Woher weißt du, dass er Brunker heißt?«

Verdammt!

»Komm schon«, verlangte er, als ich nicht antwortete.

Ich traf eine Entscheidung. »Okay, es hängt mit meinem Fall zusammen. Einem jungen Mädchen wurde hier im Klub vermutlich eine Vergewaltigungsdroge ins Getränk gekippt. Der Vater möchte wissen, wer das war.« Mehr würde er nicht bekommen.

»Das wurde natürlich angezeigt.«

»Wurde es nicht.«

»Und warum nicht, wenn ich fragen darf? Jule, verdammt noch mal, da liegt eine Straftat vor, die von Seiten der Justiz verfolgt werden muss. Das ist kein Kavaliersdelikt. Lass dir doch nicht jede Information einzeln aus der Nase ziehen! Warum kam es nicht zur Anzeige?«

Ich räusperte mich, fragte mich, wie viel ich Mark erzählen konnte, ohne dass er ausrasten würde, weil es zu wenig war. Ich war an meine Schweigepflicht gebunden und würde einen Teufel tun, ihm Dinge zu erzählen, die ihn nichts angingen und mich noch mehr in den Mist ritten. Außerdem war das mein Fall. Er hatte mir beim letzten schon in die Suppe spucken wollen.

»Sagen wir mal so, dem Vater des Mädchens ist nicht unbedingt daran gelegen, seinen Namen in den Medien zu sehen.«

Mark schnaubte laut. »Und das gibt ihm das Recht, zu entscheiden, was richtig und was falsch ist und was zur Anzeige gebracht wird und was nicht. Das darf ja wohl nicht wahr sein! Und wer denkt dabei an das Mädchen? Was hat sie durchmachen müssen?«

Insgeheim gab ich ihm recht. Aber das würde ich nicht laut sagen. »Dem Mädchen ist nichts passiert, der Freund hat sie nach Hause gebracht, als er merkte, was los war.«

Mark verdrehte die Augen, aber vorerst schien er sich damit zu begnügen. »Und weiter?«

»Ich habe keine Ahnung. Seither stochere ich mit der Stange im Nebel, fördere allerlei komische Erkenntnisse zutage und trete damit irgendjemandem gewaltig auf die Füße. Leider habe ich keine Ahnung, wem und warum. Zufrieden?«

Er sah mich an, und beinahe wäre ich unter seinem Blick in Tränen ausgebrochen. Das Bedürfnis, mich an ihn zu schmiegen, wurde übermächtig.

»Wie heißt dein Klient?«

Ich konnte nicht umhin, trotz der ganzen Situation meine Mundwinkel zu einem Lächeln zu verziehen. »Du glaubst nicht im Ernst, dass ich dir das sage.«

»Hängt das auch nur im weitesten Sinn mit der Spedition Weiner zusammen?«

Zu dem Lächeln gesellte sich eine aufmüpfig nach oben gezogene Augenbraue.

Marks Augen sprühten Funken. »Jule, das ist kein Spaß. Lass die Finger von der Sache. Du hast keine Ahnung, mit wem du dich anlegst. Das ist eine Nummer zu groß für dich. Und das Letzte, was ich brauchen kann, ist, dass du Staub aufwirbelst, der besser liegen bleibt.«

Du mich auch. Ich trank den Rest aus der Flasche und stand auf. »Ich hatte einen beschissenen Tag, und ich gehe jetzt nach Hause. Wenn du meine Aussage brauchst, komme ich morgen auf das Präsidium. Heute kannst du damit nicht mehr rechnen.«

Ohne ihm einen weiteren Blick zuzuwerfen, ging ich davon in Richtung meines Autos. Ich schloss auf und öffnete die Tür.

»Du hast Alkohol getrunken.«

Ich zeigte ihm den ausgestreckten Mittelfinger nach hinten und stieg ein.

»Du musst auch immer das letzte Wort haben!« Er klang nicht mehr freundlich. Es war mir egal.

Auf dem Rückweg kamen die Tränen, ließen mich blind werden, dass ich dachte, anhalten zu müssen. Irgendwie schaffte ich es, nach Hause zu kommen und das Auto in eine Parklücke zu bugsieren, ohne gegen etwas zu stoßen.

Ich schniefte und kramte in meiner Handtasche nach Taschentüchern, ehe ich durch das Treppenhaus nach oben stolperte.

Dann stand ich vor meiner Tür, und für einen Moment vergaß ich die Tränen. Mir stockte der Atem, die Tür war angelehnt. Ich wusste, dass ich sie geschlossen hatte. Das tat ich immer, bevor ich den Schlüssel zweimal im Schloss drehte.

Vorsichtig näherte ich mich und tippte die Tür mit dem Finger an. Sie schwang zurück und gab den Blick frei in den Flur. Ich schnappte nach Luft, als ich sah, was dort vor mir lag: Der Schuhschrank war umgestoßen, der Inhalt auf dem Boden verteilt, Kleider und Jacken, von der Garderobe gerissen, lagen wahllos darüber verstreut. Ein Päckchen Mehl lag zerrissen auf dem Boden, die Umgebung in weißen Staub gehüllt.

Einen Moment stand ich fassungslos in der geöffneten Tür, unfähig, mich zu bewegen. Starrte auf das Bild, das sich mir bot. Ich wagte nicht, mir auszumalen, wie es in der restlichen Wohnung aussah.

Dann übermannten mich die Ereignisse des Tages, die in der Summe zu viel gewesen waren. Mein Magen krampfte sich ein letztes Mal zusammen, und ich rannte am Chaos vorbei durch die Wohnung ins Bad. Ich schaffte es bis zur Toilette, ehe Bier und Chips sich ihren Weg ins Freie suchten.

Ich würgte, bis nur noch Galle kam, immer wieder geschüttelt von Krämpfen. Dann sank ich auf dem Boden neben der Schüssel zusammen und blieb sitzen. Selbst Tränen hatte ich keine mehr.

Mein Blick fiel ins Schlafzimmer, dort bot sich ein ähnliches Bild. Die Schränke waren aufgerissen, der Inhalt auf dem Boden verstreut, an der Wand rote Schmierereien, Drohungen, die ich im Einzelnen nicht entziffern wollte und konnte.

Ich hatte keine Ahnung, wie lange ich da saß. Wusste, was ich tun musste, und zögerte das Unvermeidlich doch hinaus. Nach einer gefühlten Ewigkeit kämpfte ich mich hoch, ging ins Schlafzimmer und versuchte auf dem Weg zum Telefon, das Chaos zu ignorieren. Mit roter Farbe an die Wand geschmierte Obszönitäten zogen vor meinem Auge vorbei. Dann wählte ich den Polizeinotruf, schilderte den Einbruch und setzte mich in der Küche, wo das Chaos am geringsten war, auf den Stuhl und wartete, den Kopf auf die verschränkten Arme gelegt.

Kurze Zeit später klingelten zwei Streifenbeamte und kamen nach oben in meine Wohnung. Müde hob ich den Kopf, sagte: »Hallo«, ehe ich zurück in die Küche ging und mich setzte.

Der Jüngere der beiden hatte nur leichten Flaum im Gesicht, die blonden Haare etwas Unschuldiges. Mit offenem Mund und großen Augen sah er sich um. »Oh mein Gott!«, flüsterte er, und ich stimmte ihm von Herzen zu. Der Ältere überzeugte sich davon, dass an mir noch alles dran war und dass ich keinen Arzt benötigte. Dann zog er sein Handy aus der Tasche und telefonierte. Damit setzte er einen Apparat in Gang, auf den ich heute Nacht gern verzichtet hätte. Und doch wusste ich, dass kein Weg daran vorbeiführte.

Ich saß noch immer am Küchentisch, als das Unheil über mich hereinbrach. Zunächst rückte eine ganze Armada von Beamten an, von denen ich im Einzelnen nicht wusste, was sie taten. Überall wimmelte es von Menschen, besonders das Schlafzimmer, das man mir verboten hatte zu betreten, war überfüllt.

Ich fügte mich in mein Schicksal und setzte mich mit einem Bier an den Küchentisch. Ich musste nicht lange warten.

»Was ist jetzt schon wieder los?« Mark stand in der Tür, der Blick eine Mischung aus Mitleid, Verärgerung und Entsetzen.

Ich zuckte mit den Achseln und trank einen Schluck. »Einbruch, würde ich sagen.«

Er schüttelte den Kopf und machte sich an einen Rundgang durch die Wohnung. Ich konnte es nicht verhindern, also tat ich das einzig Vernünftige und wartete. Gut, ich hätte davonlaufen können. Aber damit wäre niemandem geholfen, und das Unausweichliche hätte ich nur hinausgeschoben.

»Kannst du mir das bitte erklären?«, fragte Mark, als er zurückkam. Die Hände in die Hüften gestemmt, war er nun mehr verärgert als mitleidig.

Ich zuckte mit den Schultern und sah ihn müde an. »Ich habe keine Ahnung.«

Drohend kam er auf mich zu und beugte sich zu mir herunter, dass ich seinen Atem am Ohr spüren konnte. »Jetzt tu nicht so. Das hängt mit deinem Fall zusammen. Willst du mir, verdammt noch mal, endlich sagen, was los ist, oder soll die Geschichte enden wie beim letzten Mal?«

»Da sind wir in der Kiste gelandet, so schlecht fand ich das nicht.« Manchmal verließen Worte meinen Mund, ohne dass ich das wollte.

Einen Moment herrschte Stille. Mark sah mich nur an, die Verärgerung war verschwunden. Ich bereute, dass ich das gesagt hatte. Trotzdem hätte ich ein kleines Vermögen für seine Gedanken ausgegeben.

Er setzte sich mir gegenüber, während um uns herum das Chaos tobte. Plötzlich wirkte er müde.

»Bitte der Reihe nach, ganz von vorn«, bat er, ohne meine Bemerkung zu kommentieren.

Ich erzählte ihm alles, was sich zugetragen hatte, nannte jedoch keine Namen. Weder den von Laura Becker oder dem angehenden Bürgermeister noch den der Familie Weiner. Brunker brachte ich lediglich als Dealer ins Gespräch, den ich im Laufe meiner Ermittlungen aufgespürt hatte.

Was ich hingegen erzählte, waren die Drohungen, mit denen ich seither zu kämpfen hatte. Angefangen von dem Telefonanruf über den Zettel, der an der Tür hing, bis hin zu dem Angriff heute Mittag mit dem Auto.

Seine Augen weiteten sich vor Entsetzen mit jedem Detail mehr, das ich preisgab.

»Und das ist der traurige Höhepunkt der ganzen Aktion«, fasste er zusammen, was ich bereits wusste. »Wäre es nicht an der Zeit, dass du mir ein paar Namen nennst?«

Ich schüttelte den Kopf.

»Ich kann dich wegen Behinderung der Ermittlungsarbeit drankriegen.« Er hob den Zeigefinger.

Ich lächelte müde. »Dann mach doch.«

Mark seufzte, stand auf und ging zum Kühlschrank, um zwei neue Bier herauszunehmen. »Verträgst du überhaupt noch eines?«

»Nachdem die anderen beiden schon draußen waren, bevor der Alkohol aus Versehen in die Blutbahn geraten konnte, denke ich schon.«

Mark schüttelte missbilligend den Kopf, beugte sich herunter und strich mir über den Kopf. Im Blick nur noch Mitleid. Das tat gut. Wie das Bier, das er mir reichte.

»Gib mir mal das Kennzeichen von dem Audi.«

»Das bringt doch nichts«, antwortete ich, gab ihm aber die Autonummer, weil ich wusste, dass er nicht lockerlassen würde. Er verließ die Küche, um die Daten an die Zentrale durchzugeben und kam kurze Zeit später kopfschüttelnd zurück. Ich verkniff mir einen bissigen Kommentar.

»Dir ist schon klar, dass du nicht hierbleiben kannst in nächster Zeit?«, fragte er und sah mich aus dunklen Augen an.

Ich seufzte. Eine solche Diskussion hatten wir vor nicht allzu langer Zeit schon einmal geführt. Damals hatte ich mich geweigert, meine Wohnung zu verlassen. Mit ungeahnten Folgen. Ich war geneigt, ihm diesmal zuzustimmen.

Mark deutete mein Schweigen falsch. »Jetzt fang nicht schon wieder an, mit mir zu diskutieren!«

»Ich habe kein Wort gesagt.«

»Wo willst du hin? Ins Hotel?«

»Ich bin doch nicht Krösus!«

»Zu deiner Mutter?«

»Eher warte ich hier auf das Ende.« Es sollte spöttisch klingen, aber meine Stimme machte mir Angst. War das so? Würde ich lieber auf einen Mörder warten, als bei meiner Mutter Unterschlupf zu suchen? Nein, so eigensinnig und dumm war nicht einmal ich. Trotzdem, zu meiner Mutter würde ich erst gehen, wenn die Hölle eingefroren war.

Mark hatte mich schweigend angesehen.

»Was?«

»Das lässt tief blicken. Vielleicht solltet ihr einen Therapeuten aufsuchen?«

»Du mich auch.«

»Im Ernst, kannst du zu deiner Freundin?«

»Die hat zwei Kinder, die bringe ich sicher nicht in Gefahr.«

»Wen bringst du dann in Gefahr?«

Ich zuckte mit den Schultern, Mark seufzte.

»Mich …?«

Er hatte das Wort gedehnt gesprochen und guckte mich an wie das sprichwörtliche Kaninchen die Schlange. Ich sagte nichts.

»Komm schon, so schlimm wäre das auch nicht.«

Was war das in seinem Blick? Angst? Würde er sich in seiner Ehre gekränkt fühlen, wenn ich ablehnte? Das Angebot war sein Ernst gewesen, das wurde mir bei seinem Gesichtsausdruck umso mehr bewusst.

Und ich? Was fühlte ich? Vor zwei Wochen noch hätte ich mich darüber gefreut. Hätte die Wärme in meinem Bauch gespürt und sie sich selbst überlassen. Jetzt pfiff ich sie zurück. Ich hatte meinen Stolz. Marks Verhalten hatte mich verletzt. Ich fühlte mich wie eine seiner Eroberungen, die er alsbald hatte fallen lassen. Und ich würde ihm nicht nachlaufen. Über das Alter war ich hinaus.

Andererseits wäre es vielleicht lustig. Zu sehen, wie er wohnte, interessierte mich. Ihm gegenüber würde ich es nicht zugeben, aber ich war neugierig.

Was mich schlussendlich ritt, konnte ich nicht sagen. War es Neugier? Oder der selbstzerstörerische Umgang mit dem Prickeln, dem ich nicht nachgeben wollte? Oder ganz einfach eine Art von Rache?

Hinzu kam etwas anderes. Seit der Geschichte, die mich fast das Leben gekostet hatte, schlief ich keine Nacht mehr durch. Ich hatte Angst. Um mein Nervenkostüm war es nicht zum Besten bestellt, und die fortgesetzten Drohungen nagten an mir. Mehr als ich zugeben wollte.

»Okay«, sagte ich also einfach.

»Jetzt stell dich nicht so an …« Mark stutzte.

»Okay«, wiederholte ich.

»Okay …« Er war sichtlich überrascht und wusste offenbar nicht, wie er damit umgehen sollte, dass ich ohne weitere Diskussion eingewilligt hatte.

Ich drehte mich um und ging ins Schlafzimmer, ignorierte die Schmiererei über dem Bett und das Chaos im Raum. Meine Sporttasche stand auf dem Schrank und ich fischte sie nach einem fragenden Blick auf die junge Frau, die für die Spurensicherung zuständig war, herunter. Dann wühlte ich mit spitzen Fingern in meinem Schrank nach etwas, das unberührt aussah. Wer immer hier gewütet hatte, hatte ganze Arbeit geleistet. Als ich sicher war, einige Kleider gefunden zu haben, die er oder sie nicht angefasst hatten, legte ich mit einem perfiden Grinsen ein seidenes Spitzennachthemd vorsichtig obenauf. Normalerweise trug ich T-Shirts und ausgeleierte Boxershorts zum Schlafen. Das Nachthemd hatte ich von meiner Mutter zu meinem 25. Geburtstag geschenkt bekommen und höchstens zweimal getragen. Ich war kein Nachthemdentyp. Sie wickeln sich um die Beine und rutschen immer höher, bis man eine Wurst um den Bauch hatte und an den Beinen fror. Aber wenn ich schon auf nicht absehbare Zeit bei Mark wohnte, wollte ich ihm wenigstens eine kleine Show liefern.

Dass damit Schwierigkeiten auf mich zukommen würden, war mir bewusst. Ich hatte nur keine Ahnung, wie groß sie sein würden.

Zehn Minuten später trat ich Mark mit gepackter Tasche entgegen. Er stand noch immer in der Küche und hielt sich an einem Bier fest.

»Fertig. Kannst du damit noch fahren?« Ich deutete auf die Flasche in seiner Hand. Die Bemerkung hatte ich mir nicht verkneifen können.

Er sah käsig aus. Als hätte er Angst davor, dass ich bei ihm wohnen würde. Er hatte nicht damit gerechnet, dass ich das Angebot annehmen würde. Das versprach, lustig zu werden.

Wir parkten in der Gutenbergstraße, in der gemütlich aussehende Klinkerhäuschen standen. Die Grundstücke waren kaum der Rede wert, und irgendwie erinnerte mich alles an eine Reihe kleiner Hexenhäuschen.

Ich trat hinter Mark ein, und nachdem er Licht gemacht hatte, sah ich mich gründlich um. Eine Frau gab es in diesem Haus nicht, das war schnell klar. Typische Junggesellenwohnung. Ein Schuh lag im Weg, die Jacke hing achtlos über den Haken geworfen an der Garderobe, Sportzeitschriften waren auf dem kleinen Schränkchen verteilt, und ein Flugzeugmodell stand neben einer nicht ausgepackten Sporttasche am Boden.

Während der Fahrt hatte er kaum ein Wort gesprochen, und auch jetzt machte er nicht den Eindruck, als sei er der gesprächigste Mann der Welt.

Ich stellte meine Tasche im Flur ab und ging hinter ihm her. Mit einem Räuspern öffnete er eine Tür. »Das ist also die Küche.«

Worauf ich im Leben nicht gekommen wäre! Die Situation nahm immer groteskere Züge an. Mittlerweile war es halb vier und er zeigte mir sein Haus! Hätte mir das vor einem halben Jahr jemand erzählt, hätte ich ihn ausgelacht.

Wir gingen durch das Erdgeschoss. Es gab ein gemütlich eingerichtetes Wohnzimmer mit Essbereich und eine Toilette.

Die Möbel waren alt und schön, aber sie passten nicht zu Mark. Ich fragte mich, wie ich mir ein Haus vorgestellt hatte, in dem er wohnte. Und kam zu dem Schluss, dass ein Haus überhaupt nicht zu ihm passte. Eher hätte ich ihn mir in einer hellen, modern eingerichteten Stadtwohnung vorgestellt, nicht weit zur nächsten Kneipe. So konnte man sich täuschen.

Er musste meine Gedanken erraten haben und kam meiner unausgesprochenen Frage zuvor: »Das Haus ist eine Erbschaft von einer Tante. Ich habe es übernommen, wie es war, als ich wieder nach Ulm gekommen bin. Seither hat sich nichts verändert. Selbst die Möbel sind noch die alten. Ich müsste dringend renovieren, vor allem das Bad. Aber mir fehlt einfach die Zeit.«

Ich nickte, das erklärte vieles.

»Komm, ich zeige dir das Gästezimmer.«

Das Gästezimmer. Er brachte mich im Gästezimmer unter. Was sagte mir das? Zunächst versetzte es mir einen Stich. Hatte ich erwartet, dass er mich in seinem Bett einquartierte? Ein bisschen Sex inklusive? Eine verlockende Vorstellung. Aber, ehrlich, hätte er diesen Vorschlag gemacht, hätte ich ihm das Gesicht zerkratzt.

Unsicher stiefelte ich hinter ihm her in den ersten Stock. Sein Schlafzimmer lag links, danach kam ein verwinkeltes Badezimmer mit rosa Fliesen, bei deren Anblick es mich schauderte, und hinten auf der rechten Seite das Gästezimmer.

Ich warf einen Blick auf das gemütlich aussehende Bett und spürte eine unglaubliche Müdigkeit. Seit wann war ich auf den Beinen? Und was war heute alles passiert? Keinen Gedanken verschwendete ich mehr daran, wie Marks Schlafzimmer aussehen mochte. Ich wollte schlafen, nichts als schlafen.

Mark stellte meine Tasche, die er nach oben getragen hatte, auf dem Boden ab und begann, Kissen und Decke zu beziehen. Am liebsten hätte ich es ihm abgenommen, damit ich eher ins Bett kam. Sein linkisches Bemühen ließ mich schmunzeln. Als er fertig war, sah er mich an. War das Verlegenheit in seinem Blick?

»Also …«, sagte er und sah an mir vorbei.

»Tja, also …«

»Schlaf gut. So lang du magst. Du musst ziemlich fertig sein, nachdem, was du heute erlebt hast.«

Das war ich!

»Ich stell dir ein Frühstück hin. Mach es dir gemütlich und fühl dich wie zu Hause.«

Die Tür schloss sich hinter ihm, ich stand allein im Raum, in dem außer dem verlockend aussehenden Bett ein Kleiderschrank und ein Frisiertischchen standen, über dem ein altmodischer Spiegel hing. Es war still im Haus. Ich hörte, wie Mark die Treppe nach unten ging, vermutlich in die Küche.

Einen Moment lauschte ich, dann stellte ich meine Tasche auf das Bett und packte aus. Nach Nachthemd war mir heute nicht, ich wollte mich wohlfühlen. Also zog ich T-Shirt und Boxershorts an und ging ins Bad. Nur wenig später sank ich auf das Bett und kuschelte mich in weiche Kissen. Dann fiel ich in einen tiefen, traumlosen Schlaf.

DONNERSTAG

Am nächsten Morgen wachte ich trotz der Ereignisse der letzten Nacht mit einem positiven Gefühl auf. Ich war ausgeruht, fühlte mich ausgeschlafen. Nicht ein einziges Mal war ich aufgewacht. Wann war das zuletzt passiert?

Die Sonne lachte zum Fenster herein, der Wind war ein laues Lüftchen und lieferte sich ein Stelldichein mit den Blättern des Apfelbaumes, während die Vögel ein lebensbejahendes Lied von den Dächern zwitscherten.

Ein Blick auf die Uhr ließ mich in die Höhe fahren. Es war fast halb elf! Ich hüpfte aus dem Bett und lauschte ein paar Augenblicke an der geschlossenen Tür. Alles war still. Mark war sicher beim Arbeiten. Klar, er hatte einen Mord aufzuklären.

Und ich? Was hatte ich zu tun? Ich musste Licht ins Dunkel der GHB-Geschichte bringen. Und nebenbei auch einen Mord aufklären. Weil das eine mit dem anderen zusammenhing. Irgendwie.

Vorsichtig öffnete ich die Tür und wurde von Ruhe und Geborgenheit empfangen. Eine Behaglichkeit erfüllte mich, als würde ich schon ewig hier wohnen. Weitere Gedanken, die in diese Richtung gingen, erstickte ich im Keim.

Da Mark nicht im Haus zu sein schien, blieb ich, wie ich war, und tapste nach unten, um in die Küche hineinzulinsen. Nichts. Ich ging weiter ins Wohnzimmer. Und als ich den gedeckten Tisch in der Essecke sah, kamen mir beinahe Tränen. Teller und eine richtige Kaffeetasse, eine Serviette mit Sonnenblumen drauf, verschiedene Aufstriche, Marmelade, Nussnougatcreme und ein Korb mit Backwaren. Da gab es nicht nur Weißmehlsemmeln, es gab Brezeln, Kürbiskernsemmel, Roggenbrötchen. Ich fühlte mich wie im Urlaub. Eine Kanne Kaffee und eine Karaffe Orangensaft rundeten das perfekte Frühstück ab.

Wie toll war das denn? Ob Mark immer so opulent frühstückte? Oder hatte er das mir zu Ehren veranstaltet? Wer sollte das alles essen?

Auf meinem Teller lag ein Zettel: »Fühl dich wie zu Hause, Käse und Wurst im Kühlschrank. Bis später.« Darunter hatte er einen windschiefen Smiley gemalt, dessen Füße unter dem Bauch hervorlugten. Vom Kopf standen drei Haare ab. Süß.

Ich spazierte zurück in die Küche und holte den Teller aus dem Kühlschrank. Der Anblick brachte mein Innerstes zum Strahlen. Und meinen Bauch zum Grummeln. Da gab es zweierlei Käse, Salami, Schinken und Lyoner. Dekoriert hatte Mark in einem linkischen Versuch mit Cocktailtomaten und Gurkenscheiben, die wie wild darauf geworfen aussahen. Seine Geste zauberte ein warmes Lächeln auf mein Gesicht.

Ich nahm die Platte mit und stellte sie auf den Tisch zum Rest. Dann nahm ich ehrfürchtig Platz, schenkte mir Kaffee ein und schnitt eine Kürbiskernsemmel auf, die ich mit Paprika-Chili-Creme bestrich und mit zwei Scheiben Salami und einem Stück Goudakäse garnierte. Vorsichtig biss ich ein Stück ab und wähnte mich im Himmel, während auf meiner Zunge kulinarische Frühstückskostbarkeiten explodierten. Nicht zu vergleichen mit der armseligen Schachtel Cornflakes in meinem Küchenschrank.

In der nächsten halben Stunde war ich mit Genießen beschäftigt. Am Ende schenkte ich mir eine weitere Tasse Kaffee ein und überblickte das Schlachtfeld, das ich hinterlassen hatte. Jetzt lehnte ich mich entspannt zurück.

Das Telefon klingelte, und ich überlegte kurz, ob es Mark recht wäre, wenn ich ranging. Was sollte er dagegen haben? Ich würde alles für ihn notieren, beschloss ich und meldete mich.

»Wieso gehst du an mein Telefon?«

»Warum rufst du an?«, antwortete ich und lachte in mich hinein.

»Guten Morgen. Gut geschlafen?«

»Herrlich! Wie im Himmel.« Das brach mir keinen Zacken aus der Krone, wenn ich das zugab. »Danke für das Frühstück.« Ich räusperte mich. Jetzt war es genug des Lobes.

»Ich werde spät nach Hause kommen«, sagte er. Klar, der Mord. »Bleib, wo du bist. Ich denke nicht, dass jemand mitbekommen hat, dass du bei mir bist. Also bist du in Sicherheit. Wenn du dich nicht vor die Tür bewegst.«

»Äh, wie schön. Aber ich hatte nicht vor, nicht aus dem Haus zu gehen. Ich habe einen Beruf, muss arbeiten und so Kram.« Mit »so Kram« war meine Gesangskarriere gemeint, die beendet war, bevor sie losging.

»Du bleibst im Haus«, sagte er, und sein Ton duldete keine Widerrede.

»Und was soll ich hier den ganzen Tag machen?«

»Du könntest putzen. Bad und Küche müssten …«

Ich legte auf und ging zurück an den Frühstückstisch. Da lockte eine noch halb volle, dampfende Tasse Kaffee. Das Telefon klingelte erneut. Diesmal meldete ich mich nur mit »Ja?«

»Du sollst nicht an mein Telefon gehen.«

»Dann hör auf anzurufen!«

»Das mit dem Putzen war ein Witz.«

»Ich habe es nicht eine Sekunde ernst genommen. Und selbst wenn …«

»Ich möchte wirklich, dass du im Haus bleibst.«

»Ist okay«, antwortete ich und kreuzte die Finger hinter dem Rücken.

»Hast du eine Ahnung, wo Fabian Weiner ist?«

Woher sollte ich das wissen? War ich seine Gouvernante? »Warum?«

»Er ist verschwunden.«

»Er wird es sich bei Papi im Betrieb auf einem schönen Sessel bequem gemacht haben.«

»Da ist er nicht. Daheim ist er auch nicht. Wie es scheint, ist er gestern Nacht nicht nach Hause gekommen. Zumindest sagen das seine Eltern und Freunde.«

Hört, hört, das war eine Neuigkeit!

»Und jetzt?«

»Er wird per Haftbefehl gesucht. Wegen Mordes an Holger Brunker.«

»Habt ihr sie noch alle?«

»Es war bekannt, dass er dealte. Wenn wir auch nicht wissen, wer seine Hintermänner sind. Außerdem soll es laut Zeugenaussagen zu einem heftigen Streit zwischen ihm und dem Mordopfer gekommen sein. Sie haben sich letzte Nacht im *Jungle* geprügelt.«

Ich hatte danebengestanden. Sollte Fabian deswegen ein Mörder sein? Ich konnte mir viel vorstellen, das nicht. Da war Mark auf dem Holzweg. Es musste etwas anderes dahinterstecken. Nur was?

»Nie und nimmer war das Fabian.«

»Und woher willst du das wissen?«

»Weibliche Intuition. Auch Menschenkenntnis genannt.«

»So, so.« Er schwieg einen Moment, und ich sonnte mich in der Tatsache, dass es ihm die Sprache verschlagen hatte. »Wie auch immer, ich möchte, dass du die Finger von dem Fall lässt.«

Wenn ich jetzt mit »okay« antwortete, würde er wissen, dass ich ihn anlog. Er kannte mich.

»Warum?«, fragte ich stattdessen und erntete ein Seufzen als Antwort.

»Das kann ich dir nicht sagen, Jule. Aber mir wäre es recht, wenn du dich zurückziehst. Das Ganze ist eine Nummer größer, als du dir vorstellst. Und ich hätte ungern dein hübsches Gesicht zwischen den Fronten.«

Jetzt war ich also das dumme Frauchen. Das nicht durchblickte, keine Ahnung hatte und nur dazu da war, ein nettes Gesicht zu machen. Macho! »Sonst geht's dir aber gut?«

»Bleib einfach da, wo du bist.« Das war keine lieb gemeinte Bitte mehr, das war ein Befehl.

»Okay«, sagte ich und legte auf. Als es wieder zu klingeln begann, ließ ich es läuten. Er hatte mir verboten, an sein Telefon zu gehen. Und an Marks Untersagungen wollte ich mich halten. Zumindest weitgehend. Nur auf Befehle reagierte ich allergisch.

Ich nahm die Kaffeetasse mit auf die Terrasse und überblickte einen verwilderten Garten. Idealerweise ging man hier mit einer Machete vor.

Während ich austrank, überlegte ich, ob ich ein schlechtes Gewissen haben müsste. Gestern Nacht war vor meinen Augen ein Mensch gestorben, und das Einzige, was mich interessierte, war der Streit mit Mark. Er hatte ein Gespür dafür, mich in den Wahnsinn zu treiben. Die Antwort war so einfach wie kompliziert: Seit meinem letzten Fall fühlte ich mich in meiner Wohnung nicht mehr sicher. Nachts potenzierte sich dieser Zustand. Da war es allemal besser, bei Macho-Mark zu wohnen, als zu Hause auf Dämonen zu warten.

Mit einem Schluck trank ich den mittlerweile kalten Kaffee aus und ging zurück ins Haus.

Als ich das Chaos vom Esstisch beseitigt hatte, rief ich Conny an, um zu fragen, wie sie die letzte Nacht überstanden hatte. Ihr ging es gut, den Umständen entsprechend.

»Beim nächsten Mal kommst du vielleicht lieber zu uns zum Grillen.«

»Genug erlebt?«, wollte ich wissen und hatte Mitleid.

»Definitiv. Ich bin bedient im Moment, und mein Hunger nach Aufregung ist gestillt.«

Ich sagte zu und freute mich bereits auf einen entspannten Abend bei ihr. Dann ging ich zum Duschen nach oben und dachte über Marks Bemerkung mit dem »hübschen Gesicht« nach. Hatte er das so dahingesagt? Oder war etwas dran? Er hatte nicht im Ansatz versucht, mich gestern zu verführen. Gut, es war spät gewesen. Aber wenn eine Frau mit hübschem Gesicht in seinem Haus zu Gast war, würde er da nicht …? Nicht mitten in der Nacht.

Warum interessierte mich das? Ich schäumte mir die Haare ein und gab mir die Antwort. Weil ich Mark schon immer attraktiv und begehrenswert gefunden hatte. Seit der Polizeischule. Ich Mauerblümchen hatte damals aber nicht in sein Beuteschema gepasst. Wie es trotzdem zu der Knutscherei auf der Party gekommen war, frage ich mich noch heute. Es war der unglaublichste Kuss meines Lebens gewesen. Allerdings war ich wieder Frau meiner Sinne geworden und hatte die Notbremse gezogen. Wochenlang hatte mein Gesicht die Farbe einer überreifen Tomate angenommen, wenn ich ihn gesehen hatte. Ich schloss die Augen.

Dann hatten sich unsere Wege getrennt, und wir hatten jahrelang nichts voneinander gehört. Bis er vor wenigen Wochen als Ermittler neben meiner Vermissten gestanden hatte. Die gesuchte Frau war tot, und wir hatten ein gemeinsames Problem, das wir unterschiedlich angingen. Mich hatte es beinahe das Leben gekostet. Nach Abschluss des Falles waren wir in meinem Bett gelandet. Und ich hatte feststellen dürfen, dass Mark noch genauso gut küssen konnte wie damals. Es hatte gereicht, mir zumindest vorübergehend meine Sinne zu rauben.

Ich seufzte und spülte den Schaum vom Kopf. Gab ihm das das Recht, mich »Herzchen« zu nennen? Oder mich auf ein hübsches Gesicht zu reduzieren? Wohl kaum. Warum regte ich mich darüber auf? Es schmeichelte meinem Ego, und zwar nicht zu knapp.

Aber ich hatte das Gefühl, ein Spielball in seinen Händen zu sein. Und seit der Scheidung von Dirk Heit war ich alles, aber kein Spielball mehr.

Entschlossen wusch ich die letzten Seifenreste vom Körper und drehte das Wasser ab. Das beste Rezept dagegen war, das Heft in die Hand zu nehmen. Und vor allem, sich abzulenken und nicht darüber nachzudenken.

Ich hatte einen Fall am Hals, der immer vertrackter und komplizierter wurde. Jetzt gab es sogar einen Toten, und ich war davon überzeugt, dass er in irgendeiner Weise damit zu tun hatte. Es war kein Zufall gewesen, dass Brunker letzte Nacht vor dem *Jungle* erschossen worden war. Außerdem fragte ich mich, was Mark damit zu tun hatte. Warum versuchte er mit aller Gewalt, mich von dem Fall abzuziehen? Er musste an einer großen Sache dran sein, in die auch die Spedition Weiner verwickelt war. Das juckte mich in den Fingern.

Während ich mich abtrocknete, fragte ich mich, warum Brunker sein Leben hatte lassen müssen. Er hatte nicht nur mit Fabian Streit gehabt, sondern auch mit dem Dealer Mirko Hübner. Und dann gab es da noch Niederberger. Hatte er vielleicht herausbekommen, dass sein Kellner in seinem Klub Drogen vertickt hatte?

Die Theorie hinkte, ich ging noch immer davon aus, dass das mit Niederbergers Wissen geschehen war. Traute ich ausgerechnet Fabian einen Mord zu? Andererseits, hätte ich ihm zugetraut, mit Drogen zu dealen?

Die Geschichte hatte verdammt viele Knoten, deren lose Enden sich heillos verwirrt hatten. Ich sollte mir einen anderen Ansatzpunkt suchen. Und die Geschichte von vorn aufrollen.

Zufrieden mit meinen Überlegungen schlüpfte ich in ein frisches T-Shirt und eine Caprihose. Meine Haare mussten an der Luft trocknen, weil ich keinen Föhn fand. Das konnte heiter werden.

Mark rief an, ich sah es an der Telefonnummer, die angezeigt wurde. Ich nahm nicht ab. Im Schlüsselkasten fand ich einen Ersatzschlüssel, der ins Haustürschloss passte. Ich steckte ihn in die Tasche, schulterte meinen Lederbeutel und zog die Tür hinter mir zu. Weil ich in der letzten Nacht mit Mark hierhergefahren war, hatte ich kein Auto. Aber die Sonne lachte vom Himmel, noch war es angenehm warm, bevor die Hitze des Tages unbarmherzig zuschlagen würde. Der Weg war nicht weit.

Einen Moment fragte ich mich, ob das eine gute Idee war, verwarf den Gedanken aber. Am helllichten Tag würde mir mitten in der Stadt nichts passieren. Wer auch immer mein Gegner war, er würde mich nicht in meiner Wohnung vermuten. Nicht, nachdem ich letzte Nacht verschwunden war.

Wenig später ging ich mit gemischten Gefühlen an der Haustür zu meiner Wohnung vorbei. Ich hielt mich nicht damit auf, nach dem Rechten zu sehen, weil ich wusste, dass nichts in Ordnung war. Ich lief zum Auto und kramte nach meinem Schlüssel. Das klingelnde Telefon ignorierte ich. Einer Konfrontation mit meiner Mutter fühlte ich mich nicht gewachsen.

»Will dir jemand an den Kragen?«

Ich zuckte zusammen, dass ich den Schlüsselbund fallen ließ. Das Klirren, mit dem er auf dem Boden aufschlug, fuhr mir durch Mark und Bein, und ich versuchte, das Adrenalin unter Kontrolle zu bekommen.

»Du hast mich erschreckt!«, entfuhr es mir, und ich drehte mich zu Leon um, während ich versuchte, meinen Herzschlag in Griff zu kriegen.

Er sah mich mit schief gelegtem Kopf an. Ich biss die Zähne zusammen und versuchte, die Gedanken an letzte Nacht zu verdrängen.

»Ist bei dir eingebrochen worden?«, bohrte er unerbittlich.

Es hatte keinen Zweck, Leon hatte alles mitbekommen. Wie auch immer. Ich nickte also. »Ich wohne zurzeit nicht hier.«

»Bist du zu dem Polizisten gezogen?«

Nicht freiwillig. Na ja, vielleicht ein bisschen.

»Was machst du jetzt mit dem Auto?«

»Ich muss arbeiten. Und herumfahren.«

»Und was machst du, wenn da eine Bombe drin ist?« Kindlich wissenschaftliche Neugier. Als wenn man einer Spinne zwei Beine ausriss, um zu sehen, ob sie noch vorwärtskam.

Ein kalter Schauer rann mir über den Rücken und ergriff von meinem Körper Besitz. Ich schüttelte mich, schob trotzig den Schlüssel ins Schloss der Fahrertür und drehte ihn um. Dass ich die Luft anhielt, wurde mir erst bewusst, als ich die Tür öffnete und nichts geschah.

»So schlimm ist es nicht«, sagte ich großspurig und versuchte, das Zähneklappern zu unterdrücken.

»Die Bomben gehen doch immer erst hoch, wenn man den Motor startet. Das weiß doch jeder!«

Danke. »Dann solltest du jetzt in Deckung gehen, ich möchte nämlich wegfahren.«

»Das Beschatten der Straße ist stinklangweilig«, sagte er mit vorwurfsvoller Stimme und bewegte sich keinen Zentimeter vom Auto weg. »Ich habe die ganze Zeit geguckt, aber niemand ist vorbeigelaufen. Wie lang soll ich das denn noch machen?«

»Als Detektiv braucht man viel Geduld.«

»Das ist doof. Und wenn ich das Baby nicht finde?«

Hoffentlich ging die Bombe nicht jetzt in die Luft. So ein Quatsch, schalt ich mich. Die Fantasie eines kleinen Jungen brachte mich fast um den Verstand.

»Ich habe nicht gesagt, dass es einfach ist.«

»Ist dein Job immer so langweilig?«

Ich hatte die Hand am Schlüssel, der mittlerweile im Zündschloss steckte. Bombe, Bombe, Bombe, hämmerte es nachhaltig in meinem Ohr, und ich wurde von Sekunde zu Sekunde nervöser. Konnte er nicht gehen?

Ich wusste, dass ich ungerecht war. Aber ich wusste auch, dass ich den Schlüssel nicht mehr drehen würde, wenn ich noch eine Minute im Auto saß. Stattdessen würde ich schreiend davonrennen und Mark anrufen, damit er den Kampfmittelräumdienst holte.

»Dann musst du dir etwas anderes überlegen. Bestimmt fällt dir etwas ein. Du bist doch ein schlaues Kerlchen.« Damit schlug ich die Tür zu und ließ den Zwerg draußen stehen. Meinen Freund. Er tat mir leid, aber ich konnte nicht anders.

Bevor ich es mir anders überlegte, drehte ich den Schlüssel im Schloss. Natürlich geschah nichts, aber ich machte die Augen zu und atmete tief durch, als ich den Motor schnurren hörte. Es dauerte, bis ich mich so weit gesammelt hatte, dass ich losfahren konnte. Im Rückspiegel sah ich Leon, der mit hängenden Schultern kleiner wurde. Dafür würde ich Abbitte leisten müssen.

Kurze Zeit später brachte ich meinen Golf in Böfingen vor dem alleinstehenden Haus der Beckers zum Stehen. Zurück zum Anfang. Das war Laura. Ich wusste nicht, was ich mir davon versprach. Aber wenn ich Schritt für Schritt alles noch einmal durchging, fiel mir vielleicht etwas auf, das ich zuvor übersehen hatte.

Die Sonne lachte nicht mehr nur vom Himmel, sie stach. Bereits jetzt war es drückend, und die Luft lastete bleischwer. Hoffentlich gab es im Lauf des Tages ein reinigendes Gewitter. Eine Nacht ohne mochte ich mir nicht vorstellen.

Die wenigen Schritte zur Tür reichten aus, um mich dankbar in den Schatten der Hauswand zu drücken und mir den Schweiß von der Stirn zu wischen.

Laura öffnete auf mein zweites Läuten. Sie zog eine Schnute und sah mich mit großen Augen an, bevor sie den Blick zum Boden senkte.

Ich runzelte die Stirn. Hatte sie geweint?

»Sie schon wieder. Was wollen Sie?« Sie klang müde und verschränkte die Arme vor der Brust.

»Sind deine Eltern da?«

»Nein.«

Umso besser. Ich drängte mich an ihr vorbei ins Haus. Angenehme Kühle umfing mich. Klar, es gab eine Klimaanlage.

»Ich muss noch einmal mit dir reden«, sagte ich und ging voran ins Wohnzimmer, nachdem sie keine Anstalten machte, mich irgendwohin zu bitten. Auch als ich mich setzte, war ihr das keinen Kommentar wert. Ihre Körperhaltung, das Gesicht, etwas hatte sich verändert. Sie ließ sich mir gegenüber nieder, zog die Knie an und umschlang sie mit den Armen. Sie sah mich an wie ein waidwundes Reh. Wovor hatte sie Angst?

»Hast du eine Ahnung, wo Fabian steckt?«, fragte ich unvermittelt.

Ihre Reaktion war wie ein von mir ausgelöster Urknall. Sie sackte in sich zusammen, legte den Kopf auf die Knie und begann haltlos zu schluchzen. Einen Moment wusste ich nicht, was ich tun sollte. Schließlich räusperte ich mich, und sie sah aus verheulten Augen zu mir auf. Das Gesicht geschwollen und fleckig.

Mit ihrer an Arroganz grenzenden Selbstsicherheit hatte ich leichter umgehen können. »Was ist los?«, fragte ich, als ich mich erneut geräuspert hatte. Obwohl ich es wollte, konnte ich den Blick nicht von ihr lösen.

Laura hatte sich so weit im Griff, dass sie mir antworten konnte. Was im Schluchzen unterging, reimte ich mir zusammen.

Fabian hatte Laura gestern nach dem Discobesuch angerufen und ihr von der Schlägerei mit Brunker erzählt. Er hatte getobt, dass man ihn rausgeworfen hatte und geschworen, dass er sich das nicht gefallen lassen würde. Auf Lauras Nachfrage sagte er, dass er in Schwierigkeiten stecke. Das war alles.

»Und jetzt weiß ich nicht mehr weiter. Er hat ängstlich geklungen. So kenne ich ihn nicht. Normalerweise hat er alles im Griff. Es gibt nichts, mit dem er nicht fertig wird.« Ein neuer Weinkrampf schüttelte sie. »Und jetzt ist er verschwunden, und ich habe Angst, dass etwas Schlimmes passiert ist.«

Dass er Brunker umgebracht hatte, vielleicht?

Ich stand widerwillig auf und setzte mich neben sie auf das Sofa. Vorsichtig legte ich den Arm um ihre zuckenden Schultern. Sie sah auf. Ihr Blick eine Mischung aus Angst, aber auch Hoffnung, griff sie nach meiner Hand und hielt sie mit ihrer umschlossen.

»Helfen Sie uns?«

»Klar.« Ich versuchte, meine Hand unter ihrer hervorzuziehen. »Wenn du mir jetzt die Wahrheit sagst.«

Sie hatte zu viel Angst um ihren Freund, als dass sie darüber nachdachte, wie viel sie mir erzählen sollte. Sie redete drauflos wie ein nie enden wollender Wasserfall. Schon ihre ersten Worte bargen Überraschungen.

»Mir hat niemand etwas ins Getränk gekippt. Ich habe das Ecstasy einfach nicht vertragen.«

»Welches Ecstasy?« Einen Moment vergaß ich sogar meine Hand. Was redete das Mädchen da? Von Ecstasy war nie die Rede gewesen. Es ging um GHB. Dann begriff ich.

»Fabian verkauft das Zeug.«

»Und wo hatte er es her?«

»Ich habe keine Ahnung. Ehrlich.« Ihr Griff wurde noch fester, Feuchtigkeit bildete sich zwischen unseren Händen, und ihr Gesicht kam meinem näher.

Ich glaubte ihr. Hatte das Gefühl, in ihr lesen zu können wie in einem offenen Buch.

Sie schwieg einen Moment.

»Und dann?«, fragte ich vorsichtig. Sie hatte sich beruhigt und sprach klarer. Endlich konnte ich mich aus ihrer Umklammerung befreien. Ich atmete auf und rückte ein Stück von ihr weg.

»Ich habe eine Pille genommen. Die erste in meinem Leben. Eigentlich wollte ich das nicht. Aber die anderen haben auch alle etwas genommen. Was sollte ich machen? Sie haben gelästert, ich würde nichts vertragen. Weil ich keinen Alkohol trinke und so. Dabei schmeckt er mir einfach nicht.« Fast entschuldigend sah sie mich an.

Aus Gruppenzwang heraus passierten oft die schlimmsten Dinge.

»Also hast du etwas eingeschmissen.«

Sie nickte, die Schultern zusammengesackt, den Kopf auf die Arme gelegt. Aber sie sah mich an. »Mir ist es noch nie so dreckig gegangen in meinem Leben. Nicht mal damals, als ich mit Blinddarmentzündung ins Krankenhaus musste. Zuerst war es noch ganz witzig, alles war so lustig, so leicht, so einfach. Aber dann wurde mir elend. Richtig schlecht. Es hat sich alles gedreht, und mein Magen hat sich angefühlt, als würde er alles, was ich je gegessen habe, wieder ausspucken.

Ich wollte nur noch nach Hause. Und Fabian hat mich gebracht.«

»Nur leider seid ihr daheim deinem Vater in die Arme gelaufen.« Langsam hatte ich eine Ahnung, was passiert war.

Sie nickte. »Es war ein verdammt blöder Zufall. Er ist gerade von einer Parteiparty heimgekommen, sonst wäre er längst im Bett gewesen.« Sie schniefte und wand sich. »Ich habe es nicht mehr bis aufs Klo geschafft und mich direkt vor seinen Füßen übergeben.«

Sie schwieg eine Weile, während die Szene vor meinem geistigen Auge wie ein Film ablief. Bei der Vorstellung von Beckers Gesicht, dem seine Tochter vor die Füße kotzte, fing ich beinahe an zu lachen. Nur ein leiser Schluchzer von Laura hielt mich davon ab. Sie hatte das nicht verdient, ihre Strafe längst erhalten.

»Und dann?«

»Hat Fabian die Notlüge von dem GHB erfunden, das mir jemand in die Cola gekippt hat.«

Ich seufzte innerlich auf. Wie süß. Das musste wahre Liebe sein. Doch damit hatte ich ein anderes Problem: Mein Fall existierte nicht mehr. Fertig. Wie sollte ich Werner das beibringen? Und vor allem, wie würde er dem angehenden Herrn Bürgermeister klarmachen, dass seine Tochter nicht Opfer eines Verbrechens geworden war, sondern vielmehr Opfer ihrer eigenen Dummheit? Das Positive an der Sache war, dass Laura künftig die Finger von Drogen lassen würde.

Und jetzt?

Laura zupfte mich am Ärmel und riss mich aus meinen Überlegungen. In ihrem Blick lag Resignation. »Sie werden es ihm sagen, oder?«

Was sollte ich antworten? Ich nickte.

»Es ist okay. Geschieht mir vermutlich ganz recht, wenn ich das selbst auslöffeln muss.«

Eine Weile schwiegen wir, hingen jeder den eigenen Gedanken nach.

»Und was ist mit Fabian?« Sie sah mich an, griff erneut nach meiner Hand und umklammerte sie fest.

Ich räusperte mich. »Hast du eine Ahnung, wo er ist?«

Sie schüttelte den Kopf. »Ihm muss etwas passiert sein«, beharrte sie und fasste mich fester am Arm. »Wir hatten verabredet, heute Morgen zu telefonieren. Aber sein Handy ist aus, und zu Hause ist er auch nicht.«

»In der Spedition?«

Sie schüttelte den Kopf. »Da habe ich schon angerufen. Das würde er nie tun. Mir nicht sagen, wo er ist, meine ich. Wir lieben uns doch.«

Oh Mädchen, dazu könnte ich dir auch ein paar Takte erzählen.

Ich seufzte stattdessen. »Okay.«

Ein hoffnungsvoller Blick traf mich, als sie ihr Haar hinter das Ohr strich und das ganze Ausmaß der Heulerei auf ihrem Gesicht zum Vorschein kam. »Glauben Sie, dass ihm etwas passiert ist?«

Ich wusste es nicht, machte mich vorsichtig los. »Der Mann, mit dem er sich gestern gestritten hat, ist tot.«

Ich beobachtete sie. Ihr Kopf ruckte nach oben, sie sah mich mit großen Augen und offenem Mund an. »Und was wollen Sie jetzt damit sagen?«

»Ich? Nichts.« Ich machte eine Pause, überlegte, was ich ihr antworten konnte und durfte. »Aber es besteht die Möglichkeit, dass die Polizei denken könnte, dass Fabian Brunker umgebracht hat.«

»Das ist nicht Ihr Ernst!«

»Meiner nicht. Ich sage nur, was die Polizei denken könnte.«

»Das hat Fabian nicht getan!« Leidenschaftlich brachte sie das hervor, und ich beneidete sie um ihre bedingungslose Liebe zu dem Jungen. Mit dem Unterschied, dass ich ihr diesmal glaubte. Auch ich konnte mir nicht vorstellen, dass Fabian zum Mörder geworden war.

»Wo hatte er die Pillen her?«

»Ich weiß es nicht. Wirklich nicht. Ich habe keine Ahnung. Plötzlich waren sie da. Ich habe ihn einmal gefragt, aber da hat er nur gegrinst und gemeint, dass er eine einträgliche Quelle hätte. Außerdem hält sein Vater ihn kurz, er wollte sich ein bisschen was dazuverdienen.«

Mit Drogen. Tolle Idee.

»Von Brunker hatte er sie nicht?«, fragte ich, der Vollständigkeit halber.

Verächtlich schüttelte sie den Kopf. »Die beiden waren Konkurrenten. Und Fabian hat dem Kellner das Leben ganz schön schwer gemacht.« Ihre Worte begleitete eine gewisse Schadenfreude. Und Stolz auf ihren Freund.

Ich seufzte. »Fassen wir zusammen: GHB gibt es nicht. Fabian hat Ecstasy verkauft, und du weißt nicht, wo er es herhatte. Er war Brunkers Konkurrent und hatte letzte Nacht Krach mit ihm. Und jetzt ist Brunker tot und Fabian verschwunden.« Einfacher wurde es damit nicht. Auch wenn ich keinen Fall mehr hatte. Streng genommen.

Laura dachte wohl ähnlich. Erneut schluchzte sie auf und legte den Kopf wieder auf die Arme. Ihre Schultern zuckten.

Ich fuhr mir mit der Hand durch meine Haare. Wie sollte es weitergehen? Schließlich stand ich auf und legte Laura noch einmal die Hand auf die Schulter. Sie blickte mich aus verquollenen Augen an, Tränen verschmierten ihr Gesicht, und ihre Nase lief. Sie packte meine Hand und sah mich eindringlich an.

»Bitte. Finden Sie Fabian.«

Ich schluckte. War das ein neuer Auftrag? Darüber würde ich mit Werner reden müssen. Sanft machte ich mich los und nickte. »Ich sehe zu, was ich tun kann.«

»Wann sagen Sie es meinem Vater?«

»Meinst du nicht, dass es besser wäre, wenn du es ihm beichten würdest? Es macht die Sache doch nur schlimmer, wenn ich es ihm sage.« Außerdem hatte ich keine Lust, dem Kotzbrocken erneut gegenüberzutreten. Aber das brauchte ich Laura nicht auf die Nase zu binden.

Sie nickte und seufzte auf, dass mir anders wurde.

»Ich werde es ihm nicht vor Montag sagen«, versprach ich.

»So lange warte ich sicher nicht. Ich bringe es heute Abend hinter mich und hoffe, dass er mir den Kopf auf dem Hals lässt.«

Das hoffte ich auch. Ich ließ das Häuflein Elend auf

dem Sofa zurück und floh hinaus in die Hitze, in der ich mich wohler fühlte als in dem klimatisierten Haus.

Gemütlich lehnte ich mich zurück, nippte an meinem Kaffee und amüsierte mich über Werner.

»Was soll das heißen? Es gibt keinen Fall?« Mit gefalteten Händen saß er mir gegenüber, leicht nach vorn gebeugt, und sah mich mit gerunzelter Stirn an.

»Ganz einfach, die Geschichte ist nie passiert.«

»Ja, aber … Wie …? Und Herr Becker …? Er hat doch …« Er schüttelte den Kopf, als könne er seine Gedanken durch Erschütterung sortieren.

In diesem Moment wünschte ich mir, Becker säße an seiner Stelle. Zu gern hätte ich gesehen, wie sein arrogantes Gehabe wie ein Kartenhaus in sich zusammenfiel. Von wegen, er arbeitete nicht mit Frauen zusammen! Von ihnen konnte er noch eine Menge lernen. Den größten Bären hatte ihm seine eigene Tochter aufgebunden. Und er war ihr auf den Leim gegangen. Bei der Beichte würde ich gern Mäuschen spielen.

Aber mir gegenüber saß mein Chef. Ich musste mich zügeln, auch wenn ich Schadenfreude verspürte. Er hatte Beckers Machogehabe tatenlos zugesehen, mich nicht in Schutz genommen. Und sich vom ach so angesehenen Spediteur Weiner gängeln lassen. Alles auf meine Kosten. Dabei war der Sohnemann kein bisschen besser als seine Freundin. Aber in der besseren Gesellschaft wurde alles unter den Teppich gekehrt.

»Also, was ist los?«, unterbrach Werner meine Gedankengänge.

Ich erzählte ihm, was passiert war. Am Ende lehnte er sich zurück und schüttelte den Kopf.

»Und jetzt ist Fabian verschwunden und der Kellner tot«, endete ich mit meinem Bericht.

»Das darf alles nicht wahr sein. Und wer sagt es jetzt Becker?«

War es zu fassen! Er hatte Angst! Vor einem dahergelaufenen Lokalpolitiker.

»Ich mache das gern«, bot ich an und freute mich darauf. »Bei Weiner kann ich es mir sparen, er wird zwischenzeitlich mitbekommen haben, dass nach seinem Sohn gefahndet wird.«

»Sicher nicht«, antwortete Werner sofort. Sein Blick ließ mich wissen, was er von der Idee hielt.

Schade. Nicht das kleinste bisschen Spaß war mir vergönnt nach all dem Ärger. »Ich gehe davon aus, dass Laura es ihm erzählen wird«, sagte ich und sah Werner aufatmen. Das wäre zu schön gewesen. »Bloß, was machen wir jetzt?«

»Wie? Was machen wir jetzt?«

Werner konnte sich manchmal richtig dumm anstellen!

»Der Junge ist verschwunden«, wiederholte ich. »Und ich glaube nicht, dass er etwas mit Brunkers Tod zu tun hat. Vielleicht ist er untergetaucht, ja. Warum auch immer. Aber ich glaube, dass mehr dahintersteckt. Und dass er in Schwierigkeiten ist.«

Werner wiegte den Kopf. »Eigentlich geht uns das nichts mehr an.«

»Oh doch, das geht uns wohl etwas an.« Ich wurde lauter. »Genauer gesagt mich.«

Verständnislos sah er mich an. War Beckers Reaktion auf das Ende unseres Falls das Einzige, was ihn interessierte?

»Darf ich dich daran erinnern, dass mir seit ein paar Tagen jemand das Leben zur Hölle macht? Genauer gesagt, seit ich angefangen habe, für Becker zu ermitteln. Ist dir das egal?«

Ich konnte förmlich sehen, wie die Räder hinter seiner Stirn sich drehten. Er nagte an seiner Unterlippe.

»Ich mache es dir einfach«, fuhr ich fort. Ich musste hier raus, ehe ich wie ein Schnellkochtopf explodierte. »Ist mir egal, was du sagst, ich suche Fabian. Und finde hoffentlich den, der hinter mir her ist.« Ich stand auf und wandte mich zur Tür.

»Du hast bis Montagmorgen.«

»Ich habe so lange, wie es dauert«, antwortete ich patzig und sah ihn noch einmal an, ehe ich die Tür öffnete. »Und wenn dir das nicht passt, nehme ich Urlaub. Hätte ich sowieso noch gehabt.«

Auf dem Rückweg ging ich einkaufen. Ich musste nachdenken, und das konnte ich am besten beim Kochen.

Wenig später stand ich mit Tüten und Taschen bepackt schnaufend vor Marks Häuschen und suchte nach dem Schlüssel in meiner Tasche. Mein T-Shirt war feucht und klebte mir am Körper, die Hose war zu einer zweiten Haut geworden.

Mein Ärger über Werner war noch nicht verraucht. War ihm egal, was mit mir passierte? Nach so langer Zeit? Klar, er dachte an seine Detektei. Und wenn der künftige

Ulmer Bürgermeister ein guter Freund wäre, wäre das vermutlich nicht von Nachteil. Aber er hatte auch Mitarbeiter, für die er verantwortlich war.

Manchmal wunderte mich, was Geld und Einfluss ausrichten konnten. Leider mehr als Menschlichkeit und Nächstenliebe.

Die Tür öffnete sich, noch ehe ich den Schlüssel ins Schloss gesteckt hatte, und riss mich aus meinen gesellschaftskritischen Gedanken. Ich schloss einen Moment die Lider und wappnete mich.

»Wo warst du?« Aus dunklen Augen blickte er mich mit steinerner Miene an.

Die Lüge kam mir leicht von den Lippen. »Beim Einkaufen, siehst du doch.« Ich hob die Tüten und schwenkte sie.

Er stemmte die Hände in die Hüften. Ein Anblick, der zum Lachen reizte.

»Das ist nicht witzig.«

»Nerv mich nicht«, antwortete ich und drängte mich an ihm vorbei in die Küche, wo mich wohltuende Kühle empfing. Ich atmete erleichtert aus und fing an, meine Taschen auszupacken. Eine Standpauke von Mark hatte mir gefehlt zu meinem Glück.

»Hat dir das Frühstück nicht gereicht?«

»Du traust mir nicht.«

»Exakt.«

Ich nickte. Er hatte ja recht. Ich drehte mich um und lächelte ihn an. Entwaffnend, wie ich hoffte. »Und was sollen wir zu Abend essen?«

Mit gerunzelter Stirn kam er näher und warf einen Blick in die Tüten, ehe er Stück für Stück herausnahm.

Ich sah ihm zu, wie er Sellerie, Karotten, frischen Parmesan, Kräutertöpfchen und Tomaten hervorzog.

»Was soll ich mit all dem Grünzeug?«, knurrte er, sah mich aber nicht an. »Ich bin keine Kuh.«

»Du wirst es nicht glauben, aber das kann man essen.« Ich nahm ihm die Dose mit den Pfirsichen ab. »Und gesund ist es auch. Unfassbar, oder?«

Er sagte eine Weile nichts. Seine angespannte Kiefermuskulatur verriet mir, dass er sich zu dem Lächeln zwingen musste, das er mir schenkte.

Ich grinste zurück. »Gibt es etwas Neues von Fabian Weiner?«

»Er ist und bleibt verschwunden. Und ist zur Fahndung ausgeschrieben.«

»Du glaubst nicht wirklich, dass er Brunker umgebracht hat, oder?«

Mark zuckte mit der Schulter. »Im Moment spricht alles dafür. Auch wenn wir weiter ermitteln. In Brunkers Wohnung ist in einem Versteck im Bad eine größere Menge Ecstasy sichergestellt worden. Wir vermuten einen Streit unter Dealern. Gibt es auch Nachtisch?« Misstrauisch reichte er mir die Packung mit den italienischen Mandelkeksen, und ich nickte.

»Dann bleib schön hier und koch was Leckeres.«

»Macho.«

»Lieber ein Macho als tot.«

»Du mich auch.«

»Musst du immer das letzte Wort haben?«

»Nicht immer. Nur, wenn es sich lohnt. Und jetzt verschwinde und geh arbeiten.«

Sein Kiefer mahlte. »Und du bleibst hier«, presste er hervor.

»Klar.« Ich nickte und holte das Hackfleisch aus der Tüte. Im nächsten Leben würde ich vielleicht tun, was er sagte. Heute hatte ich noch etwas vor.

Seine Lippen streiften meine Wange, ich atmete einen Hauch Aftershave ein und schnappte nach Luft. Hitze strömte durch meinen Bauch. »Ich komme nicht allzu spät«, raunte er mir ins Ohr.

Die Welt hatte angehalten. Für einen Moment stand die Zeit still. Wie betäubt lauschte ich auf die Tür, die leise ins Schloss fiel. Langsam atmete ich aus. Eine Wolke des Rasierwassers hing noch in der Luft. Ich schloss die Augen und schnupperte.

Ein Seufzen brachte mich zurück in das Hier und Jetzt, und ich merkte, dass ich es ausgestoßen hatte. Das gemeinsame Zusammensein in dem engen Häuschen stellte mich und meine Selbstbeherrschung vor größte Herausforderungen. Das konnte heiter werden …

Während ich Zwiebel und Knoblauch schnippelte und zusammen mit dem Rinderhack in Olivenöl anbriet, versuchte ich, meine Gedanken zu sammeln. Kein einfaches Unterfangen, Mark hatte mein Innerstes unvorbereitet bis auf die Knochen erschüttert. Ich war froh, dass er nicht mehr hier und Zeuge meiner mangelnden Kontrolle war.

Ich hatte einen Fall, auch wenn Werner das anders sah. Ich wollte wissen, wer mir warum auflauerte. Wem war ich womit zu nahe getreten?

Brunker war tot, Fabian verschwunden und ich wurde verfolgt. Alles hing zusammen. Nur wie?

Ich rührte wie besessen um, gab gehackten Sellerie und Karotten hinzu, ehe ich mit Rotwein ablöschte und reduzierte.

Es hatte mit Drogen zu tun. Und lief im *Jungle* zusammen. War Niederberger doch das Bindeglied und hatte mehr mit der Sache zu tun, als er zugab? Ich nahm ihm seine Rolle als geläuterter Klubbesitzer nicht ab.

Ich hatte Hausverbot. Was jetzt?

Ich nagte auf meiner Unterlippe, kaute eifrig darauf herum, gab Tomaten und Brühe in den Topf und würzte mit Salz und Zucker. Brachte alles zum Kochen und kam der Lösung um keinen Schritt näher. Schließlich drehte ich die Hitze herunter, ließ alles leise köcheln und machte mir Kaffee.

Ich nahm ihn mit auf die Terrasse, trank in kleinen Schlucken. Doch die Unruhe in meinem Inneren konnte ich nicht verdrängen. Sie blubberte vor sich hin wie die Soße im Topf. Wo war der Zusammenhang? Ich wusste, dass er genau vor meinen Augen lag. Sichtbar auf dem Präsentierteller. Aber ich war blind, und das machte mich wahnsinnig.

Als ich den Kaffee ausgetrunken hatte, rief ich meinen Bruder an. Er war wortkarg und mürrisch. Wo Fabian war, wusste er nicht, und auch sonst hatte sich nichts Neues ergeben. Außer, dass Niederberger im Kreis sprang, weil die Kripo ihm vorübergehend die Disco geschlossen hatte. Nun wühlten sie in seiner Vergangenheit und belästigten ihn mit unangenehmen Fragen über seine Zeit in Stuttgart. Für seine Mitarbeiter wurde es damit nicht leichter.

Ich seufzte, entschuldigte mich aber nicht. Dann wandte ich mich den Cantuccini zu, legte sie in einer Schale aus und beträufelte sie mit einer Mischung aus Pfirsichsaft und Amaretto. Während ich die Mascarponecreme anrührte, überlegte ich weiter. Fabian war der Schlüssel, davon war ich überzeugt, aber er blieb verschwunden.

Als die Soße fertig war, zog ich den Topf von der Platte. Den Nachtisch verfrachtete ich in den Kühlschrank. Ich musste den Kopf freikriegen. Nachdem das Kochen nicht geholfen hatte, gab es nur eine Möglichkeit. Ich überlegte noch einen kleinen Moment. Mehr ein Alibi als ein ernsthafter Versuch.

Mark hatte den Zweitschlüssel mitgenommen. Dachte er ernsthaft, er könnte mich damit aufhalten? Ich schüttelte den Kopf. Er sollte mich besser kennen. Im Schlafzimmer kippte ich das Fenster zum Balkon. An der Blumenrabatte konnte ich mich später problemlos die paar Schritte zur Brüstung hochhangeln und mich am Geländer nach oben ziehen.

Dann verließ ich das Haus und zog die Tür hinter mir ins Schloss.

Wenig später traf ich im *Jazz-Keller* ein. Lou lief mir entgegen, diesmal in ein schwarz-rotes Ensemble gehüllt, auf einer Wurstsemmel kauend und wie immer in Eile.

»Gottchen, Jule, mein Schatz. Wie geht's dir? Du machst schon wieder Sachen!«

Er drückte mir ein Bussi auf die Wange, hielt mich auf Armeslänge entfernt und sah mich mit gerunzelter Stirn an. Was meinte er?

»Na, die Leiche, die du aufgegabelt hast. Wo findest du die nur immer?«

»Die letzte hast du mir beschert«, konterte ich trocken, doch er schlug nur für einen kurzen Moment die Augen nieder.

»Pass auf dich auf, mein Kind. Du weißt, dass du immer hier unterschlüpfen kannst.«

Deswegen mochte ich Lou. Manchmal war er sonderbar, aber wenn man ihn brauchte, konnte man sich auf ihn verlassen wie auf keinen Zweiten. Er nickte mir zu und eilte davon.

Meine Augen mussten sich erst an das Schummerlicht im *Jazz-Keller* gewöhnen. Die Luft war noch drückender als draußen. Sofern das möglich war. Mittlerweile war ich davon überzeugt, dass uns ein heftiges Gewitter bevorstand.

»Na, Prinzessin, doch hergefunden?«

Ich zuckte zusammen. Andreas war unbemerkt hinter mich getreten, sein Atem kitzelte mich am Ohr. Ich bekam Gänsehaut und fühlte mich nackt.

»Du sollst mich nicht Prinzessin nennen«, fuhr ich ihn an und drehte mich um, um ihm in die Augen zu sehen. Sie glühten und zogen mich in ihren Bann. Nur mühsam konnte ich meinen Blick wegzwingen. Flocki kam mir zu Hilfe, sie leckte mir die Hand. Gleichermaßen angewidert wie froh beugte ich mich zu ihr hinunter und tätschelte ihren Kopf.

»Fangen wir an?«

Ich stand auf, mied Andreas' Blick und wandte mich der Bar zu. Vom Tresen angelte ich mir eine Serviette und wischte Hundesabber von meiner Hand. Dann bestellte ich bei Fanny ein Glas Wasser. Sie quittierte das mit einer hochgezogenen Braue, kam meinem Wunsch aber nach.

Kaum hatte ich das Glas abgesetzt, klatschte Andreas in die Hände. »Komm schon, Prinzessin. Dein großer Auftritt rückt näher, und wir haben noch viel zu tun.«

»Zu viel«, mischte sich Cosima gehässig ein und schickte Blicke so spitz wie feurige Nadeln in meine Richtung. »Das schaffst du nie!« Ihre Worte begleitete ein glockenhelles, gemeines Lachen. Am liebsten hätte ich ihr den grünen Mini vom Leib gerissen und ihr in den Rachen gestopft.

»Raus hier«, sagte Andreas ruhig und deutete zur Tür.

»Wer, ich?«, fragte Cosima entgeistert.

»Wer, sie?«, fragte ich nicht weniger irritiert, gleichzeitig war ich hingerissen von seinem unverhofften Beistand.

»Was soll das?« Cosima hatte sich aufs Schmollen verlegt und zog eine Schnute, warf Andreas aber heiße Blicke unter gesenkten Lidern zu.

Er sagte nichts. Zeigte mit der ausgestreckten Hand hinaus.

»Das kannst du nicht machen.« Ihre Stimme war ein einziges Jammertal. »Ich arbeite hier.«

»Aber nicht jetzt. Dafür bin ich Gast. Und zwar genau jetzt. Fanny, bringst du mir bitte ein Bier?«

Die Angesprochene zuckte zusammen, als sie ihren Namen hörte. Gespannt hatte sie den Wortwechsel verfolgt.

»Wir wollen üben«, sprach Andreas versöhnlich weiter und fasste Cosima am Arm. Langsam, aber zielstrebig dirigierte er sie zur Tür. »Und da ist es besser, uns lenkt nichts ab. Du würdest doch auch auf jede Störung bei deinen Proben verzichten wollen, oder?« Ein kleiner Schubs und sie war draußen.

»Bravo«, feixte ich und klatschte Beifall. »Jetzt hast du einen Feind fürs Leben.«

»Spar dir das, bis du fertig bist, Prinzessin. Das hat nichts mit dir zu tun. Aber selbst ich ertrage eure kindischen Zankereien nicht mehr.«

Jetzt schmollte ich.

»Komm schon.«

Ich bestellte ein weiteres Glas Wasser und trank es mit provozierender Langsamkeit. Dann erst ging ich, gemessenen Schrittes, zur Bühne und nahm mein Mikrofon auf. Die Nase trug ich zum Himmel.

Im Raum herrschte einen Moment Stille, dann brach Andreas in schallendes Gelächter aus. »Du solltest zum Theater gehen!« Er schnappte nach Luft und wischte sich über die Augen.

Was bildete er sich ein?

Während ich mich bösen Gedanken hingab und versuchte, meinen Zorn unter Kontrolle zu bringen, setzte das Klavier ein, und fast augenblicklich war ich gezwungen zu singen. Ich verpasste den Einsatz, die Musik stoppte. Für einen Moment herrschte Stille im Raum, ich lauschte meinem eigenen Atem und zwang ihn zur Ruhe. Dann schloss ich die Augen und wartete auf das erneute Einsetzen des Klaviers. Diesmal hatte ich keine Schwierigkeiten. Dann schaltete ich meine Gedanken aus. Es gab nur noch die Musik und diesen Text. Der im Moment zu passen schien wie nichts sonst.

Am Ende hatte selbst ich Gänsehaut und spürte den letzten Tönen mit geschlossenen Augen nach.

»Wunderbar«, sagte Andreas nach einer kurzen Pause und klatschte.

Täuschte ich mich oder lag Erleichterung in seiner Stimme?

»Ich habe nur noch Kleinigkeiten.«

In der kommenden Stunde arbeiteten wir konzentriert. Immer wieder sang ich einzelne Sequenzen, zerpflückte diese wundervolle Ballade, bis ich sie nicht mehr hören konnte und Andreas zufrieden war.

»Fertig für heute«, sagte er und ließ sich neben seinem Bier nieder, um uns und alles um sich herum auszublenden.

Ich war entlassen. Das war mir nur recht. Ich wollte mich in meinem Erfolg sonnen. Noch letzte Woche hätte ich keinen Pfifferling auf mich gegeben, wäre nicht sicher gewesen, ob ich je wieder singen könnte. Aber nach heute Abend begann ich daran zu glauben, dass ich es schaffen könnte. Verdammt, hätte mir die Musik gefehlt!

»Machst du mir noch so Zeugs von neulich?«, fragte ich Fanny und ließ mich auf einen Barhocker fallen. »So einen Sonnenaufgang.«

»Das ist eher ein Sonnenuntergang«, grinste sie.

»Ist mir egal. Ich möchte mir etwas gönnen, aber anschließend noch einen klaren Kopf haben.«

»Was jetzt? Sonnenuntergang oder klarer Kopf?«

»Schließt das eine das andere aus?«

»Was hast du vor? Ein Date?«

Mein Gesichtsausdruck musste mich verraten haben.

»Hey, dann ist alles gut. Einen zum Auflockern. Ich verstehe.« Voller Enthusiasmus begann sie zu mixen. »Hast du prima gemacht heute. Zwischenzeitlich habe ich nicht mehr dran geglaubt, dass du das hinbekommst.«

Schönen Dank. Schütze mich vor meinen Freunden, mit meinen Feinden werde ich selbst fertig.

»Ach komm schon«, entrüstete sie sich und stellte ein Glas mit Strohhalm und Schirmchen vor mir auf einer Serviette ab. »Wenn du jetzt sagst, dass du wusstest, dass du das kannst, dann lügst du.«

Tat ich. Trotzdem fühlte ich mich wie neugeboren.

»Siehst du!« Sie wischte zufrieden über den Tresen. »Mit wem triffst du dich heute Abend?«

Ich seufzte und nahm einen tiefen Schluck, um meine Stimme zu ölen. »Mit der personifizierten Versuchung.«

»Und wer ist das? Los, komm schon. Wie sieht er aus, was macht er?«

Ich beschrieb Mark, und Fanny stützte die Ellbogen auf dem Tresen auf und legte das Kinn auf ihre Hände. »Das klingt verboten interessant.«

»Er ist verboten. Er ist ein Bulle.«

Ein Blick aus großen, braunen Augen. »So richtig mit Handschellen und so?«

Das wäre eine interessante Überlegung …

»Wo geht ihr hin?«

»Ich koche für uns.«

»Bei dir?«

»Sag das nicht so entsetzt. Nein, bei ihm. Ich wohne gerade dort.«

Fanny schnappte nach Luft, und ich war mir ihrer ungeteilten Aufmerksamkeit gewiss. Zwar hörte ich Andreas nach einem weiteren Bier rufen, aber der Sinn seiner Worte drang weder in die Tiefen meines Hirns noch in die von Fannys.

»Warum das denn?« Ihre Stimme war kaum mehr als ein Hauchen.

»Bei mir ist eingebrochen worden. Meine Wohnung ist verwüstet, und letzte Nacht ist neben mir jemand erschossen worden. Er meinte, ich kann nicht mehr zu Hause bleiben.«

»Wie romantisch!«

»Fanny, bringst du mir bitte noch ein Bier?«

»Ich komme ja gleich! Moment! Kann er nicht noch einen Moment warten? Jetzt, wo es spannend ist. Habt ihr …?«

»Wir haben nichts. Zumindest nicht letzte Nacht.«

»Aber davor, oder? Wann? Wie war's?«

Ich seufzte und trank aus. Der Alkohol war mir zu Kopf gestiegen und trieb mir Schweißperlen aus allen Poren.

»Fanny, wärst du jetzt so nett? Bitte.«

Unwirsch griff sie nach einer Flasche und zog einen Flaschenöffner aus der Schublade hervor.

Ich griff danach. »Gib her, ich bringe sie ihm.« Der

Alkohol hatte sich deutlich spürbar in meiner Blutbahn breitgemacht. Ich stolzierte zu Andreas, hielt vor seinem Tisch und stellte die Flasche langsam darauf ab.

»Danke«, sagte er, und seine Augen begannen im dunklen Licht zu glühen. Mir wurde noch heißer.

Schon von Weitem erkannte ich, dass Mark zu Hause war. Das Fenster im Esszimmer war gekippt, im Flur brannte Licht.

Kaum hatte ich das Gartentor aufgedrückt, öffnete sich die Haustür. Die entstandene Öffnung füllte Marks Körper. Die Hände in die Hüften gestemmt, wirkte er noch breiter. Ausdruckslos starrte er mir entgegen, als ich den Weg entlangging. Unsicher, was mich erwartete.

»Wie praktisch, dass du hier bist«, feixte ich und versuchte, mit einem Lächeln meine Unsicherheit zu verbergen. Mich erwartete ein Donnerwetter, das verkündeten nicht nur die in der Ferne am Himmel zuckenden Blitze.

»Wo warst du?«, fragte er und machte keine Anstalten, zur Seite zu treten, um mich einzulassen. Beim Klang seiner Stimme begann ich zu frieren, obwohl die Hitze noch immer drückend auf mir lastete. Die Luft roch bleiern, Regen kündigte sich an.

»Das geht dich nichts an«, sagte ich und sah ihm fest in die Augen.

»Falls es mit dem Fall …«

»Es hat nichts mit dem Fall zu tun, wenn es dich beruhigt. Du wirst es nicht glauben, ich habe ein Privatleben. Aber das geht dich auch nichts an.«

Einen Moment lieferten wir uns ein Duell der Blicke, aus dem niemand als Sieger hervorging, dann trat er wortlos zur Seite und ließ mich ein. Ich ging direkt nach oben.

»Könntest du bitte Nudeln kochen? Ich brauche eine Dusche.« Damit knallte ich die Tür hinter mir zu und blieb für die nächsten Minuten unsichtbar.

Danach fühlte ich mich besser, der Alkohol war zwar nicht aus meinen Adern verschwunden, aber ich hatte ihn mehr oder weniger erfolgreich zurückgedrängt. Ich schlüpfte in ein dünnes T-Shirt und hätte am liebsten Boxershorts angezogen. Aber das konnte ich bei Mark nicht bringen. Zumindest nicht, wenn ich keine eindeutigen Absichten durchblicken lassen wollte. Also zog ich brav einen leichten Rock an, der züchtig unterhalb des Knies endete.

Die Nudeln blubberten im Topf, als ich in die Küche kam, und die Soße stand auch auf dem Herd. Mark blickte auf, musterte mich kurz. Ich tat, als bemerkte ich es nicht, freute mich aber über das, was ich in seinem Blick wahrzunehmen glaubte: Bewunderung.

»Warum hast du so viel gekocht?«, fragte er, und seine Stimme hörte sich rau an.

»Bolognesesoße muss lang kochen. Da lohnt es sich, gleich mehr zu machen. Du kannst den Rest ja einfrieren. Für schlechte Zeiten.«

Das Klingeln des Telefons unterbrach uns. Aquarius, schon wieder. Es war an der Zeit, das zu klären. Sonst hätte ich nie Ruhe.

»Ja?«

»Kind, hier ist deine Mutter.«

Ich sagte nichts. Sie hatte sich etwas zurechtgelegt, das hörte ich an ihrer Stimme und der Forschheit, mit der sie ihr Anliegen vortrug.

»Du möchtest mir nicht helfen«, stellte sie fest, und ich war froh, dass sie mein Nicken nicht sehen konnte. »Ich finde das nicht nett von dir.«

Mir stieg die Farbe ins Gesicht, die Luft wollte aus meinem Körper, ich fühlte den Druck.

»Und jetzt …«

Zu spät, es wollte alles heraus. »Nein, jetzt hörst du mir mal zu. Was heißt, nicht nett? Ich habe ein eigenes Leben. Und das ist im Moment alles andere als einfach. Aber das interessiert dich ja nicht. Du fragst noch nicht einmal danach. Das Einzige, was dich interessiert, ist diese verdammte Vernissage.«

Mark warf mir amüsierte Blicke zu. Er lehnte am Küchenschrank, die Arme vor der Brust verschränkt und grinste. Ich drehte mich weg.

»Das ist nicht wahr!« Der Protest kam nur schwach aus dem Hörer, als wäre er mehr der Form halber. An ihrer leiser werdenden Stimme erkannte ich, dass ich einen empfindlichen Nerv getroffen hatte. Überraschung breitete sich in mir aus. Dass ich das erleben durfte! Sie schien tatsächlich Muttergefühle in sich zu haben. Tief verborgen und für mich bisher nicht sichtbar, aber sie waren da. Und ich musste 28 Jahre alt werden, um das herauszufinden! Vor Verwunderung verschlug es mir kurz die Sprache. Ich fing mich schnell.

»Ich mache dir einen Vorschlag«, sagte ich versöhnlich. »Ich komme zu deiner Vernissage. Als Gast, nicht als Kellner. Und du kommst dafür auf eine Veranstaltung meiner Wahl, zu der ich dich einlade.«

Aus der Leitung kam zunächst nur Schweigen. Dann ein leises »Okay«.

Ich nickte zufrieden. »Gut, dann machen wir das so.« Und jetzt lass mich bitte in Ruhe weiterarbeiten, fügte ich im Stillen hinzu. Und mich den Abend genießen.

Wir verabschiedeten uns, und mit Erstaunen, aber auch einer gewissen Freude vernahm ich die kleinlaute Stimme meiner Mutter aus dem Hörer.

Hoffentlich war das kein Fehler. Aber ich hatte nicht vor, mich länger von ihr bevormunden zu lassen. Wenn ich auf die Vernissage musste, konnte sie zum Sommerfest kommen. Ich hoffte nur, dass sie sich benahm.

Ich legte auf und drehte mich um. Mark lehnte noch immer an der Küchenzeile, den Kopf schief gelegt und sah mich an.

»Was?«

Er schüttelte den Kopf, ein Lächeln umspielte seine Lippen, die Augen funkelten. »Nichts. Ich habe mir nur überlegt, dass ich deine Familie eigentlich nicht kenne.«

»Die willst du auch nicht kennenlernen«, entfuhr es mir. »Außerdem kenne ich deine auch nicht.«

»Das ließe sich ändern.«

Ich blickte hoch, versuchte, in seinen Augen etwas zu erkennen. Da war nichts, das mir weiterhalf.

»Das lassen wir lieber bleiben.«

»Schade.«

Ich dachte über die Bemerkung nach und beschloss, dass sie nichts zu bedeuten hatte. Stattdessen suchte ich nach einem kleineren Topf, um etwas Soße aus dem großen hineinzuschöpfen. Mark goss die Nudeln ab. Beides trugen wir schweigend ins Esszimmer.

Wir setzten uns, dann kostete er vorsichtig, und ich beobachtete ihn. Er schloss genießerisch die Augen und probierte gleich noch einmal.

»Lecker!«

»Und garantiert selbst gekocht.« Ich zwinkerte ihm zu. Vor nicht allzu langer Zeit war er von meinen Kochkünsten so überrascht gewesen, dass er mir unterstellt hatte, mich vom Partyservice beliefern zu lassen.

»Jetzt sag schon, wo warst du vorhin?«

Ich seufzte. »Du lässt nie locker, oder?«

Er schüttelte den Kopf, lächelte aber. Die anfänglich geladene Stimmung hatte sich entspannt.

»Ja, wo war ich?« Ich dachte nach. Was sollte ich ihm sagen? Anlügen wollte ich ihn nicht. Aber meine Singerei im *Jazz-Keller* hatte ich bisher geheim gehalten. »Na ja, sagen wir, es gibt in meinem Leben ein paar mehr Geheimnisse als die, die du schon kennst.«

Er hob den Kopf und sah mich mit hochgezogenen Augenbrauen an. »Noch mehr?«

Ich zuckte mit der Schulter. Sollte er es doch herausfinden.

Mark holte Bier aus dem Kühlschrank und brachte mir eines mit. Eine Weile aßen wir schweigend. Es war angenehm. Innere Ruhe erfasste mich, wie ich sie seit Tagen nicht verspürt hatte.

»Gibt es etwas Neues in dem Fall?« Ich konnte mich nicht mehr zurückhalten.

»Du meinst wegen Brunker?«

Ich nickte, während er den Kopf schüttelte. »Nichts Neues. Von Fabian Weiner keine Spur. Das macht mir langsam Sorgen.«

Mir auch. Schon länger. »Sagst du mir, warum du mich von meinen Ermittlungen abhalten wolltest?«

Er sah mich an, schwieg. Dann aß er weiter. »Wenn du mir sagst, in welchem Fall du ermittelst.«

»Okay.«

Mark verschluckte sich. Er hustete, hielt sich die Hand vor den Mund. Er hatte nicht damit gerechnet, dass ich einwilligte. Aber er wusste auch nicht, dass mein Fall nicht mehr existierte. Also wartete ich ab.

Mittlerweile hatte er sich beruhigt, nahm sich erneut von den Nudeln und reichlich von der Soße, und ich begann zu erzählen. Von Laura und ihrem Vater und der aus der Not geborenen Lüge. Als ich geendet hatte, grinste er.

»Die liebe Politik … Was glaubst du, was die Wähler machen würden, wenn sie wüssten, wie es in Wirklichkeit hinter den Kulissen zugeht.«

Deswegen ging ich nicht zum Wählen. Keine Lösung, für mich aber die passabelste Alternative.

»So, und jetzt du«, verlangte ich und legte mein Besteck auf den Teller. Mark nahm sich noch einmal. »Es gibt auch Nachtisch«, fühlte ich mich bemüßigt zu sagen.

Mark nickte ungerührt. »Hab ich längst im Kühlschrank entdeckt. Ich habe trotzdem noch Hunger. Hast du eine Ahnung, wann ich zuletzt so leckere Spaghetti Bolognese gegessen habe? Das muss schon hundert Jahre her sein. Und dankenswerterweise kann ich das im nächsten halben Jahr einmal die Woche essen bei der Menge, die du gekocht hast.« Er grinste mich frech an.

Es freute mich, dass es ihm schmeckte. Außerordentlich sogar, wenn man unseren Neustart vor wenigen Wochen bedachte. Aber das war nicht das Thema.

»Also, warum wolltest du nicht, dass ich ermittle?«, fragte ich noch einmal.

Mark sagte nichts, aß ungerührt weiter. Ich wartete ab. Sah ihm dabei zu, wie er die letzten Nudeln im Mund verschwinden ließ. Ob er gesprächiger wurde, wenn er satt war?

»Und?«, fragte ich erneut und beugte mich vor, als er Gabel und Löffel mit einem zufriedenen Seufzer auf den Teller gelegt und sich den Mund mit der Serviette abgetupft hatte.

Er sah auf und lächelte mich an. »Das Essen war lecker! Ganz große Klasse! Was gibt's zum Nachtisch?« Er stand auf.

Ich ebenfalls. Der Stuhl fiel mit einem Scheppern hinter mir zu Boden. »Moment, mein Freund. So haben wir nicht gewettet. Du sagst mir jetzt sofort, was ich wissen möchte.«

Er hob beide Hände auf Kopfhöhe und sah mich entschuldigend an. »Laufende Ermittlungen. Du weißt, dass ich dir nichts darüber sagen darf.«

Ich starrte ihn an, holte Luft und merkte, dass mir immer heißer wurde. »Du, … Du, … Du … mieser Kerl, du!«

Wie einfallsreich! Aber das war alles, was ich im Moment zu bieten hatte.

Mark ging ungerührt in die Küche, klapperte ein bisschen herum, ehe er mit dem Nachtisch und zwei Schälchen zurückkam. Er stellte beides auf den Tisch, setzte sich und schaufelte einen Löffel auf seinen Teller. In aller Seelenruhe nahm er einen Dessertlöffel, hob vorsichtig ein wenig heraus und schob ihn in den Mund. »Hm, das schmeckt fantastisch! Was ist das?«

Ich stand noch immer neben dem Tisch, der Stuhl hinter mir am Boden.

»Setz dich. Es wäre eine Schande, wenn du dir das entgehen lässt.«

Ich schnaubte. Klaubte den Stuhl auf und – setzte mich. »Du bist gemein«, stieß ich hervor und verlegte mich aufs Schmollen.

»Tut mir leid, Herzchen. Aber ich kann dir über aktuelle Ermittlungen nichts sagen. Das weißt du.«

»Nennt mich doch nicht alle Herzchen oder Prinzessin. Für was haltet ihr euch eigentlich?«

Er sah auf, sein Blick flackerte. »Wer nennt dich Prinzessin?«

Ups. »Niemand.«

»Du lügst.«

Das war meine Chance. »Jep.«

»Also? Wer ist es?«

»Eifersüchtig?«

»Nicht die Bohne.«

»Dann ist ja gut.«

»Wer?«

Nun tat ich mir auch auf. Langsam. Genüsslich schob ich mir einen Löffel in den Mund. Mit dem Cantuccini-Tiramisu hatte ich mich selbst übertroffen. »Du zuerst.«

Seine Augen funkelten, sein Kiefer mahlte. Kantig wirkte sein Gesicht in dem Moment. Noch kantiger, als ich es in Erinnerung hatte. Dann hatte er sich wieder im Griff. »Was glaubst du, wo Fabian ist?«

Was sollte das jetzt? »Woher soll ich das wissen? Sag mir lieber, wer hinter mir her ist.«

Er zögerte, und mir kam ein Verdacht, der so ungeheuerlich war, dass er nicht stimmen konnte.

»Du weißt es?«, fragte ich trotzdem und forschte in seinen Augen. »Ich fasse es nicht! Du weißt es! Wer ist es? Los, sag schon!«

Er legte den Löffel zur Seite. Ein-, zweimal setzte er zum Reden an, doch er tat es nicht. Dann holte er erneut Luft, und ich wusste, er würde es mir sagen.

In dem Moment zerriss ein Knall die Stille, und das Licht ging aus.

Die Welt im Inneren des Hauses hörte auf, sich zu drehen, während draußen die Hölle losbrach. Hagelkörner brachten die Fensterscheiben zum Klirren und wurden von Sekunde zu Sekunde größer. Blitze zuckten durch die Nacht und erhellten das Dunkel im Esszimmer. Kurze Standbilder brannten sich auf die Netzhaut ein, reihten sich zu einem Film zusammen. Donner krachte.

Mark saß wie versteinert am Tisch und starrte mich an. Ich starrte zurück. Dann stand ich auf und ging zum Fenster. Die Blitze wurden heller, und die Hagelkörner hätten mir Beulen beigebracht, wenn ich das Fenster geöffnet hätte.

Ich liebe Gewitter! Schon als Kind fand ich die Unbeherrschbarkeit der Natur beeindruckend. Man fühlte sich so klein, so demütig. Und aus sicherer Deckung eines kleinen Hexenhäuschens heraus war es faszinierend.

»Wer nennt dich Prinzessin, Herzchen?«, raunte Mark mir ins Ohr, und sein Atem kitzelte mich am Hals. Die Hitze seines Körpers übertrug sich auf meinen Rücken, während er die Arme um mich schlang.

Ich atmete tief ein und aus und schloss die Augen. Die Blitze zuckten um mich herum, erreichten mich, mein Innerstes. Mein Brustkorb hob und senkte sich. Mit jedem Hauch, den ich an meinem Hals fühlte, schneller, tiefer.

»Niemand«, flüsterte ich zurück, während ich Lippen auf meinem Hals unter dem Ohr fühlte.

Ich drehte mich um, die Lippen trafen meine. Seine Zunge fand meine. Und seine Hände schienen überall zu sein. In meinem Bauch brach ein Feuer aus.

FREITAG

Was für eine Nacht! Das Gewitter hatte irgendwann nachgelassen, der Sturm in unserem Bett bis in die frühen Morgenstunden angedauert. Dann waren wir in einen erschöpften Schlaf gesunken, aus dem uns die vom Himmel lachende Sonne am Morgen weckte. In Marks Haus hatte ich gestern Nacht wunderbar geschlafen, in seinen Armen noch besser. Und ich hatte keine Chance gehabt, das seidene Nachthemd anzuziehen.

Während Mark zum Duschen ging, drehte ich mich noch einmal um, schloss die Augen und dachte an letzte Nacht. Bis ich sein Aftershave roch, das ich seit Jahren kannte, das ich so liebte. Und frischen Kaffee. Er beugte sich zu mir hinunter, und ich öffnete die Augen.

»Frühstück steht unten. Ich muss zum Arbeiten. Heute bleibst du aber brav zu Hause.« Sein Kuss war mehr Versprechen als Abschied, und wir mussten uns beide zusammenreißen, dass wir nicht da weitermachten, wo wir vor ein paar Stunden aufgehört hatten.

Nun saß ich im Esszimmer am gedeckten Tisch und überlegte, wie es wäre, jeden Morgen so aufzuwachen. Einen Moment gab ich mich der Vorstellung hin. Malte mir aus, wie es wäre, nebeneinander zu erwachen, gemeinsam zu frühstücken, zusammen zu kochen. Auf dem Sofa zu sitzen und über etwas im Fernsehen zu lachen. Dann zwang ich mich in die Realität zurück. Das würde es nicht geben. Es war nie so. In meinem Leben sowieso nicht. Und Mark und ich würden auf Dauer nicht miteinander auskommen.

Ich seufzte, schenkte mir eine Tasse Kaffee ein und ging damit nach draußen auf die Terrasse. Die Luft roch würzig frisch, der Himmel war wie blank geputzt, gereinigt vom heftigen Gewitter, und die Sonne strahlte Versprechungen vom Himmel.

Im Garten waren die Verwüstungen der letzten Nacht unverkennbar. Die Natur hatte uns wieder einmal eine Kostprobe ihrer zerstörerischen Kraft geboten. Blätter lagen am Boden, Äste waren abgebrochen und Blüten lagen traurig nass und zerschlagen neben ihren abgeknickten Stängeln.

Ich atmete durch, versuchte innezuhalten und den Moment zu konservieren. Wann hatte ich mich zuletzt so herrlich lebendig gefühlt?

Das Klingeln meines Handys riss mich aus meinen Gedanken, und ich warf einen unwirschen Blick auf das Display. Ich runzelte die Stirn.

»Fabian ist wieder da«, verkündete mein Bruder und schnaufte, als hätte er einen Halbmarathon hinter sich.

»Wo ist er?«

»Im Krankenhaus.«

Jetzt hatte er meine ungeteilte Aufmerksamkeit. »Was ist passiert?«

»Vielleicht ist es besser, wenn du herkommst.«

»Wo bist du?«

»Im *Jungle*.«

»Rühr dich nicht vom Fleck, ich sitze praktisch schon im Auto.«

Ich kippte den Rest des Kaffees hinunter, während ich in die Küche zurücklief. Dort schnappte ich meinen Beutel und machte mich gar nicht erst auf die Suche nach dem Hausschlüssel.

Zehn Minuten später hielt ich vor dem *Jungle* und wähnte mich am Sonntagabend in einem Tatort-Film. Herumwuselnde Menschen inmitten von Streifenwagen, die mit blinkendem Blaulicht die Straße versperrten, Krankenwagen, Feuerwehr und Zivilfahrzeugen.

Ich fuhr an der Szenerie vorbei und parkte ein paar Meter entfernt, ehe ich ausstieg. Das hatte ich alles schon einmal erlebt.

Suchend sah ich mich um. Statt meines Bruders tauchte Mark in meinem Blickfeld auf. Ich war nicht darauf erpicht, ihm zu erklären, was ich hier tat. Also duckte ich mich und drückte mich an parkenden Autos vorbei zum Eingang. Souverän nickte ich dem Streifenbeamten am Fuße der Treppe zu und schwenkte meinen Führerschein unter seiner Nase, ehe ich den Aufgang hinaufhastete. Vorsichtig sah ich hinein. Es war weder ein Rausschmeißer noch ein Polizist zu sehen. Sebastian stand hinter der Bar und polierte Gläser. Brunkers Tod hatte ihm einen beruflichen Aufstieg verschafft.

Er lächelte mir zu. Vergessen schien der Ärger, den wir miteinander hatten, und ich war froh. Im Grunde war mir egal, was andere von mir dachten, aber bei manchen Menschen war ich ausgesprochen harmoniebedürftig. Beispielsweise hätte ich nie Ärger mit Conny haben wollen. Oder eben Streit mit Sebastian. Bei meiner Mutter war das ein Sonderfall. Wir stritten ständig. Da hätte es mich misstrauisch gemacht, wenn wir einmal nicht aneinandergerieten.

»Was ist passiert? Und was ist überhaupt los hier?« Ich deutete nach unten auf den Hof.

»Die habe ich geholt.« Sebastians Augen glühten, und er zitterte vor Aufregung. Er redete nicht. Blieb stumm wie ein Fisch und sah mich an. Ich versuchte, meine Ungeduld zu unterdrücken, biss die Zähne zusammen und holte tief Luft.

»Was ist los?« Meine Stimme klang ruhig, ich wunderte mich über mich selbst.

Sebastian schien seinen Auftritt zu genießen und begann mit feierlicher Miene zu erzählen: »Fabian ist heute Morgen aufgetaucht. Hat mir irgendwas erzählt, dass er seine Jacke vergessen hätte. Ich habe ihm nicht geglaubt, aber was sollte er anstellen? Ist ja niemand hier um die Uhrzeit. Also hab ich ihn reingelassen. Obwohl er Hausverbot hat. Wie du übrigens auch.« Er drohte mir scherzhaft mit dem Zeigefinger, während er ein Glas polierte und es gegen das Licht hielt. »Auf jeden Fall war er hier, hat draußen was gesucht und ist dann aufs Klo. Ich dachte, er muss mal. Kommt ja vor.«

Ich zwang mich zur Ruhe. Würde ich ihn unterbrechen, wäre er eingeschnappt und sagte nichts mehr. Also schwieg ich und hoffte, dass er zum Ende kam.

»Also, er ist aus dem Klo wieder raus, hat sich von mir verabschiedet und ist nach draußen. Er hatte irgendwas bei sich. Eine weiße Tüte oder so. Die hatte er auf jeden Fall noch nicht, als er hier rein ist. Aber ich konnte nicht erkennen, was es war. Na ja. Dann ist er die Treppe runter, und da habe ich schon gehört, dass irgendwas nicht stimmt. Ich habe Geschrei gehört und bin auch raus auf die Treppe.«

Diesmal hielt ich die Kunstpause nicht aus. Nicht weil die Spannung unermesslich war, sondern weil ich wissen wollte, was los war. »Und dann?«

»Jetzt hetz mich doch nicht so.« Er runzelte die Stirn, musste aber loswerden, was er gesehen hatte. »Also, da unten liegt Fabian am Boden, und ein Typ verpasst ihm Tritte mit den Füßen. In der Hand hat er ein blutiges Messer. ›Hey‹ hab ich gerufen. Da hat er aufgeschaut. Dann bin ich die Treppe runter, aber ich war zu langsam. Der Typ hat sich die weiße Tüte gegriffen und sich aus dem Staub gemacht. Ich bin zu Fabian hin, aber er war schon bewusstlos. Also habe ich einen Krankenwagen gerufen und dann die Polizei. Und jetzt sind alle da.« Zufrieden sah er mich an.

»Hast du prima gemacht«, murmelte ich und hoffte, damit gutzumachen, dass ich ihm Einfältigkeit unterstellt hatte.

Ich starrte auf den Boden, als hoffte ich, die Lösung läge dort vor mir. Das Einzige, was ich fand, war ein dunkelbrauner Fleck auf meinen neuen beigen Turnschuhen.

»Wo ist Fabian jetzt?«

»Im Krankenhaus. Bis die alle gekommen sind, hat er die Augen nicht aufgemacht und auch nichts gesagt.«

Das klang nicht gut.

»Hast du sonst etwas gesehen oder beobachtet? Weißt du, wer der Typ war? Wie sah er aus? Womit ist er verschwunden?«

»Du hörst dich an wie eine Polizistin«, maulte er.

Ich erinnerte ihn nicht daran, dass ich genau das einmal gewesen war. »Und?«

Er schüttelte den Kopf. »Es ging ja alles so schnell.«

Er wirkte enttäuscht. Augenblicklich tat er mir leid. »Hast du klasse gemacht. Du hast Fabian gerettet. Er kann froh sein, dass du gerade da warst und so mutig eingegriffen hast.«

Sebastian richtete sich auf, das Strahlen kehrte auf sein Gesicht zurück. Er erinnerte mich an ein kleines Kind, das Radfahren gelernt hatte. Doch was half mir das weiter? Ich musste mit Fabian reden, so viel stand fest.

Ich verabschiedete mich von meinem Bruder und ging zurück zu meinem Auto. Von Weitem schon erkannte ich Mark, der mit verschränkten Armen und ausdrucklosem Gesicht an der Motorhaube meines Golfs lehnte.

Einen kindischen Moment lang überlegte ich, ob ich in die andere Richtung davonlaufen sollte. Dann schalt ich mich einen Narren und ging erhobenen Hauptes auf ihn zu.

»Du hier?«, fragte ich albern und zog den Schlüssel aus der Tasche, um ihn nicht ansehen zu müssen.

Er löste sich vom Auto, ließ mich aber nicht aus den Augen. »Hör mal, Herzchen, ich habe es nicht so gern, wenn man meine Anweisungen missachtet. Du solltest im Haus bleiben.«

Seine Stimme verursachte mir Gänsehaut. Gleichzeitig ärgerte ich mich über den Ton. Was glaubte er?

Einen Moment sah ich ihn an und hoffte, dass er meinen Blick richtig deutete. Aber er machte keine Anstalten, sich darauf zu konzentrieren.

»Hör mal, Macho, du hast mir gar nichts zu sagen«, blaffte ich zurück.

»Du hast keine Ahnung, in was du da hineingeraten bist.«

»Dann sag es mir!« So weit waren wir schon gewesen. Letzte Nacht. Bevor uns das Gewitter unterbrochen hatte.

Er sah mich an, ohne jeden Spott im Blick. Ich meinte, etwas anderes darin zu sehen. Angst? Das verursachte mir Unbehagen.

»Verdammt noch mal, wenn du mir nicht sagst, was los ist, wie soll ich dann wissen, wovor ich mich schützen soll?«

Einen Moment schwieg er, und ich blitzte ihn an.

»Es reicht, wenn *ich* weiß, wovor ich dich schützen muss. Geh bitte nach Hause und bleib da, bis ich komme.«

»Schon vergessen? Ich habe kein Zuhause im Moment.«

»Du sollst auch zu mir.«

»Das ist nicht mein Zuhause!«

Er legte den Kopf schief, warf mir einen amüsierten Blick zu, der mich nur noch wütender werden ließ. »Üben wir uns jetzt in Haarspaltereien?«

»Wir üben uns in gar nichts.«

Er trat näher zu mir heran. Seine Gesichtszüge wurden weich, während er mir über die Wange strich. Ich nahm seinen unverkennbaren Geruch wahr und wollte meinen Kopf an seine Schulter legen. Ich beherrschte mich. Ich war sauer, also funkelte ich ihn noch einmal an.

Sein Mund streifte mein Ohr. »Du bist süß, wenn du grantig bist«, flüsterte er, und mein Ärger verflog. »Ich habe das bald erledigt. Bitte tu mir einen Gefallen und geh zurück in mein Haus. Vielleicht kochst du uns noch etwas Schönes? Und dann kannst du auch bald wieder zurück in deine Wohnung. Obwohl, so eine Wiederholung der letzten Nacht …«

Mir wurde warm im Bauch, mein Herzschlag beschleunigte sich in gleichem Maße wie mein Atem, während Mark mir seinen Hausschlüssel gab.

»Okay«, hauchte ich zurück, weil mir meine Stimme nicht mehr gehorchen wollte.

Er küsste mich mit einer Leidenschaft, als wäre es der letzte Kuss auf Erden.

»Pass auf dich auf!«, sagte er und hörte sich spröde an, ehe er sich umdrehte und davonging.

Ich stand da wie vom Blitz getroffen. Zweierlei drängte sich in mein Hirn, als sich der Nebel zu lichten begann: Erstens hätte ich die letzte Nacht auch gern wiederholt. Und zweitens dachte ich nicht daran, in Ruhe abzuwarten, bis er alles erledigt hatte.

»Wo ist Fabian?«, rief ich ihm nach.

»Im Krankenhaus.«

»Wie geht es ihm?«

Mark wiegte den Kopf, antwortete aber nicht. Kein gutes Zeichen.

»Ihr haltet ihn aber nicht immer noch für Brunkers Mörder, oder?«

»Auf jeden Fall hat er etwas damit zu tun.«

Da musste ich ihm recht geben. Ich ging zurück zu Sebastian, der inzwischen Tische wischte. Er blickte überrascht auf, als er mich sah.

»Hast du der Polizei von der weißen Tüte erzählt?«, fragte ich.

»Klar, was denkst du denn?«

»Hatte Fabian eine Jacke dabei, als er wieder ging?«

Er überlegte einen Moment, schüttelte dann den Kopf.

Ich nickte und wandte mich zur Tür. »Ich muss mal kurz.«

Doch statt auf die Damentoilette, stieß ich die Tür zum Herrenklo auf. Die einzelnen Kabinen brauchte ich nicht erst zu öffnen. Unter dem Waschbecken lag eine Fliese am Boden. In der Wand war ein Hohlraum, zwanzig mal zehn Zentimeter. Schwarzes Pulver zeigte mir, dass auch die Polizei das Versteck gefunden hatte.

Was war in der Tüte gewesen? Drogen?

Auf dem Rückweg ging ich einkaufen. Alibihalber. Und weil Mark mich gebeten hatte zu kochen. Es schmeichelte mir, dass es ihm schmeckte. Es gab schlechtere Köche als mich, das wusste ich. Doch dass ich ihn derart beeindruckt hatte, überraschte mich. Ich musste nachlegen. Und ich hatte vor, die Schlagzahl ein wenig zu erhöhen.

Außerdem musste ich nachdenken. Doch zunächst brauchte ich Kaffee. Der Schlafmangel der letzten Nacht machte sich bemerkbar. Es war keine Erschöpfung, mehr eine wohlige Müdigkeit. Diese Art Schlafentzug hielt der Mensch für längere Zeit durch. Wenn ich auch nicht wusste, wozu das führen sollte. Außer, dass es mich ins Gefühlschaos stürzte. Ich befand mich schon mittendrin.

Als ich den Kaffee getrunken hatte, fühlte ich mich herrlich erfrischt. Und bereit, mich der Situation zu stellen.

Ich ging in die Küche und suchte Töpfe und Pfannen zusammen. Dann machte ich mich über die Zutaten her, während ich überlegte, ob Fabians Angreifer und mein Stalker ein und dieselbe Person waren. Vermutlich. Doch es gab nichts, das das bewies. Mich ärgerte, dass Mark wusste, wer hinter mir her war, und sich weigerte, es mir zu sagen.

Ich ließ Puderzucker im Topf karamellisieren und löschte mit Rotwein und Balsamico Essig ab. Dann gab ich Gemüsefond und Sahne hinzu und ließ alles aufkochen.

Es gab nur einen Weg: Ich musste mit Fabian reden. Er war in meinen Augen der Schlüssel zu allem und konnte Klarheit in den Fall bringen. Immerhin schien er so viel zu wissen, dass man ihn hatte umbringen wollen. Oder war es ein Raubüberfall gewesen? Hatte es jemand auf den Beutel abgesehen, der in der Toilette versteckt gewesen war? Ich konnte nur vermuten, dass sich Fabians Ecstasy-Vorrat darin befunden hatte.

Entschlossen schmolz ich Schokolade in meinem entstandenen Sirup und gab fein gehackte Chilischote hinzu. Dann griff ich zum Telefon.

»Hast du Lust, mir zu helfen?«, fragte ich meinen Bruder, als er sich meldete.

Sebastian hatte wegen Fabians Rettung so viel Oberwasser, dass er sofort zusagte.

Wenig später gabelte ich ihn an einer zwei Blocks vom *Jungle* entfernten Straßenecke auf. Ich hatte keine Lust, mich noch einmal mit Mark zu streiten. Außerdem ging es ihn nichts an, was ich tat.

»Was machen wir?«, fragte er und sah mich unternehmungslustig an.

Ich seufzte. Noch einer, der etwas erleben wollte.

»Wir besuchen Fabian.«

»Ist das alles?«

»Das ist mehr, als du glaubst. Ich muss mit Fabian reden. Aber mich wird die Polizei nicht zu ihm lassen. Und ich bin sicher, dass Beamte vor seiner Tür postiert sind. Den Menschen, der ihm das Leben gerettet hat, werden sie aber durchlassen.«

Sebastian richtete sich auf.

Den Rest der Fahrt schwiegen wir, bis wir die Uniklinik am Eselsberg erreichten. Auch hier herrschte gespannte Stimmung. Und das lag nicht nur an den beiden Streifenwagen, die vor der Eingangstür standen.

Auf der Station mussten wir klingeln, und eine junge, dralle Schwester kam an die Tür und nahm den Hörer für die Gegensprechanlage in die Hand, während uns typischer Krankenhausgeruch einhüllte. Eine Mischung aus Antiseptikum und schlechter Luft. Ich hasste das.

»Ja, bitte?«

»Sebastian und Jule Flemming. Wir möchten zu Fabian Weiner.«

»Ich kann Sie leider nicht vorlassen.«

»Warum denn nicht? Wir sind Freunde.«

»Das mag sein, aber ich habe strikte Anweisung, niemanden hereinzulassen.«

Wir tauschten einen kurzen Blick, Sebastian zuckte mit den Schultern. Ich war nicht bereit, aufzugeben.

»Würden Sie uns bitte den wachhabenden Polizisten zur Tür bringen?«

Die kleinen Augen hüpften in dem runden Gesicht

unstet zwischen uns hin und her, ehe sie sich abwandte und behäbig davonging.

Es dauerte eine Ewigkeit, und ich dachte schon, sie würde nicht wiederkommen. Dann tauchte sie mit einem Uniformierten auf. Als ich ihn sah, atmete ich erleichtert auf. Jochen Eigner war ein ehemaliger Kollege von der Polizeischule. Er grinste mich breit aus einem gemütlichen Gesicht an.

»Die Jule«, stellte er fest, als sich die Tür nach einem Blick von ihm auf wundersame Weise geöffnet hatte.

Ich dankte der Schwester, und sie trollte sich.

»Was führt dich her? Ein neuer Fall?«

»Sebastian hat Fabian gerettet«, sagte ich, ohne auf seine Frage einzugehen. »Wir wollten sehen, wie es dem Patienten geht.« Ich deutete auf den Blumenstrauß, den Sebastian in der Hand hielt, und die Pralinenschachtel, die ich selbst trug. Beides war Sebastians Idee gewesen, und ich dankte ihm insgeheim für diesen Einfall. Unsere Präsente hatten wir im Kiosk des Krankenhauses für teures Geld erstanden. Sie schienen jeden Euro wert zu sein.

»So, so«, sagte Jochen und grinste von oben auf mich herab.

Warum hatte ich das Gefühl, dass er mir nicht glaubte? Dann verschwand das Lächeln aus seinem Gesicht und wich einem ernsten Ausdruck. »Ihr werdet nicht viel Glück haben. Fabian ist ernsthaft verletzt und noch immer nicht ansprechbar.«

»Er wird aber durchkommen, oder?« Furcht beschlich mich. Auch ich hätte dort liegen können nach meinem Zusammentreffen mit dem Angreifer auf der Straße.

»Vermutlich. Ihr könnt einen kurzen Blick auf ihn werfen, mehr aber nicht.«

»Er ist nicht ansprechbar?«

»Nein. Definitiv nicht.«

Enttäuschung ließ meine Schritte schwerer werden. Was wollte ich hier? Das brachte nichts. Fabian würde mir nicht antworten können. Weder auf meine Frage, wer ihn angegriffen hatte noch darauf, was in der weißen Tüte gewesen war und ob sie das Geheimnis der Vorkommnisse der vergangenen Tage barg.

Vor der Tür trafen wir auf einen älteren Mann. Fabian in alt. Sehr alt. Die Sorgen um den Sohn hatten den Vater älter werden lassen, als er vermutlich war. Neben ihm stand seine Frau, die ich bereits einmal kurz gesehen hatte. Klein, in sich zusammengesunken und mit verweinten Augen. Vor die Nase presste sie ein zerknülltes Taschentuch.

Jochen stellte uns vor, und Weiners Brauen zogen sich zusammen.

»Sie«, sagte er und deutete mit dem Finger auf mich. Seine wässrigen Augen fixierten mich. Ich fühlte mich aufgespießt. »Sie sind schon zweimal in meinem Betrieb gewesen.«

Ich nickte, leugnen hatte keinen Zweck.

»Sie sind die Privatdetektivin, die alles gewusst hat.«

Ja. Und Sie sind der Mann, dessen Sohn gedealt hat, und der meinen Chef unter Druck gesetzt hat, mich von dem Fall abzuziehen, weil er es nicht wahrhaben wollte.

Das sagte ich nicht, aber meine Nackenhaare stellten sich auf. Ich schluckte schwer an einer Erwiderung.

»Nehmen Sie Aufträge an? Finden Sie den, der das getan hat.« Sein Tonfall ließ keinen Zweifel, dass er es gewohnt war, Befehle zu erteilen.

Schweigen herrschte auf dem sterilen Flur vor Fabians Zimmer. Durch eine Scheibe konnte ich seinen nackten Oberkörper sehen, der an der linken Seite mit Verbandsmull zugeklebt war. Riesige Blutergüsse zierten die Haut an Armen, Kopf und Oberkörper. Es schien, als gäbe es kein Fleckchen ohne. Er sah entsetzlich aus.

»Das mache ich«, antwortete ich, ohne den Blick von Fabians Gestalt zu nehmen, und ich hatte vor, mein Versprechen zu halten.

Dann sah ich Weiner ins Gesicht und nickte ihm und seiner Frau zu. In ihren Augen lag die Hoffnung, dass ich den Täter finden würde. Ich räusperte mich, weil ich nicht wusste, ob ich sie enttäuschen würde.

»Das ist mein Bruder Sebastian«, sagte ich und rückte ihn in den Mittelpunkt. Er sah zu Boden, trat von einem Fuß auf den anderen und streckte Frau Weiner zögernd den Blumenstrauß entgegen.

»Er hat Fabian gefunden und den Täter in die Flucht geschlagen.«

Mein kleiner Bruder sollte sich die verdienten Lorbeeren selbst abholen. Auch wenn ihm das nicht recht zu sein schien.

Weiner reichte ihm die Hand. »Es gibt keine Worte für das, was Sie getan haben. Ich danke Ihnen.«

»Ich war nur zufällig zur rechten Zeit am rechten Ort«, murmelte Sebastian, und seine Augen huschten hierhin und dorthin, ohne an einem bestimmten Punkt zu verharren.

Wir verabschiedeten uns bald. Wünschten den Weiners alles Gute und eine schnelle Genesung für den Sohn. Als wir auf der Straße im Sonnenlicht standen, atmete nicht nur Sebastian erleichtert auf.

Meine Gesangsprobe war durchschnittlich und Andreas unzufrieden. Kein Wunder, gestern hatte ich es besser hinbekommen. Ich sah die Sorgenfalten auf seiner Stirn. Der Auftritt rückte näher, und wir waren keinen Schritt weiter. Das trieb auch mir ein Seufzen auf die Lippen, Cosima sollte auf keinen Fall recht behalten. Andreas hatte das zur persönlichen Chefsache erklärt und würde nur ungern scheitern. Was mich wiederum unglücklich zurücklassen würde, denn ich wollte nicht schuld sein, wenn er in meinem Sog sein persönliches Waterloo erlebte.

Was sollte ich tun? Der Fall wühlte mich auf, obwohl er nicht mehr existierte. Weiner senior hatte mir einen neuen zugeschanzt, von dem Werner nichts wusste. Beim letzten Mal hatte ich so eine Aktion beinahe mit dem Leben bezahlt.

»Schwierigkeiten, Prinzessin?«, fragte Andreas, als ich mich nach der Gesangsprobe erschöpft auf einen Barhocker sinken ließ.

Mich störte nicht einmal, dass er mich Prinzessin nannte. Ohnehin tat jeder, was er wollte.

Ich nickte und starrte in mein Wasserglas.

Er setzte sich zu mir. »Magst du erzählen?«

»Nein.«

»Okay.«

Wie, okay? Seit wann sagte man in so einer Situation

»okay«? Bohrte man nicht nach? Wollte man nicht wissen, welch düstere Geheimnisse sein Gegenüber umgab? Ich sah auf, blickte in seine schwarzen Augen und bekam Gänsehaut. Schnell schaute ich weg.

»Was ist?«, fragte er. Flocki seufzte vernehmlich neben ihm und ließ sich am Fuße des Barhockers nieder.

»Ach, nichts.«

»Hey, wenn du nicht drüber reden willst, ist das okay. Ich habe dir Hilfe angeboten, du wolltest sie, zumindest bis jetzt, nicht. Ich bin dir nicht böse, reite aber auch nicht darauf herum.«

»Seit wann interessieren sich Männer dafür, was Frauen sagen?«

»Wird das jetzt so eine Frau-sagt-Nein-meint-aber-Ja-Geschichte? Hör mal, dazu bin ich zu einfach strukturiert. Mein Gehirn ist darauf programmiert, die Bedeutung von Ja und Nein seit meiner Kindheit zu kennen. Und da ändert sich nichts dran, nur weil eine Frau die Worte ausspricht.«

Ich dachte eine Weile darüber nach. Es war logisch, was er sagte. »Okay.«

»Gut, dann haben wir das geklärt.« Er grinste.

Unwillkürlich betrachtete ich ihn genauer. Es waren nicht nur seine Augen, die eine Faszination ausstrahlten, es war das ganze Gesicht. Verheißung, Erotik, aber auch Abenteuer und ein Hauch von Gefahr. Wenn man ihm zu nahe kam, wurde man zu Ikarus.

Ich sah weg, ehe ich mir die Finger verbrannte. Oder blind wurde.

Er stand auf, beugte sich zu mir herüber und sagte:

»Hör mal, Prinzessin, wenn es ein Problem gibt, lass es mich wissen. Ich habe … Möglichkeiten, dir zu helfen.«

Wie paralysiert saß ich auf meinem Barhocker, zur Salzsäule erstarrt, und fragte mich, was er damit gemeint hatte. Dass er doch als Söldner im Krieg gewesen war?

Der Mann war gefährlicher, als ich geglaubt hatte.

Zu gern hätte ich jemanden ins Vertrauen gezogen. Jemanden, der mir wirklich half. Nicht jemanden wie Mark, der nur darauf bedacht war, mich aus dem Verkehr zu ziehen. Mich ruhigzustellen, als wäre ich ein Schulmädchen.

Ich schüttelte den Kopf. Der Fall machte mir mehr zu schaffen, als ich zugeben wollte, und ich musste mir eingestehen, dass ich weich wurde.

Ich kam vor Mark nach Hause und musste über die Blumenrabatte auf den Balkon klettern, um das gekippte Fenster zu erreichen. Ich zerriss mir die Hose und fluchte vor mich hin. Im Tarzanspielen hatte ich mich überschätzt. Mein Ärger wuchs.

»Wo warst du diesmal?«, wollte er wissen, als er wenig später nach Hause kam, und fixierte mich mit seinem Blick.

»Lässt du mich beschatten?«, fragte ich pampig zurück und merkte in dem Moment, dass ich ihm auf den Leim gegangen war.

Er grinste mich an, und es fehlte nicht viel, und ich hätte ihm eine geknallt. Doch ich beherrschte mich. Ich war selbst schuld.

»Was gibt es zum Essen?«, wollte er wissen und marschierte an mir vorbei in die Küche.

Schadenfroh sah ich ihn schnuppern und enttäuscht das Gesicht verziehen. Er hob den Deckel vom Topf. Seine Augen weiteten sich.

»Was ist das denn?«

»Dein Abendessen«, antwortete ich ungerührt. Erst als ich das Entsetzen in seinem Blick sehen konnte, war ich zufrieden. »Nimm dir ein Bier und setzt dich auf's Sofa. Pantoffeln musst du dir selbst holen, Sportschau kommt auch nicht.« Ich drehte mich um und ignorierte ihn, während ich mit Töpfen und Gerätschaften klapperte.

Als er das Bier aus dem Kühlschrank nahm, unterzog er den Inhalt einem prüfenden Blick. Außer den in Weißwein eingelegten Erdbeeren, die ihm ein weiteres Stirnrunzeln ins Gesicht trieben, fand er nichts. Er verzog sich ins Wohnzimmer.

Das Zusammenleben gestaltete sich schwieriger. Obwohl ich erst seit zwei Tagen hier war. Mark hatte eine Gabe, mich auf die Palme zu bringen, wie kein zweiter. Ich konnte mir noch so sehr vornehmen, mich nicht aus der Ruhe bringen zu lassen, er schaffte es immer. Mit Kleinigkeiten. Warum gab ich so viel auf das, was er sagte? Bei anderen war es mir auch egal. Konnte ich nicht die gleiche Gelassenheit ihm gegenüber an den Tag legen? Und gleichzeitig ärgerte ich mich über mich selbst, was nicht zur Verbesserung meines Zustandes beitrug.

Ich holte mir ein Bier aus dem Kühlschrank und nahm einen tiefen Schluck, um mich zu beruhigen. Steaks mussten mit Liebe zubereitet werden, sonst wurden sie trocken und zäh wie alte Schuhsohle.

Es klingelte, und im Eingangsbereich hörte ich Stimmen. Dann wurde die Tür zur Küche schwungvoll aufgerissen und Leon stapfte herein und sah sich ungeniert um. Hinter ihm stand Mark und hob die Schultern, in den Augen Fragezeichen.

»Er behauptet, er kennt dich und will dich sehen. Ich habe ihn hereingelassen, er sieht harmlos aus.«

Leon drehte sich um, stemmte die Fäuste in die Hüften und funkelte Mark an. »Hast du eine Ahnung!«

»Woher weißt du, dass ich hier bin?«, fragte ich und trocknete meine Hände am Geschirrtuch.

Leon grinste. »Das habe ich mir zusammengereimt. War irgendwie naheliegend.«

Mark und ich tauschten einen Blick. Und zumindest seiner verhieß nichts Gutes.

»Ich wollte mit dir über meinen Fall sprechen«, sagte Leon, und Mark rollte hinter ihm mit den Augen.

»Du auch?«

»Ich möchte auch mal Detektiv werden. So wie Jule. Die finde ich nämlich cool.«

»Siehst du«, feixte ich zu Mark, der hilflos in seiner eigenen Küche wirkte.

»Und du hast einen eigenen Fall?«

Leon nickte eifrig. »Ein Baby hat ein Schmusetuch verloren. Und ich will es ihm zurückgeben. Hast du vielleicht noch eine Idee, wie ich das machen könnte? Du bist doch Polizist. Jules Vorschläge waren nicht so doll.«

Mark grinste mich an, und ich streckte ihm die Zunge heraus.

»Dann komm mal mit. Wir gehen jetzt in den Garten und trinken ein Glas Limo. Und ich schau mal, ob ich dir helfen kann.«

»Hast du Schokoküsse?«

»Wie bitte?«

»Na, so Schaumküsse. Die mag ich am liebsten. Jule hat immer welche für mich.«

»Äh, nein, habe ich nicht. Ein Eis ist aber auch nicht schlecht, oder? Ich habe ganz tolles. Mit Schokostreuseln und Nussstückchen. In einer knackigen Waffel. Ist das okay?«

Leon überlegte einen Moment, dann nickte er. Mark legte den Arm um seine Schultern, und die beiden trollten sich hinaus. Männergespräche, wurde ich beschieden, und freute mich. Darüber, dass Mark Leon helfen würde, und darüber, dass die beiden sich verstanden.

Ich rieb in der Zwischenzeit Kartoffeln und würzte sie. Dann schälte ich die Birnen und brachte den beiden ihre Limo. Einträchtig saßen sie nebeneinander, und Leon fragte Mark Löcher in den Bauch, die der geduldig beantwortete.

»Seid ihr zu einer Lösung gekommen?«, wollte ich wissen, als sie hereinkamen und Leon sich von mir verabschiedete.

Er nickte eifrig. »Mark hat mir ein paar tolle Tipps gegeben. Damit finde ich das Kind bestimmt. Überhaupt, er ist ziemlich cool!«

»Siehst du!«, äffte Mark mich nach.

Ich brachte Leon zur Tür.

»Halt dir den warm«, raunte er mir zu. Gerade so, dass auch Mark es hören konnte, der das mit einem breiten

Grinsen kommentierte. »Darf ich mal wiederkommen?«, fragte er in normaler Lautstärke.

»Klar, Jules Freunde sind auch meine Freunde.«

»Cool!« Er winkte uns noch einmal zu und verschwand durch das Gartentor nach draußen.

»So, und nun verrat mir mal, woher er wusste, dass du hier bist?«

Ich seufzte. »Ich habe keine Ahnung. Ehrlich. Aber wenn du es herausfindest, würde es mich auch interessieren. Wenn der Junge keine hellseherischen Fähigkeiten hat, dann muss er verdammt clever sein.«

Damit ging ich zurück in die Küche und briet das Rindersteak von beiden Seiten scharf an. Anschließend verfrachtete ich es in den Backofen, wo es bei niedriger Temperatur weitergarte. Währenddessen buk ich Kartoffelpuffer und stellte sie warm. Dann waren die Birnenspalten an der Reihe. Die Schokoladen-Chili-Soße musste ich nur erwärmen.

Ich drapierte alles auf zwei Tellern und brachte sie ins Esszimmer. Mark sah erfreut auf, und seine Augen glänzten, als er Platz nahm.

»Wow, ein richtiges Steak! Wahnsinn! Möchtest du nicht bei mir bleiben?«

Ich räusperte mich, zog spöttisch eine Braue nach oben. »Ich glaube nicht, dass das gut gehen würde.« Doch seine Frage hinterließ ein Flattern, irgendwo zwischen Magen und Herz.

Mark lobte mein Essen, vor allem die Soße, die genau die richtige Mischung aus herber Süße und leichter Schärfe hatte. Ich klopfte mir insgeheim auf die Schulter.

»Nun sag schon, wo bist du vorhin gewesen? Denn dass du weg warst, darüber brauchen wir nicht mehr zu reden.«

»Private Termine.«

»Kannst du die nicht verschieben? Zumindest so lange, bis niemand mehr hinter dir her ist?«

Ich schüttelte den Kopf.

»Muss ja eine verdammt wichtige Verabredung gewesen sein.«

»Es war kein Date, falls du das meinst«, sagte ich und ärgerte mich gleichzeitig. Es ging ihn nichts an. Selbst wenn er das gedacht hätte, es hätte mir egal sein können. »Wenn du es genau wissen willst, ich möchte nicht scheitern«, schob ich hinterher und ärgerte mich noch mehr. Verdammt, ich rechtfertigte mich! Warum?

Für einen Moment vergaß er sein Essen. Die Gabel mit einem in Schokoladen-Chili-Soße getauchten Stück Fleisch verharrte auf halbem Weg zwischen Teller und Mund. »Wo willst du nicht scheitern?«

Ich und meine dumme Klappe, die ich nicht halten konnte. Jetzt würde er in einem fort weiterbohren, bis ich ihm erzählte, worum es ging. Und das war das Letzte auf Erden, das ich tun wollte.

»Lassen wir es einfach dabei«, winkte ich ab und aß konzentriert weiter.

Mark hingegen schob den Bissen in den Mund und legte die Gabel zur Seite. »Das interessiert mich. Ist das eines von deinen Geheimnissen?«

»Ich hatte es befürchtet. Dein Essen wird kalt. Können wir das nicht verschieben?«

»Bis niemals? Nein, sicher nicht. Erzähl. Das ist spannend.«

»Jeder Mensch hat Geheimnisse.«

»Ich nicht.«

Ich prustete los, und auch Mark konnte sich ein Grinsen nicht verkneifen. Das Essen lockte aber doch, er aß weiter.

»Also?«

»Du lässt nie locker, oder?«

»Nicht, wenn es um Dinge geht, die mir wichtig erscheinen.«

»Und ausgerechnet das interessiert dich?«

»Du interessierst mich.«

Ich spürte, wie mir heiß wurde und mir das Blut in den Kopf stieg. Schnell senkte ich den Blick auf den Teller und hoffte, dass Mark nichts davon mitbekam. Vielleicht war er auch nur taktvoll genug, nichts zu sagen.

»Weißt du, seit ich dich wieder getroffen habe, entdecke ich lauter neue Seiten an dir. Nicht, dass du damals uninteressant gewesen wärst. Aber jetzt ist es so … anders. Du bist noch immer die gleiche Person, aber du hast dich verändert. Manchmal glaube ich, dich neu kennengelernt zu haben. Das ist irgendwie … seltsam. Es verwirrt mich.«

Wenn das eine Liebeserklärung gewesen war, war es die charmanteste, die ich je gehört hatte. Nicht ganz. Dirk Heit hatte sich ebenfalls auf Liebeserklärungen verstanden. Sie waren nie ernst gemeint gewesen.

Ich wurde weich. »Ich möchte es dir eigentlich nicht erzählen«, sagte ich und fragte mich, welcher Teufel mich da ritt. Vor nicht ganz einer halben Stunde war ich stinksauer auf Mark gewesen. »Viel lieber würde ich es dir zeigen. Hast du Samstag in einer Woche schon etwas vor?«

Nun war es heraus. Und Mark starrte mich so entgeistert an, wie ich mich fühlte.

»Äh, nein. Gehen wir aus?«

Ich nickte. »Mehr möchte ich nicht sagen.«

Er ließ es dabei bewenden. Auch wenn er mir neugierige Blicke zuwarf.

»Wie geht es Fabian Weiner?«, fragte ich, um das Gespräch auf weniger gefährliches Terrain zu lenken.

»Du warst heute bei ihm.«

Ich seufzte nur. »Jochen hat mich verraten, stimmt's?«

»Ich gebe doch meine Quellen nicht preis!«

»Die Entrüstung steht dir nicht. Also? Wie geht es ihm?«

Mark legte die Stirn in Falten. »Leider nicht besser. Sein Zustand ist noch immer kritisch. Er ist nicht ansprechbar, und an eine Vernehmung ist aus jetziger Sicht nicht zu denken.«

»Gibt es eine Spur, wer ihn überfallen haben könnte?«

Mark schüttelte den Kopf. »Dein Bruder hat leider nichts gesehen. Und unsere eingeleitete Fahndung hat keine Ergebnisse gebracht.«

»Wisst ihr, was in dem Versteck in der Toilette des *Jungle* gewesen ist?«

Er sah mich nur an.

»Jetzt tu nicht so. Glaubst du etwa, ich habe das nicht gesehen? Es war ja offensichtlich.«

»Was machst du an einem Tatort auf der Herrentoilette?«

»Rate mal.«

»Du hättest überhaupt nicht dort sein dürfen.«

»Ich war aber da. Wenn deine Jungs nicht aufpassen, ist das nicht mein Problem. Sei froh, dass es nur ich war und niemand sonst. Stell dir mal vor, die Presse wäre dort gewesen. Außerdem wart ihr fertig. Also?«

Er schnaufte und wischte mit dem letzten Stück Kartoffelpuffer den Rest der Soße vom Teller. Er schob sich den Bissen in den Mund und leckte sich über die Lippen. Dann legte er das Besteck zur Seite und lehnte sich zurück.

»Wir vermuten, dass er dort seinen Vorrat an Ecstasy versteckt hatte.«

Mark bestätigte meine Überlegungen.

»Ist einfacher, als immer alles mit sich herumzuschleppen. Vor allem, wenn es eine Razzia gegeben hätte. Und da saß er praktisch an der Quelle und konnte sich Nachschub holen, wie er ihn brauchte. Leider haben wir keine Ahnung, woher er das Zeug hatte. Weder seine Freundin noch seine Klassenkameraden wissen etwas.«

Seine Augen flackerten, und er sah zur Seite.

»Möchtest du mir nicht endlich sagen, wie das alles zusammenhängt?«, bat ich.

Er sah mich wieder an, doch sein Blick drückte nichts aus. Hatte ich mir das eben nur eingebildet?

»Nein, das möchte ich nicht. Das sind polizeiinterne Ermittlungen, über die ich nicht reden darf. Halte dich einfach raus, das ist besser für uns alle.«

»Dein Ton passt mir nicht«, antwortete ich eine Spur eisig.

»Und mir passt nicht, dass du dich ständig selbst in Gefahr bringst und dich überall einmischst.«

»Also hör mal, das ist mein Job! Du wirst mir nicht verbieten zu arbeiten. Sag mir, was los ist, und ich lasse die Finger davon.« Vielleicht, fügte ich stumm hinzu.

Spott mischte sich in seinen Blick. »Nein.«

»Spielverderber.«

»Was gibt es zum Nachtisch?«

War es zu fassen! »Ein Spektakel. Möchtest du es dir ansehen und mit in die Küche kommen? Vielleicht brauchen wir einen Feuerlöscher.«

In gespielter Entrüstung stand er auf und folgte mir.

War das Hauptgericht ein Highlight gewesen, der Nachtisch war eine Offenbarung. In Weißwein eingelegte Erdbeeren gebacken und anschließend flambiert. Eine luftig leichte Sünde, und wir japsten beide, als sie aufgegessen war.

Den Rest des Abends verbrachten wir in der Essecke. Wir tranken Bier, lachten, redeten. Es war ein angenehmes Beisammensein, kein Knistern lag in der Luft, das die vertraute Stimmung zerstört hätte. Es war wie mit alten Freunden, die man jahrelang nicht gesehen hatte. Man konnte an der Stelle weiterreden, an der man damals aufgehört hatte. Und irgendwie fand ich, dass das verdammt viel wert war. Wie viele solche Freunde hatte man?

Ob es daran lag, dass es kein Gewitter gab? Um halb elf gingen wir in angeschickertem Zustand jeder in sein Zimmer ins Bett. Mit viel Gekicher und einem schüchternen Gute-Nacht-Küsschen. Ehe mehr daraus werden konnte, zog ich die Bremse. Wie damals. Und Mark blieb wie ein kleiner Junge mit hängenden Schultern im Flur zurück. Kurze Zeit später klappte auch die Tür zu seinem Schlafzimmer.

Es tat weh, und ich verzehrte mich nach ihm. Aber ich wusste, dass es besser war. Ich musste mir erst einmal selbst darüber klar werden, wie das weitergehen sollte. Und was weitergehen sollte.

Trotzdem zog ich das seidene Nachthemd an. Man konnte nie wissen. Vielleicht brach ein Feuer aus, und Mark musste mich retten.

Was mich ein paar Stunden später aus dem Schlaf riss, war nicht das Schrillen des Feuermelders. Das Handy läutete erbärmlich laut. Ich brauchte einen neuen Klingelton. Dringend.

Es dauerte, ehe ich das Licht angeknipst und nach dem Apparat geangelt hatte. Ich kniff die Augen zusammen und fragte mich, welche Katastrophe jetzt geschehen war, dass mein Bruder mich mitten in der Nacht um den Schlaf brachte. Ich hatte keine Ahnung, wie schlimm es war …

»Jule, ich habe ihn!«

»Was? Wen hast du?« Ich rieb mir die Augen. Wie viel Bier hatte ich getrunken?

»Na, den Typen, der Fabian überfallen hat.«

Oh Gott, bitte! Lass Sebastian einen schlechten Traum gehabt haben.

Ich setzte mich auf. »Bitte?«

»Ich hab das Auto gesehen, mit dem der Typ weggefahren ist. Und was draufgestanden hat. Das hab ich mir gemerkt. Und jetzt bin ich hier.«

Scheiße! »Wo ist hier?«

»In der Spedition.«

Ich schloss die Augen, versuchte, meinen Atem unter Kontrolle zu bringen. »Spedition Weiner?«, fragte ich vorsichtshalber, kannte die Antwort aber schon.

»Klar. Du, und irgendwas Seltsames tut sich hier.«

Sebastian war mitten in der Nacht in einer Spedition und beobachtete einen potenziellen Mörder. Das war nicht normal! »Was denn?«

»Ich glaube, hier läuft was mit Drogen.«

Ich schluckte. Das Adrenalin hatte mich nicht nur wach, sondern auch nüchtern werden lassen. »Wie kommst du darauf?«

»Es ist …« Das Gespräch brach ab, ich konnte ihn nicht mehr verstehen. War er in einem Funkloch? »Hallo? Hallo? Sebastian? Bist du noch da? Was ist los? Hallo?«

Verdammter Mist! Was war passiert?

Als klar war, dass ich keine Antwort erhalten würde, warf ich das Handy zur Seite und sprang aus dem Bett. Das Nachthemd verfluchte ich. Über T-Shirt und Short konnte man etwas drüberziehen, das Nachthemd musste runter. Doch es wurstelte sich um meinen Körper, ehe ich es endlich ausgezogen hatte. Dabei riss eine Naht.

Ich schlüpfte in meine Klamotten, schnappte mein Handy und verließ das Zimmer. Eine Diele knarrte, die Treppe ächzte. Doch beides war nicht laut genug, um Mark zu wecken. Hoffte ich. Ich wollte ihn nicht in die Sache hineinziehen, weil ich wusste, dass das Ärger gab. Nicht nur für Sebastian. Mark würde mir den Kopf abreißen. Statt dass mein kleiner Bruder der Polizei erzählt hatte, in welchem Auto der Täter davongefahren war, hatte er selbst Detektiv gespielt. Und ich war mit meinem Verhalten ihm gegenüber nicht ganz unschuldig.

Vorsichtig schlich ich aus dem Haus und war froh, als ich die Tür hinter mir ins Schloss zog.

Zum Auto legte ich einen Kurzsprint ein, startete den Motor und jagte davon. So spät nachts waren die Straßen leer. Blieb zu hoffen, dass mich nicht eine übereifrige Streifenwagenbesatzung anhielt.

Meine Gedanken rasten unsortiert durch mein Gehirn. Ich versuchte, lose Enden zu fassen zu kriegen. In meinem Kopf formte sich ein Bild. Zumindest reimte ich mir einiges zusammen.

Fabians Drogenkarriere musste in etwa mit dem Beginn seiner Praktikantentätigkeit in Papas Betrieb zusammengefallen sein. Das konnte nur bedeuten, dass er die Tabletten von dort hatte. Hatte er sie unbemerkt ins Land geschmuggelt? Mit den eigenen Lkws? Nein, er fuhr nicht mit, hatte er mir erzählt.

Das hieß dann aber … Nein, das konnte ich nicht glauben. So dumm war niemand.

Bevor ich all das klären konnte, musste ich meinen Bruder herausholen. Ich konnte nur hoffen, dass er in einem Funkloch steckte und nicht den Drogenschmugglern in die Hände gefallen war. Als ich an Fabian dachte, wurde mir kalt. Ich klammerte mich an die Hoffnung, dass der Akku seines Handys leer war. Meine wiederholten Anrufe hatten nichts ergeben, ich erreichte nur die Mailbox.

Ich trat das Gaspedal bis zum Anschlag durch, jagte den Golf durch die engen Kurven und verfluchte die Entfernung.

Nach einer gefühlten Ewigkeit tauchte das Speditionsgelände vor mir auf. Ich verlangsamte die Fahrt und schaltete die Scheinwerfer aus. Schließlich parkte ich in einer Haltebucht und stieg aus. Vorsichtig schlich ich mich auf das Gelände.

Gespenstische Stille inmitten der rollenden Riesen umfing mich. Es roch nach Regen, und in der Ferne zuckten lautlos Blitze am Himmel. Ein Omen für das, was kam?

Mit einem Kopfschütteln versuchte ich, mein Unwohlsein loszuwerden. Ich ahnte, dass das Ende meines Falles vor mir lag. Wenn ich auch noch immer nicht schlau daraus wurde. Aber wenn mein Gefühl mich nicht trog, würde ich die Zusammenhänge bald kennen.

Geduckt huschte ich zwischen den Lkws und Sattelzugmaschinen durch. Aber auf den ersten Blick konnte ich nichts erkennen. Der Bürocontainer lag im Dunkeln wie ein hingeworfener Betonklotz. Um sicherzugehen, schlich ich einmal darum herum, aber die Fenster waren geschlossen, und zu erkennen war nichts.

Wo war Sebastian? Und was hatte er beobachtet? Er hatte von Drogen gesprochen. Was hatte er gemeint?

Angst kroch mir über den Rücken und hinterließ auf jeder Faser meines Körpers Gänsehaut. Wo war mein Bruder?

Als ich an der Rückseite des Bürocontainers stand, glomm auf der gegenüberliegenden Seite des Parkplatzes zwischen den Lkws ein kleines Flackern auf. Einem Glühwürmchen gleich tanzte es in der Nacht auf und ab. Ehe es auf den Boden fiel und erlosch.

Ich wartete einen Moment, ob ich noch etwas sah, dann hörte ich eine Tür ins Schloss fallen.

Die Fahrzeuge boten mir ausreichend Schutz, als ich über den Parkplatz huschte, immer darauf bedacht, in Deckung zu bleiben. Wo eben die Zigarette ausgegangen war, stand eine Lagerhalle. Blieb die Frage, ob der Raucher ebenfalls dort anzutreffen war, und wenn ja, wer es war. Sebastian nicht. Ihn hatte ich noch nie auch nur in der Nähe einer Zigarettenschachtel gesehen.

Ich kam näher, wurde langsamer und noch vorsichtiger. Jetzt erkannte ich in der Dunkelheit, dass im Gebäude Licht brannte. Schwach nur und an einer von außen schwer einsehbaren Stelle.

Eine Zeit lang blieb ich verborgen unter dem Anhänger eines Lkws in Deckung und beobachtete. Nichts geschah. Weder kam jemand noch öffnete sich die Tür für eine weitere Zigarettenpause. Ich wusste nicht, mit wem ich es zu tun hatte, und hatte keine Ahnung, wie viele dort waren. Und von Sebastian hatte ich nach wie vor keine Spur. Er musste in Schwierigkeiten stecken. In großen, wenn er dort drin war. War er erwischt worden?

Der Schweiß befeuchtete mein Gesicht, unter meinem Shirt hatten sich Rinnsale gebildet, die sich groteskerweise über die Gänsehaut ihren Weg bahnten. Was sollte ich tun? Die Polizei rufen? Oder lieber Mark? Was im weitesten Sinne das Gleiche war.

Das konnte ich noch immer tun, beschloss ich. Ich

wollte mir erst einen Überblick verschaffen. Wenn ich Mark anrief, würde ein Donnerwetter über mich hereinbrechen, gegen das der Sturm der vergangenen Nacht ein laues Lüftchen gewesen war.

Ich schauderte, dann traf ich eine Entscheidung. Auf Zehenspitzen lief ich zum Gebäude und drückte mich an die Wand, ehe ich versuchte, einen Blick durch ein Fenster zu erhaschen. Ich konnte ein Büro in der Lagerhalle ausmachen, in dem Licht brannte. Dort stand ein Mann, hielt einen Becher in der Hand, trank einen Schluck und lachte. Ich kannte ihn nicht, hatte keinen Schimmer, wer das sein mochte. Sonst war niemand zu sehen.

Ich überlegte, ob ich es wagen konnte, die Tür zu öffnen und in die Halle zu schleichen. Etwas anderes blieb mir nicht, wenn ich wissen wollte, was vor sich ging.

Die angehaltene Luft presste ich stoßweise aus, als es mir gelungen war, das Gebäude ohne ein Geräusch zu betreten. Vorsichtig drückte ich die Tür ins Schloss und versuchte, mich im Dunkeln zu orientieren. Schemenhaft nahm ich zwei Bürocontainer auf der rechten Seite wahr, einer davon beleuchtet. Der Eingang war über eine Treppe erreichbar. Dahinter standen in der Dunkelheit riesige Wände. Ich kniff die Augen zusammen und beschloss, dass es Hochregallager sein mussten. Container standen zum Aufladen bereit, ein Gabelstapler hinten an der Wand links von mir, davor ein VW-Bus.

Ich schlich näher an das Büro heran. Der Typ im Container, klein und gedrungen mit schwarzem, dichtem Haar, trank einen Schluck. Unter seinem T-Shirt schlängelten sich unverkennbar die Reste einer Schlangentätowierung den rechten Arm hinauf.

Ich schüttelte mich. Nun wusste ich, dass ich auf der richtigen Spur war. Und dass mit meinen Gegnern nicht zu spaßen war.

Ich tastete mich weiter und suchte Schutz hinter einer Palette, die mit Folie eingeschweißt war. Ein Hauch von Lebkuchenduft streifte mich. Unfassbar, mitten im Sommer.

Was ich sah, als ich durch das gekippte Fenster lugte, ließ mein Herz für einen Schlag aussetzen: Sebastian saß an der hinteren Wand, gefesselt auf einem Stuhl. Das linke Auge war geschwollen, Blut war ihm aus der Nase gelaufen und festgetrocknet.

Ich kniff die Augen zusammen, sah ihn blinzeln und wie sich sein Brustkorb hob und senkte. Die Erleichterung war so groß, dass ich eine Träne aus dem Augenwinkel wischte und mir die Hand vor den Mund hielt, um das Schluchzen zu unterdrücken.

Ich rief mich zur Ordnung. Wenn ich herumheulte wie eine verlassene Frau vor einem Schnulzenfilm, half ich ihm nicht.

»Hast wohl gedacht, du kannst uns eins auswischen. Dich auch noch bedienen.« Die Worte des Mannes drangen leise, aber verständlich durch das Fenster. Er setzte den Becher an und musterte meinen Bruder über den Rand hinweg mit höhnischem Blick. »Das reißt ein. Zuerst der Sohn vom Chef, dann der dämliche Kellner und jetzt du auch noch. Ne, nich mit uns, das hat jetzt ein Ende. Werdet auch immer frecher, ihr kleinen

Schmarotzer.« Er schüttelte den Kopf. »Was glaubt ihr, mit wem ihr euch anlegt? Mit Omas Häkelverein?« Er lachte meckernd und erinnerte mich an eine Ziege.

Wenn er allein war, konnte ich ihn vielleicht überwältigen und Sebastian aus der Situation befreien.

»Wir machen jetzt fertig und dann verschwinden wir. Du kommst mit, Mitwisser können wir nicht gebrauchen. Der dämliche Brunker hätte euch eigentlich eine Lehre sein müssen.« Wieder schüttelte er den Kopf.

Er war also nicht allein. Was sie mit Sebastian anstellen wollten, darüber dachte ich lieber nicht nach. Wer immer sie waren, sie waren mit mir nicht zimperlich umgesprungen, und Holger Brunker hatten sie auch auf dem Gewissen.

Meine Gedanken rasten. Polizei rufen? Hatte ich so viel Zeit? Ich war allein. Unbewaffnet. Und sie hatten Sebastian als Geisel.

Meine Animositäten mit Mark hin oder her, das Donnerwetter würde ich überleben. Irgendwie. Jetzt war es an der Zeit, mit Rambospielen aufzuhören, entschied ich.

Ich duckte mich wieder hinter der Palette zusammen und zog das Handy aus der Tasche, als die Tür klappte, durch die ich kurz zuvor hereingekommen war.

»Sieh mal, Murat, wen ich jetzt aufgestöbert habe«, tönte eine Stimme, die mir bekannt vorkam. Die Bürotür öffnete sich, und Murat sah heraus. Ein hämisches Grinsen überzog sein Gesicht.

»Das is ja wie Weihnachten heute«, frotzelte er. »Ist da draußen irgendwo ein Nest?«

Ich wartete kurz, bis ich es riskieren konnte, einen Blick um die Palette herumzuwerfen. Wenn ich gedacht hatte, Sebastian in dieser Situation vorzufinden wäre das Schlimmste, gefror mir jetzt das Blut in den Adern. Stumm fluchte ich vor mich hin, bemühte Worte, die mir nie laut über die Lippen gekommen wären.

Zwei knackige Hinterteile bewegten sich die Treppe hinauf. Der hintere gehörte Frank Kempf. In der Hand hielt er eine halbautomatische Waffe, die er auf Mark gerichtet hielt, der mit erhobenen Händen vor ihm her schritt. Jeder Muskel in seinem Körper wirkte verkrampft, und ich konnte nur erahnen, dass sein Gesicht zu einer Maske gefroren war.

Wie zum Kuckuck kam er hierher? Als ich mich aus dem Haus geschlichen hatte, hatte er tief und fest geschlafen. Zumindest war ich davon ausgegangen. Oder war er aufgewacht und mir gefolgt? Warum war er so blöd gewesen, sich erwischen zu lassen? Verdammt!

»Langsam wird es mir ein bisschen zu viel mit den nächtlichen Besuchern«, sagte Kempf und quetschte sich an Murat vorbei in den Container. »Der hier ist ein Bulle. Hab ihn erwischt, als er um die Lagerhalle geschlichen ist. Wenn ich nicht eben pinkeln gewesen wäre, hätte ich ihn nie gesehen. Er war nicht so laut und dämlich wie der da.« Mit dem Kinn deutete er auf Sebastian. »Was machen wir jetzt?«

Murat zuckte mit den Schultern. »Was wohl? Die Sache hier zu Ende bringen, dann verschwinden wir. Die beiden entsorgen wir irgendwo im Wald.« Er deutete mit dem Kopf auf den VW-Bus.

Okay, die Entscheidung, was zu tun war, war mir abgenommen. Als Mark auf einen Stuhl neben Sebastian verfrachtet war, ebenfalls mit Kabelbindern gefesselt, schlich

ich mich zurück nach draußen. Auf Kempf und seinen Kumpel brauchte ich nicht aufzupassen. Sie ergingen sich in höhnischen Kommentaren über die Gefangenen und ließen die Becher klirren. Wie mochte es in Sebastian aussehen? Und in Mark? Ich schauderte bei dem Gedanken daran, was Mark mit beiden anstellen würde, wenn er ihrer habhaft würde.

Frank Kempf. Langsam reimte ich mir zusammen, was vorgefallen sein musste: Kempf und Murat hatten die Spedition genutzt, um Drogen ins Land zu schmuggeln. Nur wie die Sache mit Mark zusammenhing, wusste ich noch nicht. Die Polizei musste die Spedition beobachtet haben. Ich hatte eine Ahnung, warum, und ich schüttelte mich.

Draußen huschte ich hinter einen Lkw, holte das Handy aus der Tasche und wählte.

Die relevanten Details waren schnell erzählt, in Kürze würde die Ulmer Kavallerie anrücken. Ich musste nur noch stillhalten und ihnen zeigen, wo die Bösewichte saßen. Soviel zur Theorie.

Zum ersten Mal, seit Sebastian mich angerufen hatte, wagte ich aufzuatmen. Ich hatte meinen Bruder gefunden, wenn ich Glück hatte, ein Drogennest ausgehoben und zu guter Letzt meinen nicht mehr vorhandenen Fall gelöst. Alles würde gut werden. Bis auf das Donnerwetter, das mir bevorstand, und vor dem ich einen Höllenrespekt hatte. Aber lieber ein Donnerwetter von einem lebenden Mark als Tränen am Grab von zwei Toten …

Ich atmete durch und schlich zurück. Jetzt konnte ich nur noch warten. Ich ahnte nicht, dass gleich die Hölle losbrechen würde.

Zurück hinter der Palette, deren Lebkuchenduft etwas an Weihnachten erinnerndes Tröstliches hatte, hörte ich Murat und Kempf im Büro rumoren. Zunächst schnappte ich erschrocken nach Luft, weil ich dachte, dass sie Mark und Sebastian an den Kragen gingen. Doch sie unterhielten sich ungeniert vor ihren beiden Gefangenen über die Unfassbarkeiten der vergangen Tage, während sie geschäftig Tüten in Kartons verstauten und diese zum VW-Bus trugen. Insgeheim musste ich ihnen zustimmen. Was ich hörte, ließ auch mich mit dem Kopf schütteln.

Demnach schmuggelte Murat die Tabletten aus der Türkei nach Deutschland. In eigens dafür umgebauten Lkws. Kempf wusste, welche Zöllner auf der Gehaltsliste standen und teilte Murat entsprechend als Fahrer ein. Offenbar ging das schon längere Zeit gut, sie sprachen von einträglichen Einnahmen.

Doch dann musste Fabian Wind davon bekommen haben. Und statt die Geschichte der Polizei oder wenigstens seinem Vater zu melden, hatte er sich bedient und die Tabletten auf eigene Faust im *Jungle* vertickt, um sein Taschengeld aufzubessern.

Als ich aufgetaucht war, hatte Kempf eins und eins zusammengezählt und war in Panik geraten. Deswegen war auch ich auf ihrer Abschussliste gelandet.

Noch während ich darüber nachsann, öffnete sich die Tür des Containers, und Murat trat heraus.

»Ich packe die zwei zusammen«, erklärte Kempf und deutete nach hinten. »Die nehmen wir mit und entsorgen sie im Wald.«

Mir wurde kalt bei dem Gedanken, und ich warf hastig einen Blick nach draußen. Noch waren keine zuckenden Blaulichter in der Nacht zu sehen. Nicht das leiseste Geräusch war zu hören.

Murat ging unterdessen die Treppe hinunter auf den zweiten Container zu.

»Wo willst du hin?« Kempfs Kopf tauchte an der geöffneten Tür auf.

»Muss noch was holen«, brummte Murat zurück und ging zu dem zweiten Bürocontainer. Die Tür öffnete sich, dann flammte Licht auf.

Verdammt noch mal, wo war die Kavallerie, wenn man sie brauchte? Ich musste etwas unternehmen, sonst waren Mark und Sebastian so gut wie tot. Meine Chancen standen schlecht, wenn sie das Gelände erst einmal verlassen hatten.

Hektisch forschte ich in meinem Hirn nach einem Plan. Es gab keinen. Ich musste sie einzeln erwischen und das Überraschungsmoment nutzen. Im Gegensatz zu ihnen war ich unbewaffnet.

Wieso hatten Privatdetektive im Film immer eine Knarre zur Hand? In ganz Deutschland gab es kaum eine Handvoll, denen es erlaubt war, eine Waffe zu tragen. Und ich stand auf dieser Liste weit unten.

Ehe die gebotene Chance vertan war, schlich ich zu dem Container, in dem Murat gerade verschwunden war. So schnell wie möglich, aber ohne ein Geräusch zu verursachen, hastete ich die Treppe hinauf und sah, dass der Container in zwei Räume unterteilt war. Im ersten Raum war Murat nicht, aber die hintere Tür war geöffnet. Im Schein der Deckenbeleuchtung sah ich ihn über den Schreibtisch gebeugt. Er suchte etwas in einem Chaos aus verstreuten Papieren.

Ich blickte mich nach etwas Geeignetem um, mit dem ich ihn unschädlich machen konnte. Ich fand nichts. Keine Taschenlampe lag vergessen herum, kein Hammer auf dem Fensterbrett, noch nicht einmal ein Obstmesser fand sich. Ich wollte schon wieder anfangen, alle Heiligen vom Himmel zu fluchen, als mein Blick auf das Türschloss fiel. Ich konnte mein Glück kaum fassen: Da steckte ein Schlüssel!

Murat musste etwas gehört haben. Er richtete sich auf und drehte sich um. Überraschung spiegelte sich auf seinem Gesicht, ehe er einen Schritt nach vorn tat.

»Hey, was …?«

Ich erreichte die Tür zuerst, knallte sie zu und drehte mit zitternden Fingern den Schlüssel im Schloss. Keine Sekunde zu früh, die Klinke senkte sich augenblicklich wie von Geisterhand. Ich griff mir einen hölzernen Stuhl, der in der Ecke stand, und klemmte ihn unter die Klinke. Einen Moment fürchtete ich, er könnte den Stuhl umwerfen, so sehr rüttelte er daran. Mein Provisorium hielt. Ich wusste nur nicht, wie lang.

»Was soll das?«, brüllte Murat von drinnen und hämmerte gegen die Tür.

Raus hier, bevor Kempf aufmerksam wurde. Ich rannte zurück zum Eingang, hetzte die Treppe hinunter. Diesmal konnte ich auf das Verursachen von Geräuschen keine Rücksicht nehmen. Ich sprintete zu dem bereitstehenden Bus, riss die Fahrertür auf und erklomm den Sitz.

Keine Sekunde zu früh. Murat verursachte ein Spektakel, das einen Vergleich suchte. Wie es sich anhörte, hämmerte er nicht nur mit den Fäusten gegen Tür und Wände, er musste mit allem Verfügbaren danach werfen.

Kempf erschien an der anderen Tür und streckte den Kopf heraus.

»Murat? Was machst du da?« Verärgerung lag in seiner Stimme, dann Unsicherheit. Ihm ging auf, dass etwas nicht stimmte, und er kam die Treppe herunter.

Ich ließ den Motor an, quetschte den Gang hinein und drückte das Gaspedal bis zum Anschlag durch. Der Wagen machte einen Satz, weil ich die Kupplung zu schnell kommen ließ, doch ich fing den Motor im letzten Moment, bevor er erstarb.

Kempf war am unteren Treppenabsatz angekommen und starrte zum Bus herüber. Verwirrt blickte er zwischen mir und dem anderen Büro hin und her, aus dem noch immer dubiose Geräusche drangen. Doch bevor er sich entschließen konnte, wohin er gehen wollte, quetschte ich ihn an die Wand, und der auf einen menschlichen Körper treffende Kühlergrill des Busses verursachte ein hässliches Knirschen. Fast gleichzeitig erstarb der Motor, und Kempf und ich starrten uns einen Moment mit weit aufgerissenen Augen an. Dann, in Zeitlupentempo, sackte er nach vorn zusammen, und sein Kopf schlug mit einem dumpfen Laut auf der Windschutzscheibe auf.

Ich hörte jemanden schreien. Laut und markerschütternd. Und merkte, dass ich es war. Dann schlug die Eingangstür mit einem Krachen gegen die Wand und Polizisten stürmten mit gezogenen Waffen in die Lagerhalle. Vom Parkplatz herein zuckten blaue Blitze durch die Nacht, die sich mit dem Donner des einsetzenden Gewitters mischten.

SONNTAG

Erschöpft ließ ich mich mit einer Tasse Kaffee am Küchentisch nieder und sah auf die Uhr. Mittlerweile war es später Nachmittag, und ich war so fertig, als hätte ich einen Halbmarathon hinter mir. Dabei hatte ich gerade einmal die Hälfte meines Schlafzimmers gestrichen.

Seit heute Morgen tat ich nichts anderes als aufräumen, waschen und putzen. Ich hatte ganze Arbeit geleistet, aber die obszönen Schmierereien zu entfernen, war nicht einfach.

Ich seufzte auf und nippte an meinem Kaffee, als es an der Tür klingelte. Ohne über hellseherische Fähigkeiten zu verfügen, wusste ich, dass Mark davorstehen würde. Trotzdem sah ich durch den Spion und betrachtete sein Gesicht mit den ausdruckslosen Augen, die stur geradeaus sahen. Ich seufzte. Hatte ich eine Wahl? Irgendwann musste ich es hinter mich bringen.

»Komm herein«, sagte ich und wandte mich ab. Ich schlich in die Küche zurück wie ein geprügelter Hund.

Die Tür fiel ins Schloss, und Mark betrat hinter mir den Raum. Er ging direkt zum Kühlschrank, nahm sich ein Bier und setzte sich mir gegenüber. Kaum zu glauben, was zwei Nächte zuvor zwischen uns passiert war. So viel war seither geschehen, dass es für mich schon wieder in weiter Ferne lag.

Er sah mich an. Schweigend. Einfach so. Die Sekunden und Minuten tropften zähflüssig dahin.

»Was?«, fragte ich patzig, als ich es nicht mehr aushielt.

Der harte Ausdruck verschwand von seinem Gesicht. Die müden Augen nahmen einen weichen Zug an, ehe er mir eine Locke hinter das Ohr strich. Sanft berührten seine Finger meine Wange und hinterließen eine heiße Spur in meinem Gesicht. »Du hast Farbe auf der Stirn und in den Haaren.«

Ich strich mir über das Haar und berührte unabsichtlich seine Hand. Wie elektrisiert zuckte ich zurück, und er lächelte. Dann nahm er die Hand weg und lehnte sich zurück.

»Ich streiche«, stellte ich überflüssigerweise fest, um etwas zu sagen, und Mark nickte nachsichtig.

»Kann ich mir vorstellen, dass du die Sauerei loshaben möchtest.«

Wir schwiegen einen Moment.

»Eine Wand mache ich taubenblau«, fügte ich hinzu, als ich die erneute Stille nicht mehr ertrug, und sah zum Fenster hinaus. Suchte etwas, woran sich mein Blick festhalten konnte.

Mark räusperte sich. »Ich dachte mir, du möchtest vielleicht wissen, was Murat Öclan ausgesagt hat.«

Ich nickte stumm. Kempf konnte nichts sagen. Ob er durchkommen würde, war fraglich. Ich hatte nicht geahnt, dass ich ihn derart schlimm erwischen würde. Neben diversen Rippenbrüchen hatte er innere Verletzungen und Quetschungen erlitten, die schwerwiegender waren, als es zunächst den Anschein gehabt hatte. Noch in der Nacht war er mit einem Rettungshubschrauber in das nahe gelegene Bundeswehrkrankenhaus geflogen worden, wo er sofort operiert worden war.

»Es war so, wie du vermutet hattest. Öclan und Kempf haben die Tabletten zusammen ins Land geschmuggelt.« Mark seufzte vernehmlich, und ich fragte mich, warum. Ich ahnte, dass mehr dahintersteckte. Etwas, das ich vermasselt hatte. Die Spedition Weiner war schon vor längerer Zeit ins Visier der Ermittler geraten. Nur warum, wusste ich nicht. Und ich dachte mir, dass es vielleicht besser war. Also schwieg ich und lauschte.

»Der junge Weiner hat das durch Zufall mitbekommen und sich bedient, statt Anzeige zu erstatten. Sein Vater muss ihn recht kurzgehalten haben. Und er hat nach einer Möglichkeit gesucht, sein Taschengeld aufzustocken.« Für einen Moment schwieg er. »Ihm geht es übrigens besser. Er wird durchkommen. Ich konnte heute schon kurz mit ihm sprechen, und er hat das weitgehend bestätigt.«

Wenigstens einer, dachte ich erleichtert. Ich wusste noch nicht, wie ich damit umgehen würde, wenn Kempf das Zeitliche segnete und ich Schuld daran trug.

Mark nippte an seinem Bier, und ich beobachtete seinen Kehlkopf, der auf und ab hüpfte, als er schluckte.

»Nur ist Fabian damit Brunker in die Quere gekommen, der das *Jungle* als sein Revier betrachtet hat.«

»Aber warum haben sie ihn umgebracht und Fabian nicht?«

Mark nickte und trank einen weiteren Schluck, ehe er sich nach vorn beugte und mit der Flasche in seiner Hand spielte.

»Brunker hatte Streit mit Fabian deswegen und wollte unbedingt wissen, wo er den Stoff herhatte, den er so billig anbot. Schließlich hat er es herausgefunden, weil er ihm gefolgt ist. Doch was macht Brunker, statt sein Wissen zu nutzen oder sich ein anderes Revier zu suchen? Er wirtschaftet in die eigene Tasche und bedient sich auch. Nur hat er zu kräftig hingelangt, und Kempf, dem der Schwund auffiel, hat ihn erwischt.«

Ich schüttelte den Kopf und trank den mittlerweile kalten Rest Kaffee aus meiner Tasse.

»Brunker droht Fabian, dass er ihn verpfeift, und die beiden prügeln sich im *Jungle*. Noch in der gleichen Nacht wird Brunker von Öclan erschossen. Die Tatwaffe haben wir bei ihm sichergestellt.«

Ich nickte. »Er war der Autofahrer, der mich von der Straße abdrängen wollte. Ich habe ihn an der Tätowierung erkannt.«

»Du bist den beiden in die Quere gekommen«, sagte Mark, und es klang wie eine Entschuldigung. »Sie wollten, dass du deine Ermittlungen einstellst, deswegen der Zettel, die Anrufe und die Schmierereien an der Wand. Und als du wiederholt mit Weiner junior sprechen wolltest, ist Kempf nervös geworden. Er hat eins und eins zusammengezählt und wusste dann, wer ihn in großem Stil beklaute. Also musste auch Fabian verschwinden.«

Ich schlug mir vor die Stirn. Kempf war immer dann aufgetaucht, wenn ich bei Fabian gewesen war. Ich erinnerte mich daran, wie mir meine Karte aus der Hand gefallen war und er sie aufgehoben hatte. Vermutlich hatte er an der Tür gelauscht und erfahren, dass es um Drogen gegangen war.

»Dann habe ich Fabian auf dem Gewissen.« War es zu fassen!

Mark schüttelte den Kopf. »Hast du nicht. Das waren dumme Zufälle. Nachdem Brunker tot war, wusste Fabian, dass mit ihnen nicht zu spaßen ist, und er beschloss unterzutauchen. Als er seinen im *Jungle* gebunkerten Vorrat holen wollte, hat Öclan ihn erwischt. Wenn dein Bruder nicht dazwischengegangen wäre, würde Fabian nicht mehr leben.«

Mir wurde warm ums Herz. Mein Bruder, der Held. Und das meinte ich nicht herablassend.

»Sebastian hat das Auto erkannt, mit dem Öclan verschwunden ist, und hat sich auf eigene Faust auf die Suche nach dem Angreifer gemacht.«

Ich nickte und schwieg, weil ich wusste, warum. Mein schlechtes Gewissen reichte ohne Weiteres für mein nächstes Leben, wenn ich noch eines bekommen sollte.

Mark hingegen seufzte. »Er wollte Rambo spielen und den Fall selbst lösen. Nur ist er den beiden direkt in die Arme gelaufen.«

Solange wir telefoniert hatten. »Und wie bist du dorthin gekommen?«

Mark sah mich undurchdringlich an und sagte lange nichts. Ich ließ ihm Zeit, sah ihn einfach nur an. Dann holte ich mir auch ein Bier.

»Ich habe gehört, wie du aufgestanden bist«, sagte er in die Stille hinein. »Eine Diele knarrt, wenn man drübergeht. Und da bin ich dir gefolgt. Bei all den Alleingängen, die du unternommen hast, wollte ich wissen, was du tust.«

Und dann haben sie dich auch erwischt, dachte ich, hütete mich aber, die Worte auszusprechen.

Diesmal war das Schweigen weder peinlich noch lastend. Wir sinnierten eine Weile vor uns hin. Ich dachte darüber nach, wie ich die beiden da herausgeholt hatte, und überlegte mir zum tausendsten Mal, ob Kempf durchkommen würde.

Was Mark dachte, wusste ich nicht, seinem Gesicht war nichts zu entnehmen. Dachte er an unsere gemeinsame Nacht? Oder an den Fall? Das erwartete Donnerwetter war ausgeblieben, und ich wagte nicht zu fragen, warum. Am Ende überlegte er es sich anders.

Schließlich stand er auf. Zuerst dachte ich, dass er ein neues Bier holen würde, doch er wandte sich zum Gehen.

»Wir sehen uns am nächsten Wochenende«, sagte er, und sein Blick war unergründlich. »Ich bin gespannt auf deine Überraschung. Und darauf, was mich erwartet.«

Ich ging hinter ihm her in den Flur, und er öffnete die Tür.

»Also dann …«, sagte er.

»Also dann …« Meine Stimme war kaum mehr als ein Flüstern. War es das jetzt wieder? Würde er wie beim letzten Mal durch diese Tür verschwinden, und ich würde ihn erst wiedersehen, wenn mir jemand nach dem Leben trachtete? War das alles, was uns verband?

Er drehte sich um, die Gesichtszüge gefroren, die Wangenknochen traten überdeutlich hervor, weil er die Zähne zusammenbiss. Dann beugte er sich vor, sein Atem streifte mein Ohr. »Manchmal machst du mich wahnsinnig«, presste er hervor und küsste mich auf die Wange, ehe er sich abwandte und die Treppe nach unten rannte, einer Flucht gleich.

Ich schloss leise die Tür und schlich zurück in die Küche. Dort stand der Stuhl, auf dem er gesessen hatte, noch etwas nach hinten gerückt. Auf dem Tisch die leere Bierflasche in einer Pfütze.

Noch während ich in die Betrachtung dieses Stilllebens versunken war, klingelte es erneut an der Tür. Ruhe schien mir heute nicht vergönnt.

Leon platzte an mir vorbei in die Wohnung und ging direkt in die Küche. Ich hörte ihn rumoren und vermutete ihn an dem Schrank, in dem ich die Schaumküsse aufbewahrte.

»Komm doch rein«, murmelte ich und ging hinterher.

Tatsächlich. Da stand der Zwerg, einen Schokokuss im Mund, einen in der Hand. Seine Augen leuchteten, und sein Gesicht strahlte.

»Ich habe ihn gefunden«, verkündete er, als er hinuntergeschluckt hatte.

»Wen hast du gefunden?«

»Na, das Kind, dem das Schnuffeltuch gehört. Mark hat mir gesagt, was ich tun soll. War er gerade bei dir?«

Ein forschender Blick aus Kinderaugen traf mich, und ich sah hinüber zum Tisch, auf dem einsam die Flasche stand.

Leon nickte. »Er war da. Wieso ist er schon wieder weg? Er kann doch kaum eine halbe Stunde hier gewesen sein.«

Ich zuckte mit den Schultern, sah Leon aber nicht an.

»Ich hab dir doch gesagt, dass du dir den warmhalten musst. Das ist ein cooler Typ! Du kennst überhaupt lauter coole Typen.«

So cool, dass sie mir manchmal an den Kragen wollten.

Ich seufzte und nahm die Bierflasche weg, um den Tisch zu wischen. »Das musst du mir erzählen. Das mit dem Kind, meine ich.«

Leon setzte sich, nahm einen weiteren Schokokuss aus der Schachtel und redete wie ein Wasserfall. Mark hatte ihm geraten, in der Umgebung Zettel und Plakate mit einem Bild des Schmusetuches aufzuhängen. Genau das hatte Leon gestern getan und schon heute Morgen einen Treffer gelandet. Eine Frau mit Kind war aufgetaucht, und als der Junge das Tuch sah, stürzte er sich sofort drauf. Für Leon bestand kein Zweifel, dass es dem Kind gehörte. Die Frau hatte ihn ausgiebig gelobt und ihm fünf Euro in die Hand gedrückt.

»Die schmeiße ich jetzt in mein Sparschwein für den X-Wing Starfighter. Bald reicht es.« Eifrig mampfte er weiter.

Ach ja, da war noch etwas. Ich stand auf und ging ins Schlafzimmer.

»Aber eines kann ich dir sagen«, tönte seine Stimme hinter mir her. »Detektiv will ich nicht mehr werden! Das viele Beobachten ist mir zu langweilig. Ich dachte, du hättest einen aufregenderen Job.«

Für mich mehr, als ich an Aufregung ertragen konnte, danke. Trotz allem war ich froh, dass Leon das Kapitel abgehakt hatte. Vielleicht wollte er nun doch Lokführer oder Raumfahrer werden.

Mit der Tüte in der Hand kehrte ich in die Küche zurück.

»Was hast'n da drin?« Er kaute schon wieder, deutete mit dem Kopf auf die Plastiktasche.

Ich nahm die Schachtel mit den Schokoküssen weg und stellte sie oben auf den Küchenschrank. Mit traurigen Augen folgte er meinem Tun, ich legte stattdessen die Tüte auf den Tisch und holte den Inhalt heraus.

Beim Anblick des bemalten Kartons begannen Leons Augen zu glänzen und seine Hände zuckten nach vorn, verharrten jedoch kurz vor der Packung. In seinem Gesicht spiegelte sich eine Mischung aus Freude und Angst, dass sie nicht für ihn bestimmt sein könnte.

»Nur zu«, nickte ich und schob ihm die Schachtel in die Hände. »Die gehört jetzt dir.«

»Wirklich? Unfassbar!« Einen Moment betrachtete er sie einfach nur. »Danke«, hauchte er hinterher, und ich wischte mir verstohlen über die Augenwinkel, als ich ihm zusah, mit welcher Ehrfurcht er die Packung öffnete und den Inhalt herausnahm.

»Warum?«

Weil ich dir noch Geld schulde. Aber das sagte ich nicht. »Weil du deinen ersten Fall gelöst hast. Und dann bekommt man ein Geschenk. Das ist bei jedem Detektiv so«, log ich.

»Hast du auch etwas bekommen?«

Ich versuchte mich zu erinnern. Tatsächlich, hatte mir Werner nicht damals einen Blumenstrauß überreicht? Ich nickte, weil ich wusste, dass er das Geschenk nicht annehmen würde, wenn er den wahren Grund kannte.

Ich stand auf und strich mir das Haar zurück. »Kommst du mit? Ich muss noch fertig streichen.«

Kurze Zeit später war es still in meiner Wohnung. Nur das Schlafzimmer war erfüllt vom Geräusch einer auf Tapete laufenden Farbrolle. Taubenblau, dachte ich trotzig. Und vom Klackern auf dem Boden liegender Legosteine.

Zum Teufel mit Mark!

SAMSTAG

Wie verabredet hatte Mark mich abgeholt. Bei meinem Anblick war ihm der Mund offen stehen geblieben, was ich mit einem koketten Lächeln quittierte. Ich wusste, dass mir das Fünfzigerjahre-Outfit mit Rüschenbluse und Petticoat hervorragend stand. Das rote Kleid trug ich in einer Kleiderhülle bei mir.

»Muss ich mich umziehen?« Er sah an sich herunter. Über einer Dreiviertelhose trug er ein Hemd mit offenem Kragen, dazu Flipflops. Es war brütend heiß.

»Nein, passt schon.«

»Aber du bist so …, so …«

»Wie?«

»Aufgebrezelt. Wunderschön«, schob er nach. »Da fühle ich mich nicht wohl in deiner Begleitung.«

»Das ist nicht tragisch«, tröstete ich ihn. »Bleib, wie du bist. Ich bin da kein normaler Gast.«

Aus seinen Augen sprachen Fragezeichen. »Verrätst du mir jetzt, wo wir hingehen?«

Ich schüttelte den Kopf und lächelte in mich hinein. Er hatte keine Ahnung, wie verdammt aufgeregt ich war. Nicht nur wegen ihm.

Wir waren nach Neu-Ulm gefahren und zu Marks wachsendem Erstaunen durch die Glacis-Anlagen gewandert. Vorbei am Brunnen, bis wir vor mehreren Pavillons standen, an denen Getränke und Häppchen serviert wurden. Weiter hinten war eine große Freilichtbühne aufgebaut, davor Tische zu Inseln gruppiert, die festlich gedeckt waren.

Lou nahm uns in Empfang und schnalzte bei Marks Anblick mit der Zunge, ehe er die Augen über seinen Körper gleiten ließ und zufrieden nickte.

»Sieh an, der Kommissar«, freute er sich und strahlte Mark an. Kein bisschen böse darüber, dass der ihn noch vor wenigen Wochen für einen Mörder gehalten hatte. »Wie komme ich zu der Ehre?«

»Er ist meine Begleitung«, lächelte ich Lou an und küsste ihn links und rechts auf die Wange, ehe er mich drückte.

»Ich habe gehört, was du schon wieder angestellt hast. Gottchen, Kind, kann man dich nicht einmal allein lassen? Immer bringst du dich in Gefahr.« Mit gespielt bösem Blick wandte er sich an Mark. »Können Sie nicht ein bisschen besser auf sie aufpassen?«

Mark war verstummt. Schon längere Zeit hatte kein Wort seine Lippen verlassen.

Lou lachte ihn an und gab ihm einen Klaps auf den Arm. »Kommen Sie schon, das war doch nur ein Scherz! Wer wird denn gleich …?«

»Lou, wärst du so nett, dich um ihn zu kümmern?«, fragte ich zuckersüß und lächelte Mark an. Seine Augen flackerten. Unwohlsein? War es Angst? Sieh an, der coole Mark Heilig wurde nicht damit fertig, dass ihn ein schwuler Klubbesitzer anbaggerte.

»Aber klar. Da hinten gibt es einen Flemmingtisch, da ist noch Platz für den Kommissar. Ein richtiger Familientisch.«

Herrje, meine Mutter! Sie thronte mit meinem Bruder am Tisch und winkte aufgeregt zu uns herüber. Die hatte ich völlig vergessen. Auf der anderen Seite neben ihr standen Conny und Dennis und blickten mich erwartungsvoll an. Was nun? Es war zu spät. Lou bugsierte Mark am Ellbogen durch die Menge, beugte sich zu meiner Mutter hinunter und küsste ihr die Hand, ehe er Mark den Stuhl zwischen ihr und Conny zurechtrückte und ihm die Hand auf die Schulter legte.

Ich sah den Blick, den Mark und Sebastian sich zuwarfen, und schloss die Augen. Ich hatte nicht gewollt, dass er meine Mutter kennenlernte. Zumindest nicht, wenn ich nicht dabei war.

Fanny zerrte an meinem Arm. Sie trug einen kurzen schwarzen Rock und eine Spitzenbluse, in der Hand ein Tablett.

»Mach, dass du hinter die Bühne kommst!«, raunte sie mir zu, und ich wandte mich um. Tatsächlich, hinter der Bühne, für alle sichtbar, standen Andreas und Cosima in trauter Unterhaltung.

»Wenn du dafür sorgst, dass dem Tisch dort drüben der Alkohol nicht ausgeht«, zischte ich zurück und deutete auf meine Familie und Mark.

Fanny zog eine Braue nach oben. »Deine Mutter?«

Ich nickte, während Fanny kicherte. »Und der Mann dort ist ihr Sohn. Also dein Bruder. Unverkennbar. Deine Freundin mit Mann?«, tippte sie weiter, und ich nickte. »Und wer ist der leckere Typ, um den Lou herumtanzt wie ein Schmetterling auf der Balz?«

»Das ist Mark.«

Fanny guckte mich einen Moment fragend an, ehe sie die Lippen zu einem erfreuten »Ah« öffnete und in ihrem Kopf ein Kronleuchter anging. »Der Typ, bei dem du vorübergehend gewohnt hast?«

Ich nickte.

Fanny kniff die Augen zusammen und musterte Mark eingehend. »Aber das ist doch der Kommissar, der neulich wegen Lou hier war. Und jetzt hat sich Lou in ihn verguckt. Und er sitzt mit deiner Mutter an einem Tisch. Während du singen sollst.« Sie überlegte einen Moment. »Das ist lustig.«

Sehr lustig. »Füll Mark einfach ab, vielleicht überlebt er es. Im besten Fall erinnert er sich morgen an nichts.«

»Willst du das wirklich?«

Ich nickte grimmig.

Fanny gluckste, als sie auf den Tisch zusteuerte und mit katzenfreundlichem Lächeln Gläser darauf abstellte. Ich konnte nicht hören, was gesprochen wurde, fing aber Marks erleichterten Blick auf. Er wollte mich zu sich bitten, doch ich schüttelte den Kopf und drehte mich weg. Ich wusste, wenn ich noch ein paar Sekunden hier stünde, verließ mich der Mut und ich würde alle sitzenlassen.

Andreas wartete auf mich. »Bist du bereit?« Aus seiner Stimme klang Anspannung, er strich sich mit der Hand über das Haar, band den Pferdeschwanz neu.

»Ich dachte schon, du kneifst.« Cosimas Busen wogte. Ihr Gesicht war übertrieben geschminkt, und sie trug ein schwarzes, weit ausgeschnittenes Kleid.

»Eher friert die Hölle ein«, keifte ich zurück und merkte, wie sehr sie den Finger in die Wunde legte. Wäre es besser, ich würde einen Rückzieher machen? Einfach verschwinden?

Andreas hielt mich am Ellbogen fest, und es fühlte sich an, als wäre er in einem Schraubstock eingeklemmt.

»Oh nein, Prinzessin, du bleibst schön hier. Lou begrüßt jetzt die Gäste und dann bist du dran.«

War ich so einfach zu durchschauen?

»Und du, hör auf zu stänkern«, fuhr er Cosima barsch an, und sie zuckte erschrocken zurück. Auch mich irritierte der Klang seiner Stimme. Sie machte mir Angst.

Ich hatte keine Gelegenheit mehr, darüber nachzudenken, was Andreas in einem früheren Leben getan haben mochte. Lou hüpfte auf die Bühne und gab seiner überschäumenden Freude über das zahlreiche Erscheinen seiner Gäste Ausdruck. Dann wünschte er einen schönen Abend und hoffte, dass alle gemeinsam ein tolles Sommerfest verbringen würden. Zu guter Letzt bat er, sich an Häppchen und Cocktails schadlos zu halten, es sei genug für alle da.

Ich erhaschte einen Blick auf Mark, der sich krampfhaft an einem Cocktailglas festhielt, während meine Mutter ohne Punkt und Komma auf ihn einredete. Sebastian saß stumm daneben und starrte ins Leere, während Conny und Dennis tuschelten.

»Und nun freue ich mich, Ihnen einen besonderen Act ankündigen zu dürfen. Viele, vor allem die Stammgäste, kennen und lieben sie. Für manch anderen wird es eine Überraschung geben, mit der er nicht gerechnet hat.«

Ich fing Marks Blick auf, als ich die Treppe zur Bühne hinaufschritt. Seine Augen saugten sich an mir fest, und obwohl ich längst zu Lou blickte, spürte ich sie noch immer auf mir ruhen.

»Schlampe!«

»Blöde Kuh!«, zischte ich zwischen zusammengebissenen Zähnen zu Cosima zurück und lächelte krampfhaft. Lou reichte mir die Hand und ergriff meine galant, dann strahlte er mich an.

»Für mich ist sie mittlerweile eine Freundin, auf die ich mich hundertprozentig verlassen kann, und ich bin froh, dass es sie gibt. Einen solchen Menschen kennen zu dürfen, ist ein Geschenk. Das hat sie mir erst vor ein paar Wochen bewiesen, als sie mir aus einer bösen Patsche herausgeholfen hat. Danke.«

Lou übertrieb maßlos. In seinen Augenwinkeln glitzerte ein Tränchen, und auch ich hatte plötzlich einen dicken Kloß im Hals, als er mich umarmte und mir das Mikrofon in die Hand drückte.

Das Licht ging für einen Moment aus, und ich suchte im Publikum nach einem Tisch, an dem ich mich festhalten konnte. Dann erfasste mich der Strahl eines einzelnen, dünnen Scheinwerfers. Es war still, ich blickte zu Boden und atmete durch. Der Takt wurde leise eingezählt, und zusammen mit dem Klavier setzte meine Stimme ein.

»A long, long time ago, I can still remember how that music used to make me smile.«

Ich atmete ein und sang weiter.

»And I knew if I had my chance, that I could make those people dance, and, maybe, they'd be happy for a while. But february made me shiver, with every paper I'd deliver. But something touched me deep inside, the day the music died.«

Es ging wunderbar, die ersten Töne kamen mir wie befreit über die Lippen. Ich warf den ganzen Ballast der letzten Tage von mir und sang einfach nur. Hoffte, mit meiner Musik das Publikum zu berühren. Das war alles, was ich wollte. Ich sang, als hätte ich nie etwas anderes getan.

Als ich geendet hatte, brandete Applaus auf.

Sebastian klatschte, als gäbe es kein Morgen mehr, meine Mutter etwas weniger enthusiastisch, der Blick verunsichert. Conny grinste, und Mark saß da und starrte mich mit offenem Mund und großen Augen an.

Ich fühlte mich herrlich, verteilte Handküsschen, winkte noch einmal und ging von der Bühne.

Andreas klatschte langsam in die Hände und nickte. »Das klappt, ich habe ein gutes Gefühl. Das war klasse, Prinzessin!«

Cosima war an der Reihe, und ich mischte mich unter die Gäste. Meine Mutter stürzte sich auf mich und legte mir den Arm um die Schulter.

»Kind, warum hast du nie erzählt, dass du singst? Und so wundervoll! Das muss in der Familie liegen. Ein Künstlergen.«

Sie strahlte mich an, ganz überstolze Mutter. Wo war sie in den letzten Jahren gewesen?

Fanny brachte mir einen Cocktail, und ich war froh, dass ich mich ihr für einen kurzen Moment entwinden konnte. Ich nahm einen vorsichtigen Schluck und spürte die Saft gewordene Versuchung in Form eines Jamaica Juicer durch meine Kehle rinnen. Erleichtert atmete ich auf.

»Wissen Sie, ich bin auch Künstlerin«, wandte sich

meine Mutter an Mark, der gequält lächelte und mir einen hilfesuchenden Blick zuwarf.

Lou kam zu uns und strahlte über beide Wangen. »Ist sie nicht ein Schatz?« Stolz schwang in seiner Stimme, als wäre er mein Vater und ich hätte soeben das Seepferdchen gemacht. Mit einem liebevollen Blick sah er mich an, und darüber freute ich mich ganz besonders.

Während wir zusammenstanden und sich die Meute langsam beruhigte, packte Mark mich am Arm. Urplötzlich zerrte er mich weg von der Gruppe, die sich in Lobeshymnen über Gesang und Malerei erging. Ich stolperte verunsichert hinter ihm her, bis er unter einer ausladenden Kastanie stehenblieb. Kein Ton war ihm über die Lippen gekommen, seit ich die Bühne verlassen hatte. Hatte es ihm gefallen? Ich merkte auf einmal, wie wichtig mir das war.

Wortfetzen vom Fest drangen zu uns herüber, Cosima sang. Ich sah auf zu Mark und wusste nicht, was ich von seinem Gesichtsausdruck halten sollte. Forschend sah er mich an, schwieg einen Moment.

»Wer bist du?«, fragte er dann, hielt mich auf Armeslänge von sich entfernt und sah mich mit dem neugierigen Blick eines Forschers an, der ein exotisches Tier zu Gesicht bekommt.

»Ich bin ich«, antwortete ich, unsicher, was ich sagen sollte, weil ich nicht wusste, was er erwartete. War das nicht egal? Nein, gestand ich mir ein, war es nicht. »Schon seit Jahren. 28, um genau zu sein.«

Seine Augen glühten, mein Handgelenk hielt er noch immer fest umklammert. Sein Atem ging schwer.

»Du bist anders als damals. Verdammt, da warst du schon … anders.«

»Weil du mich nicht ins Bett gekriegt hast? Wie all die anderen Mädchen?«

Er zuckte ertappt zusammen, ließ meine Hand los und wandte sich ab. »Du machst mich fertig.«

War das alles? Hatte es ihm die Sprache verschlagen?

Ich musste zurück, ich war als Nächste dran. Und dann stand mir der größte Auftritt bevor. Der, vor dem ich so Bammel hatte, dass ich am liebsten nach Hause ging. Den ich besser nicht zugesagt hätte.

Marks Stimme drang durch die Stille. »Warum hast du mich nicht vor deiner Mutter gewarnt?«

»Nun, es gibt Theorien, dass ich in der Klinik vertauscht wurde«, brachte ich schnell hervor.

Das jungenhafte Grinsen kehrte auf sein Gesicht zurück und ein liebevoller Blick streifte mich. »Ich weiß jetzt alles über heilende Kräuter, die berauschende Wirkung irgendwelcher Mittelchen, Aphrodisiaka, …«

Ich schloss die Augen. Bitte nicht. Das hatte sie nicht getan.

»Und zu guter Letzt interessiert mich brennend, wie es deine Mutter geschafft hat, mit der Toten aus deinem letzten Fall Kontakt aufzunehmen.«

Ich drehte mich um und ließ ihn stehen. Selbst auf der Bühne stehen und unmögliche Lieder singen war einfacher, als darüber zu reden.

Was war los mit Mark? Wenn er aus mir nicht schlau wurde, wie sollte ich aus ihm schlau werden? Er zog mich zu sich heran, zwang mich, die Beherrschung zu verlieren, nur um mich kurz darauf wieder von sich zu stoßen und sich nicht mehr zu melden. Im einen Moment sah er mich an mit einem Blick, als könne er jeden Moment auf mich losgehen, im nächsten leuchtete Wärme, die nur für mich bestimmt zu sein schien. Wenn ich ihn in den Wahnsinn trieb, was tat er mit mir?

Auch das nächste Lied ging mir leicht und locker von den Lippen. Ich hatte selten so viel Spaß gehabt beim Singen. Caro Emeralds *A night like this* war dazu hervorragend geeignet.

»I have never dreamed it, have you ever dreamed a night like this? I cannot believe it, I may never see a night like this. When everything you think is incomplete. Starts happening when you are cheek to cheek. Could you ever dream it? I have never dreamed, dreamed a night like this.«

Ich fühlte mich, als gehöre mir heute Abend die Welt. Berauschte mich an meinem Publikum, den bewundernden Blicken, dem Stolz meiner Familie. Und nicht zuletzt an Marks Verwirrung.

»Süße, du bist spitze!«, raunte Fanny mir zu und drückte mir ein weiteres Glas in die Hand, als ich wieder unten stand. Ich musste aufpassen, wenn ich noch singen wollte. Das Bravourstück lag noch vor mir.

»Du machst mich wahnsinnig«, raunte Mark mir zu und packte mich um die Hüfte. Seine Hand lag auf meinem Po, während sein Atem über mein Ohr strich. »Ich würde dir gern zeigen, was ich mir von dieser Nacht erhoffe.«

Ich schluckte, sah ihm in die Augen und blickte schnell wieder weg. Nackte Gier und Verlangen sprachen daraus und entfachten in meinem Bauch ein wahres Feuerwerk.

»Am liebsten würde ich mit dir im Gebüsch verschwinden.«

Ich unterdrückte ein Keuchen. Er hatte ja keine Ahnung, wie sehr ich mir eben das auch wünschte. Mein Herz klopfte zum Zerspringen, und ich nahm einen Verlegenheitsschluck.

»Ich bin ja so stolz auf dich, Kind«, platzte meine Mutter dazwischen. »Jetzt kommst du aber auch zur Vernissage.«

Ich nickte, unfähig zu sprechen.

»Deine Mutter hat mich gefragt, ob ich Tee servieren könnte. Sie hat an einen Kaftan als Garderobe für die Kellner gedacht.«

Ich verschluckte mich und hörte Conny neben mir prusten. Bitte, nein! Das hatte sie nicht getan!

»Mutter!« Warum musste sie mich mit ihren albernen Spinnereien blamieren?

Mark lachte ein befreites Lachen, und ich stimmte schließlich ein. Mark in einem Kaftan war eine zu komische Vorstellung.

»Er will auch nicht.« Enttäuschung schwang aus ihrer Stimme. »Vielleicht dein Freund Lou? Der scheint einen Hang zu extravaganter Kleidung zu haben.«

Ich ließ alle stehen, ehe Mark über mich herfallen konnte. Seine Berührungen waren wie zufällig, aber sie jagten mir Schauer über den Körper und hinterließen brennende Spuren, wo seine Finger über meine Haut strichen. So konnte ich mich unmöglich konzentrieren. Außerdem musste ich mich umziehen. Ich schlüpfte in einen Container und dort in mein rotes Kleid.

»Soll ich es zumachen?«, raunte eine Stimme aus der Dunkelheit, und ich zuckte zusammen. Ich brauchte mich nicht umzudrehen, um zu sehen, wer da im Dunkeln saß. Meine Nackenhaare stellten sich auf, und ein Prickeln lag in der Luft, ganz anders als das zuvor bei Mark.

Er stand auf, bewegte sich auf mich zu. Wie selbstverständlich trat er hinter mich und zog den Reißverschluss meines Kleides nach oben.

Ich blieb stumm stehen, konnte mich nicht bewegen, war wie erstarrt. Ich hatte Gänsehaut, fühlte mich nackt, nicht nur körperlich.

»Hör mal, Prinzessin, …« Er stand noch immer hinter mir, berührte mich aber nicht. Sein Mund war nah an meinem Ohr, seine Stimme ein eindringliches Flüstern.

Ich versuchte, mich darauf zu konzentrieren, dass ich atmete und nicht erstickte.

»Du hast in letzter Zeit zweimal ganz schön Mist gebaut. Ich will, dass du weißt, dass ich dein Freund bin. Ich helfe dir, wenn du Hilfe brauchst. Aber ich dränge mich nicht auf. Du solltest ein bisschen besser auf dich aufpassen.«

Er schwieg, außer unserem Atem war nichts zu hören. Doch seine Worte jagten mir erneut Schauer über den Rücken. Einen Moment blieben wir noch stehen, dann trat er zurück und gab mir einen Klaps auf den Po. Ich drehte mich empört um, er grinste. War es zu fassen! Andreas grinste!

»Und jetzt geh raus und rock das Ding! Ich weiß, dass du es kannst.« Damit wandte er sich um und verschwand.

Ich brauchte einen Moment, um mich zu sammeln. Es wurde alles ein bisschen viel. Ich setzte mich auf die schmale Bank und versuchte, an nichts zu denken. Bis Fanny an die Tür hämmerte.

»Jule? Jule? Bist du da drin?«

Ich nickte, die Tür öffnete sich.

»Alle suchen dich. Was machst du da?« Sie hatte die Hände in die Hüften gestemmt und sah mich mit schief gelegtem Kopf an. Offenbar interpretierte sie die Situation falsch. »Komm raus da! Jetzt ist nicht die Zeit zum Kneifen! Cosima steht draußen und wartet auf deinen Untergang. Der Hexe müssen wir es zeigen. Mach schon!«

Sie zerrte mich am Arm von der Bank und schleppte mich hinter sich her.

»Rauf da jetzt auf die Bühne«, flüsterte sie. Lou sprach schon wieder zu seinen Gästen und kündigte den nächsten Auftritt an.

Ich ging auf die Bühne. Vorbei an Cosima, die mich auf meiner Hinrichtung begleiten würde.

Andreas nickte mir beruhigend zu, und da wusste ich, dass ich es schaffen würde. Ich trat neben Lou, das Licht erlosch. Ich schloss die Augen, den Kopf auf den Boden gesenkt. Dann merkte ich, wie ich in Licht getaucht wurde, und hörte das Klavier einsetzen. Ich hob den Kopf, öffnete die Augen und begann zu singen. Die schönste Ballade, die es für mich je gegeben hatte.

»I'll sing it one last time for you, then we really have to go. You've been the only thing that's right, in all I've done. And I can barely look at you, but every single time I do, I know we'll make it anywhere, Away from here. Light up, light up. As if you have a choice. Even if you cannot hear my voice, I'll be right beside you dear.*«

Ich sang mich in einen Rausch, schwebte über dem Boden, nichts um mich herum nahm ich mehr wahr. Es gab nur mich, diese Bühne, dieses Lied. Die Musik hüllte mich ein, in einen warmen, gigantischen Mantel, aber ich trug ihn.

»Light up, light up. As if you have a choice. Even if you cannot hear my voice, I'll be right beside you dear. Louder, louder, and we'll run for our lives, I can hardly speak I understand, why you can't raise your voice to say.«

---

* aus *Run*, in der Version von Leona Lewis

SONNTAG

Vom Rest des Abends wusste ich nicht mehr viel. Ich war wie im Rausch von der Bühne gestolpert, in Arme gefallen, die mich gedrückt hatten, von Personen, die mich geküsst und beglückwünscht hatten. Selbst in Cosimas vor Neid gelbes Gesicht hatte sich ein Hauch Bewunderung geschlichen. Zumindest bildete ich mir das ein.

Ich hatte mich an Fannys Cocktail schadlos gehalten, ohne dass mir der Alkohol in den Kopf gestiegen war. Und schließlich waren wir in Marks Bett gelandet und hatten uns geliebt, als gäbe es kein Morgen. Kein Wort war mehr zwischen uns gefallen, unsere Hände und Körper hatten gesprochen, und erst am frühen Morgen waren wir in einen erschöpften Schlaf gefallen.

Nun saß ich in der *Hundskomödie* auf einer Bank im Garten und wartete auf die bestellte Pizza Parma. Mark hatte mir gegenüber Platz genommen und sah mich mit einem versonnenen Lächeln an. Ich war am Verhungern.

»Warum hast du niemandem gesagt, dass du singst?«

Ja, warum eigentlich? Ich zuckte mit der Schulter. »Weil es niemanden etwas angeht? Vielleicht?«

»Na, jetzt weiß es die halbe Welt.« Mark grinste und griff über den Tisch hinweg nach meiner Hand. Es fühlte sich schön an. »Und das ist auch gut so, das hättest du uns nicht weiter vorenthalten dürfen.«

Unsere Pizzas kamen, und wir lösten uns voneinander. Der Duft von frisch gebackenem Hefeteig, Olivenöl und

Tomaten drang in meine Nase, und mir knurrte augenblicklich der Magen. Kein Wunder, waren wir ja kaum aus dem Bett gekommen, um etwas zu essen …

Mark seufzte, während ich schon aß. Die Pizza war ein Gedicht.

Ich sah auf. »Probleme?«

Er nickte kaum merklich. »Morgen muss ich wieder ins Büro.«

»Da ist nichts mehr mit Ausschlafen«, feixte ich, obwohl ich selbst arbeiten musste.

Doch Mark lachte nicht.

»Was ist los?« Ich sah ihn forschend an, wie er mit einer Verbissenheit seine Pizza zerteilte, als wolle er mit der Gabel den Garten umgraben.

»Die Weiner-Sache …«

»Ich habe sie dir vermasselt.« Ich legte das Stück auf den Teller, das ich eben noch in der Hand gehalten hatte, und lehnte mich zurück. Mir war der Appetit vergangen. War das ein typisches Mark-Manöver? Zuerst mit mir in die Kiste gehen, um dann das Gewitter über mich hereinbrechen zu lassen?

Mark antwortete nicht, starrte stattdessen konzentriert auf seinen Teller.

»Was ist? Wenn du mich zusammenscheißen willst, ist jetzt der geeignete Zeitpunkt. Du hattest, was du wolltest, alles ist gut. Raus damit.« Ich konnte nicht verhindern, dass ich lauter wurde, und merkte selbst, wie gehässig ich in meinen Ohren klang.

Überrascht sah Mark auf, blickte mich einen Moment an und legte ebenfalls die Gabel zur Seite. Er langte über den Tisch nach meiner Hand, die ich ihm unwirsch entzog.

»Du glaubst, dass ich dir deswegen den Kopf abreiße?«

Ich starrte ihn stumm an.

»Sicher nicht. Das ist dumm gelaufen. Im Grunde ist der junge Weiner schuld. Ach was, vermutlich Brunker. Oder wer auch immer. Es war einfach eine Verkettung unglücklicher Umstände. Ich bin dir doch nicht böse.« Er sah mich treudoof an. »Außerdem hast du mir das Leben gerettet.«

»Na, dann sind wir jetzt quitt.«

Einen Moment sahen wir uns an, dann kicherten wir beide. Die Spannung löste sich, und ich war unendlich dankbar.

»Magst du mir erzählen, was los ist?«

Mark zuckte mit der Schulter und aß weiter. »Wir hatten die Spedition schon länger am Wickel, weil wir wussten, dass da Drogen geschmuggelt wurden. Wir wollten mehr wissen, wer die Hintermänner sind und so weiter. Deswegen haben wir sie beobachtet. Wir wussten, dass Kempf und Öclan dahintersteckten, aber wir haben sie gewähren lassen. Zumindest für den Moment, bis wir das Nest ausheben könnten.« Er aß einen Bissen. »Aber dazu kommt es ja nun nicht mehr.«

Ein bisschen schuldbewusst war ich schon, auch wenn ich eigentlich nichts dafür konnte.

»Wie geht es Kempf?«

»Weiterhin kritisch. Er liegt auf der Intensiv, und die Ärzte wissen noch nicht, ob er durchkommt.«

Beklommen aß ich weiter. In kleinen Bissen, ich hatte keinen Hunger mehr.

Am Tisch hinter uns wurde es laut, und ich drehte mich kurz um. Eine Gruppe Geschäftsleute, alle in Anzughose, die Krawatten gelockert und die Sakkos über dem Arm hängend, nahm am Tisch hinter meinem Rücken Platz. Ich bekam einen Ellbogen ab und drehte mich erneut um, doch der Mann hinter mir entschuldigte sich nicht, sah mich noch nicht einmal an. Ärgerlich rückte ich ein Stück ab und konzentrierte mich auf meine Pizza.

»Niederberger?«, fragte ich aufs Geratewohl und nahm den Faden wieder auf.

Mark schüttelte den Kopf. »Wie es scheint, hat er tatsächlich eine saubere Weste.«

War es zu fassen! Die ganze Zeit hatte ich ausgerechnet den im Visier gehabt, der an allem unschuldig war. Dabei hatte er sich mit seiner Vergangenheit und seinem Gehabe wie der perfekte Verdächtige präsentiert.

Wir aßen schweigend. Am Tisch hinter uns war es ruhiger geworden, offenbar waren die Herren in die Lektüre der Speisekarte vertieft. Eine Kellnerin trat an ihren Tisch und fragte nach den Wünschen.

»Zuerst eine Runde Prosecco, die geht auf mich.«

Die Zeit stand still, das Blut gefror in meinen Adern, und in meinen Ohren hörte ich nur mehr ein Rauschen, aus dem sich diese Stimme herausschälte. Diese Stimme, die Prosecco bestellt hatte. Als gäbe es sonst nichts auf der Welt. Die Stimme des Mörders meines Vaters …

ENDE

DANKSAGUNG

Schreiben scheint doch kein so einsamer Job zu sein, wie man immer denkt. Denn auch diesmal haben mir viele Menschen geholfen.

Herzlich bedanke ich mich bei meinen Plot-Kollegen aus dem Montségur-Autorenforum Lea Korte, Moritz Hampel, Melanie Lahmer, Charlotte Lyne, Stephanie Schmitt und natürlich Andrea Schacht. Ihr alle habt mir geholfen, eine schöne Geschichte noch runder zu machen. Außerdem habt ihr mir auf eindrucksvolle Weise gezeigt, dass im Internet entgegen landläufiger Meinung doch Freundschaften entstehen können.

Danke meinen Testlesern Sylvia Stuckmann, Dorit Kostall, Fritz Fassbinder und wiederum Melanie Lahmer und Moritz Hampel, die mir geholfen haben, einen schönen Einstieg in die Geschichte zu finden.

Meiner Freundin Manu Buschhüter danke ich herzlich. Sie hat nicht nur für den besten Spruch im Buch gesorgt, sie unterstützt mich zusammen mit Michael Böhm als *Manu & Micha* auch gesanglich bei meinen Lesungen. Jule hätte es nicht besser gekonnt.

Meinem Mann danke ich nicht nur für das Lesen und die kritischen Anmerkungen in Sachen Motorradfahren, sondern auch für seine Unterstützung und seine Liebe. Es war nicht einfach, trotzdem hat er an mich geglaubt und immer zu mir gehalten. Und mir den nötigen Freiraum verschafft, wenn es terminlich eng wurde.

Mein besonderer Dank gilt meiner Mutter Karin, die mich immer unterstützt hat und mir auch diesmal ein kritischer Testleser war. Leider darf sie diesen Tag nicht mehr miterleben.

Nein, so einsam scheint Schreiben nicht zu sein. Ich kann mich getrost auf das Schreiben des nächsten Buchs freuen!

REZEPTE

Spaghetti à la Bolognese

1 kg Rinderhackfleisch
Olivenöl
4 Zwiebeln
5 Karotten
½ kleiner Sellerie
4 Knoblauchzehen
250ml trockener Rotwein
5–6 EL Tomatenmark
3 Dosen gehackte Tomaten
1 Packung passierte Tomaten
¾ l Gemüsebrühe
Salz, Pfeffer
1 Bund Blattpetersilie
Frisches Basilikum
Frischer Thymian
3 EL Zucker

Olivenöl in einem großen Topf heiß werden lassen. Hackfleisch und gehackte Zwiebel darin anbraten, salzen und pfeffern. Fein gehackte Karotten, Sellerie und Knoblauch dazugeben und zusammen mit gehackter Petersilie mitbraten. Mit Rotwein angießen und fast verkochen lassen. Anschließend das Bratgut zur Seite schieben, und auf der freien Fläche das Tomatenmark kurz anbraten. Alles mischen und mit Tomaten und Brühe ablöschen. Mit Salz, Pfeffer und Zucker würzen und abschmecken.

Am besten 3–4 Stunden köcheln lassen, dabei gelegentlich umrühren.

Am Ende gehackte Kräuter nach Geschmack unterziehen und zusammen mit Pasta und frischem Parmesan servieren.

Cantuccini-Tiramisu

250 g Mascarpone (kann man zur Hälfte durch Quark ersetzen)
Cantuccini
50 g Zucker
2 Eigelb
Amaretto
1 Dose eingelegter Pfirsiche
Mandelblätter

Cantuccini in einer flachen Auflaufform auslegen. Mit Amaretto und Saft der Pfirsiche gut beträufeln. Mascarpone mit Zucker und Eigelb verrühren und die Creme auf den Cantuccini verteilen. Mit Pfirsichspalten belegen und geröstete Mandelblätter darüberstreuen.

Rindersteak mit Schokoladen-Chili-Soße und Kartoffelpuffer

2 Rindersteaks, mindestens 3 cm dick
Butterschmalz
25g Bitterschokolade
1 TL Puderzucker
70 ml Sahne
50 ml Gemüsefond
2 EL Rotwein
1,5 EL Balsamico Essig
1/2 rote Chilischote
1 Birne
700 g mehlige Kartoffeln
1 Ei
Salz, Pfeffer, Majoran
etwas Mehl zum Binden

Für die Soße den Puderzucker im Topf zerlassen und mit Rotwein und Balsamico Essig ablöschen. Anschließend Gemüsefond und Sahne hinzugeben und kurz aufkochen lassen. Von der Kochstelle nehmen und etwas abkühlen lassen. Dann die Schokolade dazugeben und unter Rühren langsam schmelzen. Die Chilischote längs halbieren, von den Kernen befreien und in winzige Würfel hacken. Je nach Geschmack gewünschte Menge zur Soße geben.

Butterschmalz in einer Pfanne heiß werden lassen. Das Steak in das heiße Fett geben und von beiden Seiten je ca. zwei Minuten scharf anbraten. Anschließend aus der Pfanne nehmen und bei 60–70°C im Backofen je nach

Dicke und gewünschtem Garpunkt ziehen lassen. Erst kurz vor dem Servieren salzen und pfeffern.

Birne vom Kerngehäuse befreien und in Spalten schneiden. In der gleichen Pfanne die Birnenspalten anbraten.

Für die Kartoffelpuffer Kartoffeln schälen und reiben. Mit verquirltem Ei vermengen, klein gehackten Majoran hinzugeben und kräftig salzen und pfeffern. Mit etwas Mehl abbinden. Dabei sollte schnell gearbeitet werden, weil die Kartoffeln sonst eine unschöne gräuliche Färbung annehmen. In heißem Butterschmalz kross herausbacken.

Steak und Kartoffelpuffer mit Birnenspalten und Soßenspiegel auf einem vorgewärmten Teller anrichten.

Gebackene und flambierte Erdbeeren

500 g Erdbeeren
Mark einer Vanillestange
50g Puderzucker
3 EL Zitronensaft
Schale einer halben Zitrone
100 ml Weißwein

Vermengen und über Nacht zugedeckt im Kühlschrank ziehen lassen. Anschließend Erdbeeren abtropfen lassen und Saft auffangen.

Außerdem:
Zucker
Butter
1 EL Mehl
1 Ei trennen
gehackte Mandeln
Rum, mindestens 54 Vol%, eher mehr

Etwas Zucker in eine feuerfeste Form geben. Darauf die Erdbeeren geben.

Etwas Butter in einer Pfanne zerlassen und Mehl unterrühren. Hellbraun rösten und mit aufgefangenem Erdbeersaft ablöschen. Alles zum Kochen bringen, dann das Eigelb unterrühren. Vom Eiweiß Schnee schlagen und vorsichtig unterziehen.

Die Masse auf die Erdbeeren geben und mit gehackten Mandeln bestreuen. Alles ca. 10 Minuten bei 200°C im vorgeheizten Ofen backen. Form herausnehmen, 3 EL Rum darübergeben und flambieren.

Jamaica Juicer

9 cl Ananassaft
6 cl Maracujasaft
3 cl Pfirsichsaft
5 cl Passoa
5 cl weißer Rum
Crushed Eis

Die Säfte mit Passoa und dem Rum mischen, im Shaker mixen und auf Crushed Eis im Fancyglas servieren.

GLOSSAR

Jule Flemming (28): Vom Leben und der Liebe enttäuschte Privatdetektivin mit Anpassungsschwierigkeiten. Getrieben vom unbedingten Willen, den Mörder ihres Vaters zur Strecke zu bringen.

JULES FAMILIE:

Elisabeth Flemming (47): Jules Mutter. Freischaffende Künstlerin mit Hang zu Übernatürlichem.

Fritz Flemming (vor 14 Jahren verstorben): Jules Vater. Erfolgloser Entertainer, Opfer eines Mörders, dessen Stimme Jule gehört hat. Sie sucht ihn noch immer.

Sebastian Flemming (23): Jules kleiner Bruder. Zieht Schwierigkeiten magisch an, aus denen Jule ihn ein ums andere Mal herauspauken muss, ist aber ein begnadetes Computergenie.

JULES JAZZ-FAMILIE:

Gregor »Lou« Falke (45): Hysterischer, übergewichtiger Besitzer des *Jazz-Kellers*, der mit seinen Smokings und Hüten wie eine zu klein geratene Kopie von Lou Bega daherkommt. Im Dauerliebesstress mit Freund Hannes.

Fanny Mahler (23): Bedienung im *Jazz-Keller*, die ihren Traum von der Ausbildung zur Kosmetikerin noch nicht begraben hat. Mit Jule verbindet sie mehr als nur das schlechte Verhältnis zu Cosima.

Cosima Ziegler (32): Singender Vamp im *Jazz-Keller*, der ständig seine Wirkung auf andere probt und dabei nicht nur bei Jule aneckt. Hat ein kleines, wohlgehütetes Geheimnis.

Andreas (38): Schweigendes Geheimnis des *Jazz-Kellers* mit großer, ständig sabbernder rotbrauner Dänischer Dogge, die auf den zarten Namen »Flocki« hört. Keiner weiß, wo er herkommt und was er macht, doch sein Blick verursacht Gänsehaut.

JULES ARBEIT:

Werner Simon (51): Jules Arbeitgeber und Inhaber der *Privatdetektei Simon*. Er hat sie in größter Not aufgefangen und ihr eine Zukunft gegeben. Gutmütiger Brummbär, der gefährlicher wird, je leiser seine Stimme wird.

Anna Jost (53): Einsame Herrscherin über das Chaos in der Detektei, die einen ständig pupsenden Dackel und einen Rocker mit Motorrad ihr Eigen nennt.

WER SONST NOCH ETWAS MIT JULE ZU TUN HAT:

Mark Heilig (30): Früher ein Weiberheld, jetzt Kriminalkommissar. Seinem Charme wäre Jule während ihrer gemeinsamen Ausbildung beinahe erlegen. Jetzt freuen sich beide über das Wiedersehen. Und fürchten es mindestens ebenso sehr.

Jochen Eigner (30): Jules Exkollege von der Polizei, der schon damals wusste, dass mehr hinter ihrer unnahbaren Art stecken musste. Guckt dem Geplänkel zwischen Jule und Mark amüsiert zu.

Conny Schmied (28): Jules beste Freundin, mit Mann, zwei Kindern und Haus. Conny sehnt sich manchmal nach Jules Freiheit, Jule wünscht sich insgeheim die Geborgenheit in Connys Familie.

Leon Master (8): Jules kleiner Freund, der mit seiner Mutter Barbara in die Wohnung unter Jule eingezogen ist. Er fällt nicht nur durch seine Intelligenz auf, sondern auch dadurch, dass er beinahe unheimlich viel sieht und hört.

Liebe Leserinnen und Leser,

Schreiben, ein einsamer Job? Mitnichten!

Erleben Sie in folgender Kurzgeschichte, was es heißt, wenn sich zwei Autoren zum Schreiben zusammenfinden. Oder wenn es heißt »Kaltenbach meets Flemming«, zwei Gmeiner-Ermittler lösen zusammen ihren ersten Fall …

Viel Freude beim Lesen wünschen Ihnen

Katrin Rodeit und Thomas Erle

KATRIN RODEIT / THOMAS ERLE

TOD AUF DER BUCHMESSE

Es gab keinen Zweifel. Kaltenbach hatte sich verlaufen.

War das überhaupt noch die weltgrößte Buchmesse? Der lange Gang, den er entlangstolperte, war zu beiden Seiten von halb offenen Minibüros gesäumt, die alle gleich eingerichtet waren – eine halbe Theke mit einem Stapel Flyer und einem Schälchen – wahlweise mit Salzgebäck oder Gummibärchen. Dahinter ein Minitisch mit Ministühlen, darauf ein lässig-desinteressierter Nerd – steil hochgegelter Schopf, Ohrring, Tablet. Hochmoderne Grafiken an der Rückwand warben für ein Softwareunternehmen.

Keine Bücher.

Marketing und Social Media für Kleinunternehmer hatte der Workshop geheißen, zu dem er eigentlich wollte. Doch nach der dritten Rolltreppe und der vierten Abzweigung war Kaltenbach durch den Rummel auf dem Blauen Sofa abgelenkt worden. Einer der Ehrenpromis wurde zu seiner neuesten Biografie befragt. Die gut aussehende Journalistin schien sich selbst mindestens genauso wichtig zu nehmen. Frisur, Make-up, dezenter Schmuck – alles passte, alles war darauf ausgelegt, in der laufenden TV-Übertragung den besten Eindruck zu machen.

Kaltenbach hatte fasziniert zugeschaut und war länger stehen geblieben, als er eigentlich wollte. In der Menge der leuchtenden Augen und blinkenden Handykameras hatte er am Ende die Orientierung verloren.

Der junge Mann hinter der Theke sah nicht einmal auf, als Kaltenbach sich ein Päckchen Gummibärchen schnappte. Knurrend lief er weiter. Irgendwann würde auch dieser Gang ein Ende finden.

Das Ganze war sowieso eine Schnapsidee. Ein Krimiverlag aus Oberschwaben wollte seinen Gästen in diesem Jahr etwas Besonderes bieten. Badischen Wein statt Kaufhaussekt zum abendlichen Empfang. Und ihn als echten Weinhändler gleich dazu.

Kaltenbach schüttelte den Kopf, als er an die anderen Gäste des Verlags dachte. Ein Pathologe, der in einer grünen Schürze herumlief, dazu ein Profiler aus Berlin. Sogar eine echte Kommissarin. Mit Jule Flemming, der Privatdetektivin aus Ulm, hatte er sogar schon ein paar Worte gewechselt. Schien ein Paradiesvogel zu sein.

Unvermittelt stand Kaltenbach vor einer breiten Glastür, die ihn auf den riesigen Innenhof führte. Erleichtert sah er die überdimensionalen Hinweisschilder.

Halle 3. Dorthin musste er. Eine kleine Verschnaufpause an der frischen Luft und dann zurück zu den Büchern. Er war gespannt, was ihn heute noch erwarten würde.

Das versprach ein spannender Tag zu werden. Erfrischend anders. Wenn auch irgendwie spießig. Durchgetaktet bis ins letzte Detail.

Ein bisschen kam Jule sich fehl am Platz vor. Aber das

war sie gewohnt. Sie wurde immer zuerst nach ihrem Äußeren beurteilt. Ihr unsortierter Lockenkopf, die derben Klamotten und Schuhe. Das Piercing in der Lippe hatte sie mittlerweile entfernt, aber auch so reichte es für viele, sie in eine Schublade zu stecken.

Der Weinhändler aus dem Breisgau schien anders zu sein. Kein kritischer Blick hatte sie verurteilt. Irgendwie war er süß. Schüchtern sah er aus. Aber Jule mahnte sich zur Vorsicht. Stille Wasser und so … Trotzdem. Vielleicht war es mehr als ein netter Zufall, dass sie ihn gerade jetzt im großen Innenhof traf.

Jule holte zwei Sandwiches aus der Tasche und hielt ihm eines hin. »Hier, du siehst aus, als könntest du das jetzt vertragen.«

Kaltenbach sah sie überrascht an. Dann lächelte er. »Du hast recht. Dazu ein gutes Glas Rotwein«, seufzte er, »dann ginge es mir wieder gut.«

Jule lachte. »Ich trinke keinen Wein.«

»Schade.« Hungrig machte sich Kaltenbach über das Sandwich her. »Vielleicht kann ich dich trotzdem von einem Gläschen überzeugen. Später beim Verlagsempfang?«

Jule nickte. »Einverstanden.« Das hörte sich gut an. Wahrscheinlich machte es das Gesülze des Starautors einigermaßen erträglich. Außerdem hatte sie bisher noch kein Bier entdeckt.

»Hier lang – kommst du?«

Jule bahnte sich den Weg durch die Besuchermassen. Kaltenbach folgte dicht dahinter. Normalerweise war er eher zurückhaltend, was das schnelle Duzen betraf. Aber die Detektivin hatte ihn mit ihrer unkomplizierten Art rasch angesteckt. Es gab also doch Lichtblicke auf dem Jahrmarkt der Eitelkeiten, der sich »Buchmesse« nannte.

Dagegen musste er den Kopf schütteln, als er an den Star des Abends dachte. Einer dieser Emporkömmlinge, der glaubte, etwas Besonderes zu sein, nur weil sein neuer Roman auf der Bestsellerliste stand. Kaltenbach hatte kurz hineingeblättert – fürchterliches Geschwafel.

Ausgerechnet für ihn hatte er seinen besten Wein aussuchen müssen. Eine Burgunderspätlese, trocken ausgebaut, im Barrique gereift! Kaltenbach seufzte. Wer zahlt, befiehlt, dachte er. Der Verlag wollte es so.

»Ich will vorsichtshalber noch mal nachsehen, ob alles in Ordnung ist. Wenn du willst, kann ich dir gleich einmal ein paar Flaschen zeigen.«

Hinter den Auslagen des Verlagsstandes führte eine Tür in einen winzigen Raum, der zu mehr als der Hälfte mit Büchern, Ordnern und Kisten voller Flyer und Prospekte vollgestellt war. Dazu die Kartons, die er mühsam aus dem Auto hergeschleppt hatte. Er hatte sich Mühe gegeben, vielleicht sprangen ein paar lukrative Anschlussverträge dabei heraus.

Die Detektivin sah ihm über die Schulter.

»Ich sehe da keinen großen Unterschied. Was empfiehlst du mir?«

Kaltenbach antwortete nicht. Urplötzlich hatte er innegehalten. Gleich darauf begann er fieberhaft, das Zimmerchen abzusuchen.

»Sie ist weg!«

Jule zwängte sich neben ihn. »Was ist los?«

Kaltenbach schien der Verzweiflung nahe. »Das darf nicht wahr sein. Ausgerechnet die Promi-Flasche! Jetzt heißt es improvisieren.«

Die Detektivin spürte, dass sie ihm nicht helfen konnte. »Ich warte vorn, okay?«

Sie drehte sich um, als ihr Blick auf einen kleinen silbernen Gegenstand fiel, der auf dem Boden lag. Ohne nachzudenken, bückte sie sich und steckte ihn in die Tasche.

Die junge Frau war vor Jules Augen zu Boden gesunken. Ihr Begleiter stand neben ihr, unfähig, sich zu rühren.

»So viel haben wir doch gar nicht getrunken«, jammerte er. Er streichelte ihre Wange, mit der anderen Hand umklammerte er immer noch die Weinflasche.

»Nadja, sag doch was, bitte!«

»Nicht viel getrunken?«, fragte Jule und riss ihm die Flasche aus der Hand.

»Der gute Rote«, jammerte Kaltenbach, der ebenfalls hinzugekommen war.

»Bäh! Wenn Wein so schmeckt, bleibe ich beim Bier«, meinte Jule und verzog das Gesicht, nachdem sie ihre Zunge benetzt hatte. »Und das soll dein bester sein?« Sie reichte Kaltenbach die Flasche.

Der Weinhändler roch daran. »Das ist nicht mein Wein!«, sagte er kopfschüttelnd.

Zwei Sanitäter scheuchten die Menge auseinander. »Nadja, Nadja!«, stammelte der junge Mann. Er war völlig verzweifelt.

»Was soll das heißen, das ist nicht dein Wein?« Jule sah Kaltenbach mit großen Augen an. »Woher willst du das wissen?«

»Meiner schmeckt nicht so … so widerlich eben.«

Die Sanitäter kamen zu spät. Atemstillstand. Herzversagen. Irgendjemand verständigte die Security. Innerhalb weniger Minuten war der Verlagsstand weiträumig abgesperrt. Jetzt warteten alle auf die Kripo.

Kaltenbach fand sich an einem Tisch in der Ecke wieder mit einem stämmigen Sicherheitsbeamten an seiner Seite. Verzweifelt hämmerte er mit den Fäusten auf seine Knie. So hatte er sich den Ausflug in die Großstadt nicht vorgestellt! Als klar war, dass die Flasche von ihm stammte, war er sofort in Gewahrsam genommen worden. Nun wurde er behandelt wie ein Schwerverbrecher. Kaltenbach überlegte fieberhaft. Die beiden jungen Leute hatte er niemals zuvor gesehen. Wie kamen sie überhaupt an die Flasche? Und was noch viel schlimmer war: Jemand musste etwas hineingetan haben! Der rote Burgunder gehörte zu einer Edition, die er im letzten Jahr für besondere Anlässe zusammengestellt hatte. Bisher waren alle, die davon getrunken hatten, voll des Lobes gewesen – und noch am Leben.

Jule war schockiert. Sie hatte schon vieles erlebt. Doch jetzt war vor ihren Augen ein Mensch gestorben. Dazu kam ein schrecklicher Verdacht: Kaltenbach, der sympathische Brummbär aus Südbaden, ein Mörder?

Die Detektivin versuchte, sich die letzten Minuten in Erinnerung zu rufen. Es sah alles danach aus, als sei der

Wein vergiftet worden. K.-o.-Tropfen vielleicht. Damit hatte sie seit ihrem letzten Fall hinreichend Erfahrung. In hoher Dosierung wirkten sie tödlich.

Doch wie war das Gift in den Wein gekommen? Kaltenbachs beste Flasche. Sie hatte separat gestanden, hatte er erzählt. In eine edle Holzkiste eingepackt.

Jules Finger ertasteten in der Hosentasche den kleinen Gegenstand, den sie ein paar Minuten zuvor in der Kammer aufgehoben hatte. Sie zog ihn heraus und betrachtete ihn nachdenklich. Ein silberner Anhänger in Form eines aufgeschlagenen Buches.

Die Kammer, in der Kaltenbach seinen Wein aufbewahrte. Wenn der Schmuck ihm gehörte, verlief die Spur ins Leere. Wenn nicht, konnte er ein Fingerzeig sein. Sie musste ihn fragen.

Kaltenbach konnte es immer noch nicht fassen. Mordverdacht! Dabei hatte er sich noch vor einer Stunde darauf gefreut, seine Weine bei diesem Großereignis ausschenken zu dürfen. Ein Stückchen südbadische Lebensart im Messebetrieb einer Großstadt. Zu Hause würde ihm das keiner glauben. Wenn er überhaupt wieder nach Hause kommen würde.

Der Uniformierte, der mit am Tisch saß, ließ ihn nicht aus den Augen. Dabei wäre Kaltenbach nie auf die Idee gekommen, zu verschwinden.

Die Mitarbeiter der umliegenden Verlagsstände versuchten, das Beste aus der unerwarteten Unterbrechung der Messeroutine zu machen. Die meisten unterhielten sich aufgeregt, andere tippten auf ihren Smartphones herum. Ab und zu huschte ein neugieriger Blick zu ihm hinüber.

Von hinten entstand plötzlich Bewegung. Kaltenbachs Herz schlug schneller, als er sah, wie die Detektivin auf ihn zukam.

Jule Flemming lächelte ihm aufmunternd zu, während sie sich zu Kaltenbach an den Tisch setzte. Sie zog den silbernen Anhänger heraus und legte ihn auf den Tisch.

»Das habe ich in der Kammer gefunden. Kennst du das?«

Kaltenbach starrte auf das Schmuckstück. Er schüttelte den Kopf.

»Es ist wichtig! Versuch, dich zu erinnern! Gehört es vielleicht jemandem vom Verlag? Oder einem der Gäste?«

Kaltenbach hob die Hände. »Keine Ahnung. Da kenne ich mich nicht aus.«

Jule zeigte auf die winzige Öse. »Das ist ein Anhänger von einem Armband.«

Der Uniformierte wurde ungeduldig. »Keine Gespräche! Sie können nicht …«

»Das Blaue Sofa!«, entfuhr es Kaltenbach. »Die Redakteurin auf dem Blauen Sofa hatte so etwas an!«

Jule sprang auf. »Ich muss das überprüfen. Sofort. Wenn das stimmt, was du sagst …«

Kaltenbach atmete auf. Er spürte, wie sich neue Hoffnung in ihm regte. »Gott sei Dank!«, stammelte er und stand auf. »Ich dachte schon …«

»Moment, nicht so eilig«, unterbrach ihn eine harsche Stimme. »Mordkommission Frankfurt. Zuerst werden Sie uns das hier erklären müssen!« Triumphierend hielt der Mann eine Plastiktüte in die Höhe.

Kaltenbach stockte der Atem, als er den Gegenstand hinter der durchsichtigen Folie erkannte. »Eine Spritze!«

»Ganz recht.« Die Stimme des Ermittlers klang drohend. »Eine Spritze, die wir im Raum bei Ihrem Wein gefunden haben! Eine Spritze, die noch einen Rest …«

»Da, da hinten!« Kaltenbach starrte mit weit aufgerissenen Augen an dem Kommissar vorbei. »Das ist die Frau vom Blauen Sofa«, stammelte er und zeigte auf eine gut gekleidete Frau, die am Rande der Absperrung nervös hin und her lief.

Jule reagierte sofort. »Sieht ganz so aus, als suche die Gute etwas. Ich geh mal helfen.« Sie schnappte sich den Anhänger vom Tisch und steuerte auf die Frau zu.

Die Journalistin wirkte trotz der Schminke bleich. Ihr Blick irrte abwechselnd über die Gesichter der Anwesenden und auf den Boden.

»Suchen Sie das hier?«, fragte Jule und ließ den Anhänger vor ihrer Nase baumeln.

Die Frau schnappte danach, doch Jule reagierte schneller. »Ts, ts, wer wird denn gleich?«

»Geben Sie das her!«, zischte die Journalistin. Die Blässe war blitzartig verschwunden, ihr Kopf hatte die Farbe einer überreifen Tomate angenommen.

»Warum sollte ich?« Jule erhielt keine Antwort. »Weil es Sie überführen würde? Weil es beweisen würde, dass Sie am Tatort waren?«

»Her damit, blöde Kuh!« Die Stimme der Frau wurde schrill. Wieder versuchte sie, Jule den Anhänger aus der

Hand zu reißen. Inzwischen wurden auch die Umstehenden aufmerksam.

»Warum haben Sie die Flasche manipuliert?« Jule ließ nicht locker.

»Dieser Mistkerl!«

Die Redakteurin stieß Jule zur Seite. Sie sprang auf den Starautor zu, der unter den Zuschauern stand, und krallte ihre Finger um seinen Hals. Im selben Moment ging einer der Sicherheitsbeamten dazwischen und zerrte sie weg.

»Du hast mich behandelt wie ein Stück Dreck! Benutzt hast du mich! Deiner Publicity wegen!«

Der Autor keuchte. »Unfassbar! Der Wein war für mich bestimmt. Ich könnte jetzt tot sein!«

»Du hast ihn ja nicht getrunken. Leider«, zischte sie giftig.

Jule sah von einem zum anderen. Erleichtert grinste sie in sich hinein.

»Der ist dann wohl für mich«, stellte der Kommissar fest und nahm ihr den Anhänger aus der Hand. »Und Sie kommen jetzt mit«, fügte er an die Journalistin gewandt hinzu.

»›Cut! Das war's. Ausgezeichnet!‹ Ich glaube, diese Worte werde ich mein Lebtag nicht vergessen.« Jule kicherte auf dem Beifahrersitz, eingezwängt zwischen Flaschen, Gläsern und Kartons.

Die Stimmung in Kaltenbachs Lieferwagen schwankte auch zwei Stunden später noch zwischen heller Empörung und ungläubigem Staunen.

»Dabei hätte mir spätestens bei dem theatralischen

Auftritt der Journalistin vom Blauen Sofa aufgehen müssen, wie übertrieben das Ganze war.« Jule konnte sich kaum beruhigen. »Überhaupt: Woher wussten die, dass du dich an den Schmuck erinnern würdest? Und woher wussten die, dass du überhaupt dort hingehen würdest? Warst du am Ende doch eingeweiht, Lothar?«

Kaltenbach schwieg. Auch er hatte Mühe, das alles zu begreifen. Als der Beifall aufgebrandet und der Verlagsleiter samt Cheflektorin freudestrahlend auf ihn zugekommen waren, war ihm schlagartig klar geworden, dass etwas nicht stimmen konnte. Doch erst als er das vermeintliche Mordopfer putzmunter mit dem »Chef« der Frankfurter Mordkommission plaudern sah, war er bereit, das Ganze als das zu sehen, was es war.

Wie hatte er sich nur so hereinlegen lassen können! Dabei hatte alles so echt ausgesehen: die verschwundene Weinflasche, der arrogante Autor, die hysterische Ex-Geliebte, vor aller Augen ein Mordopfer! Und wer hätte ausgerechnet in dem schläfrigen Uniformierten den Regisseur vermutet?

»Eigentlich haben wir es doch ganz gut gemacht, finde ich.« Jule warf Kaltenbach einen aufmunternden Blick zu. »Wir haben einen Fall gelöst! Zu zweit. Als Team!«

»Auch wenn es ein Riesenschwindel war«, knurrte Kaltenbach missmutig. »Public Relations. Real-Life-Event. Wenn ich das schon höre!«

Jule hatte längst ihre gute Laune wiedergefunden. »Nun sei nicht so. Letztlich kommt es doch darauf an, dass wir mal eben gezeigt haben, was in uns steckt. Außerdem war es ein Mordsspaß.«

Kaltenbach setzte den Blinker und steuerte den Wagen auf einen der wenigen Kurzparkplätze am Hauptbahnhof.

»Vielleicht hast du recht«, stimmte er zu, nachdem sie ausgestiegen waren. »Auch wenn es mich immer noch wurmt.«

»Lothar!«

Kaltenbach musste nun doch lachen. »Ist ja gut. Wenigstens habe ich bei der Gelegenheit eine tolle Frau kennengelernt.«

»Und wie war das mit dem Paradiesvogel?«

Kaltenbach sah sie erstaunt an. »Woher weißt du …?«

Jule grinste ihn an. »Weibliche Intuition!«

»Okay, okay. Dann sehen wir jetzt mal, dass wir wieder nach Hause kommen. Dort geht's wenigstens ruhiger zu. Obwohl …«

Kaltenbach hielt inne. »Was hast du?«

Aus Jules Gesicht war plötzlich die Farbe gewichen. Mit weit aufgerissenen Augen starrte sie an ihm vorbei. »Dort! Dort oben!«

Kaltenbach drehte sich um. Eines der vielen Bürogebäude in der Innenstadt.

Jule atmete schwer. »Der Mann … die Frau … Messer …«

Kaltenbach kniff die Augen zusammen. »Ich sehe nichts.«

Jule deutete aufgeregt auf eines der großen Fenster.

»Wenn ich es dir sage. Ein Mann mit einem Messer. Und die Frau hat …«

Kaltenbach lachte. »Ich bin ja immer für einen Scherz zu haben. Aber jetzt ist es gut.«

Jule schüttelte unwillig den Kopf. »Aber wenn ich es dir sage. Dort oben ist gerade ein Verbrechen geschehen! Wir müssen etwas tun!«

Kaltenbach nahm sie in den Arm. »Es war alles ein wenig viel heute.« Er griff in eine der Kisten im Auto und reichte Jule eine Flasche. »Hier. Für die Nerven. Und zur Erinnerung. Garantiert ohne Zusätze.«

Jule blies sich eine Locke aus der Stirn. »Vielleicht hast du recht. Es wird Zeit, nach Hause zu kommen.« Sie sah auf die Uhr und stieß einen kleinen Schrei aus. »O Gott, mein Zug fährt gleich!« Sie drückte Kaltenbach einen Kuss auf die Wange und lief in Richtung Bahnsteig davon.

Kaltenbach sah ihr lächelnd hinterher.

Als er wieder im Auto saß, hörte er, wie sich das Geräusch von Sirenen näherte. Es mussten mindestens drei Einsatzwagen sein.

Sonja Liebsch
Wadenbeißer
978-3-8392-1570-8

»Maxi ist wieder da – chaotisch, witzig, charmant! Und jetzt mischt auch noch ihre Schwester mit!«

Maxi staunt nicht schlecht, als eines Tages ihre exzentrische Schwester Sybille samt Hund vor der Tür steht. Die Kölner Kosmopolitin sucht nach ihrer Trennung ausgerechnet in der schwäbischen Provinz Unterschlupf. Und das genau zum falschen Zeitpunkt, denn Maxi startet nach der Familienpause gerade beruflich durch. Als sie sich jedoch in einer TV-Talkshow kritisch zum Thema Vereinbarkeit von Beruf und Familie äußert, bringt sie sich und ihre Familie in ernste Schwierigkeiten.